Nachtflüstern

Christian Boochs

Nachtflüstern

SAGA Egmont

Originalausgabe

im Vertrieb bei Egmont Verlagsgesellschaften mbH

Dieses Buch wurde vermittelt von der Literaturagentur erzähl:perspektive, München (www.erzaehlperspektive.de).

Covergestaltung: Karol Kinal
Coverabbildungen: Shutterstock
Satz aus der Minion Pro: Karol Kinal
Druck und Bindung Mazowieckie Centrum Poligrafii, Marki

ISBN 978-3987500343

SAGA Egmont www.saga-books.com

Dieser Titel erscheint auch als E-Book und Hörbuch.

„There's a devil waiting outside your door."

Nick Cave

Kapitel 1

Er hat sie nicht angefasst. Noch nicht. Vielleicht hat er es aber auch nicht vor.

Nur: Was macht sie dann hier?

Und: Wo ist dieses Hier?

Vielleicht ist dieses Anfassen und alles, was sie sich darunter vorstellt, auch gar nicht das Schlimmste, was geschehen kann. Aber diesen Gedanken lässt sie nicht tiefer in ihren Verstand eindringen. Noch nicht.

Nicht, solange sie anders kann.

Sie kann sich nicht recht daran erinnern, wie sie hergekommen ist. Oder wie lange sie schon hier ist. Nur an die Dunkelheit. An Schmerz, der ihr leise zugeflüstert hat.

Aber wie ergibt das Sinn? Verliert sie den Verstand? Steht sie unter Drogen?

Wie kann Schmerz ihr zuflüstern?

Oder war er das? Was, verdammt, will er von ihr?

Die Frage lässt sie zittern. Ihre Finger krampfen sich um die Knie, die sie an ihre Brust presst.

Dort pocht ihr Herz schnell und flach.

Sie hat sich zusammengekauert und klein gemacht. Wie ein Igel, nur ohne Stacheln. Also schutzlos. Wie ein Embryo. So gut es eben geht in diesem Ding, das sich anfühlt wie ein Sarg. Eingesperrt.

Ihre Finger sind klamm und wund. Immer wenn es sie überkommt, wenn diese eisige Welle der Furcht sie in der Dunkelheit nach unten zieht, kratzt sie an den Wänden des Dings, bis der Schmerz die Angst verdrängt.

Holz. So viel weiß sie schon. Spätestens seit sich die Splitter in ihre Fingerkuppen gegraben haben. Ihre Nägel sind abgebrochen. Brennend und beißend tobt es in ihren Fingerspitzen.

Dann hört sie auf.

Atmet, keucht. Da ist etwas an ihren Fingern. Klebrig und feucht. Es riecht wie Blut. Was soll es sonst sein?

Nach einer Weile trocknet es. Der Schmerz ebbt ab – und die Angst kehrt übermächtig zurück.

Ein Kreislauf. Ebbe und Flut. Angst und Schmerz und Schmerz und Angst.

Sie blinzelt. Hektisch. Mehrmals hintereinander.

Aber nichts kann diese Dunkelheit vertreiben.

Atmen.

Atmen. Durch die Finsternis, die Pein und die Panik hindurch. Ist es nicht das, was alle tun? Auf Netflix und YouTube? In jeder verdammten Arztserie? In jedem einzelnen dieser bescheuerten Selbsthilfevideos?

Warum hilft das nicht?

Vielleicht weil die Luft verbraucht und stickig ist.

Jeder Atemzug fühlt sich gezwungen, beinahe schmerzhaft an. Gänsehaut überzieht ihre Arme und Beine.

Dumpfer Schmerz in ihren Schläfen, ganz so als hätte sie zu viel getrunken, zu wenig geschlafen, und überhaupt ist ihr übel.

Die Frage, die sich wie eine fette weiße Made durch faulendes Fleisch in ihren Verstand frisst, befeuert diese Übelkeit. Immer und immer wieder.

Sie kann es nicht verhindern. Ganz gleich, was er von ihr will. Dass er sie will.

Ihren Körper.

Warum passiert es dann nicht? Dann wäre es endlich vorbei. Oder nicht?

Hätte man sie vor einer Woche, ein paar Tagen gefragt, wäre das die schlimmste Sache gewesen, die sie sich vorstellen konnte.

Inzwischen ist es anders. Das Eingesperrtsein an diesem dunklen Ort hat ihr Denken verändert.

Ihre Gedanken sind tiefer gewandert. Eine stetige Spirale abwärts.

Fragen, Fragen ohne Antworten.

Warum hat er sie an diesen Ort gebracht?

Durch einen schmalen Riss in der stinkenden Plane über ihr kann sie hindurchsehen, aber kaum etwas erkennen.

Nur milchiges Zwielicht.

Es riecht nach Holz und Vogeldreck. Irgendwo draußen schreit ein Rabe oder eine Krähe. Es ist ein schauriges Geräusch. Höhnisch, irgendwie. Als würde das Tier sie verspotten, was ihr auch irgendwie recht geschieht, oder etwa nicht?

Wahrscheinlich ist das Tier am Ende der einzige Zeuge. Was immer auch geschehen mag.

Am Ende.

Das ist eigentlich das Schlimmste. Die Ungewissheit nagt an ihr, wie sie an ihren eigenen Fingerkuppen nagt.

Nicht zu wissen, was passieren wird. Nur zu wissen, dass es passieren wird.

Was immer es ist.

Was immer er von ihr will.

Es wird geschehen.

Saurer Geschmack steigt in ihrer Kehle auf und sammelt sich in ihrem Mund bei der viel zu lebhaften Vorstellung, dass ihr Körper einfach so benutzt wird.

Allein der Gedanke treibt ihr einen kalten Schauer das Rückgrat entlang. Unwillkürlich kauert sie sich enger zusammen, presst den Rücken gegen die Holzwand, die hart gegen ihre Haut drückt. Schroff, rau.

Lea kann wieder die Vögel hören.

Draußen dreht die Welt sich weiter, während sie hier drinnen stillsteht.

Vermisst man sie? Wie lange ist sie bereits hier? Und wie lange wird sie noch hier sein? Jegliches Gespür für das Vergehen der Zeit hat sie verloren. Alles, was existiert, ist dieser Ort, diese dunkle Zelle. Und das pochende Herz in ihrer zu engen Brust.

Eingesperrt, gefangen. Dabei ist sie nicht mal gefesselt. Es nährt die Illusion, dass sie jederzeit aufstehen könnte.

Oh ja, sie hat es versucht. Gleich am Anfang hat sie versucht, sich gegen die Plane zu stemmen, daran zu kratzen, bis ihre Haut wund war und sie keuchend aufgeben musste. Rauer Kunststoff, undurchdringlich. Das Ding würde vermutlich selbst einem Orkan standhalten.

Langsam fing die Dunkelheit an, sich um ihren Kopf zu drehen, als Lea dämmerte, dass sie eingesperrt war. Aber nicht wie in einem feststeckenden Fahrstuhl, wo man einen Knopf drückt und jemand am anderen Ende der Sprechanlage mit ruhiger Stimme versichert, dass Hilfe auf dem Weg ist.

Hier kommt keine Hilfe, und wenn jemand kommt, dann die Person, die sie hier festhält. Die sie eingesperrt hat.

Das wurde ihr klar. Genau in jenem Moment – und die Erkenntnis presste ihr die Luft aus den Lungen. Ihr Herz raste in ihrem Kopf, während sie selbst zu schrumpfen schien.

Dann hat sie gegen das Holz gehämmert. So lange, bis ihre Fäuste blutig waren, die Haut in Fetzen auf ihren Knöcheln klebte. Wund und aufgerissen.

Was für ein Hohn, was für eine Ironie. Ihre ersten Videos waren auf ihre Hände fixiert. Weil sie sich nicht getraut hat, ihr Gesicht zu zeigen. Nur Hände.

Wäre sie doch dabei geblieben.

Wie schön ihre Hände waren. Das hat man ihr gesagt. Immer und immer wieder.

Sie lacht auf. Eine Träne rollt über ihr Gesicht und tropft auf ihren Handrücken.

Sie presst die Lippen zusammen. Salz in der Wunde.

Niemand will ihre Hände jetzt sehen. Niemand.

Als ihr die Kraft ausging, gegen irgendetwas zu schlagen, hat sie sich zur Seite gerollt.

Und dann hat sie geschrien. Nur geschrien. Gebrüllt. Wie eine Irre. Auch dann noch, als ihre Kehle brannte. Als es sich anfühlte, als würde ihr Hals bluten.

Selbst jetzt ist da dieses Kratzen, und wenn sie nur wagt, sich zu räuspern, entflammt es von Neuem.

Schließlich hat sie aufgegeben, hat sich zusammengekauert und gewartet.

Nun wartet Lea immer noch.

Auf die Dunkelheit, das Schwarze.

Auf ihn.

Sie schluckt leer, dreht ihre Hände, dass sie die Knöchel sehen kann. Ihre Haut ist kreidebleich. Das Blut zeichnet sich dunkel dagegen ab. Es ist getrocknet, klebt auf der gerissenen Haut. Es juckt. Das ist schlimmer als der Schmerz.

Ihr ganzer Körper juckt und klebt. Sie stinkt. Eine ganze Zeit lang hat sie sich zusammengerissen, damit sie sich nicht einnässt. Irgendwann ging das nicht mehr. Jetzt riecht es danach. Stechend, unverkennbar.

Ihre Zunge klebt an ihrem Gaumen, und der Hunger brennt ihr kleine Löcher in den Magen. Gleichwohl weiß sie, dass sie ohnehin nichts hinunterkriegen würde. Der letzte Fetzen logischen Verstands sagt ihr, dass sie noch nicht so lange hier drinnen sein kann, denn sonst wäre sie verdurstet. Tot.

Sie lacht leise, fällt ein in das höhnische Gekreische des Rabenvogels da draußen. Aber es ist nicht komisch, nicht lustig. Es ist … nichts. Dunkel.

Kalt ist es nicht. Ein wenig kühl vielleicht. Dieses leichte Frösteln, das für eine Gänsehaut sorgt. Etwa wie am Baggersee, im Sommer, wenn es langsam Abend wird und die Sonne hinter dem Wald verschwindet und man schließlich im Schatten sitzt, bis es ganz dunkel wird.

Wann war sie zum letzten Mal dort?

Vor zwei, drei Jahren?

Danach hat es angefangen. Das andere Leben. Die Kamera, die Mikrofone. Der Sound. Die Videos. YouTube. Follower.

Dann Twitch. Community. Der Discordserver mit den ganzen Typen, die nur darauf warteten, dass sie mit den Fingern schnipste, und die immer wieder einmal aufkommenden grenzübertretenden Nachrichten gehörten dazu. Es war Teil des Deals, oder nicht?

Wie die Partys, die Szene. Klicks, Aufmerksamkeit. Die Fassade und die Dunkelheit dahinter. Der ganze Grind. Der Missbrauch. Eine Hand wäscht die andere. Immer online. Am Ende ging es nur um eins: Geld.

Aus Lea wurde ASMR-Lea.

Das war ihre neue Welt.

Und auch die ist untergegangen. Offline.

Die Geräusche hört sie noch. Jedes Kratzen, jedes Klopfen und das Krähen. Die Worte, die ihr gemarterter Verstand ihr einflüstert.

Du bist allein. Du bist hier.

Du kannst nicht fort.

Du wirst sterben.

Du bist fast schon tot.

Das Flüstern ist zur Qual geworden. Nur noch ein heiseres Brennen in der Kehle, wenn die Stimmbänder zusammenschlagen.

Was würde sie dafür geben, jetzt einfach nur an diesem See zu sein, im Schatten eines Baumes zu sitzen, der Sonne zuzusehen, wie sie allmählich entschwindet?

Oder im Freibad, wie damals im Sommer, als sie Philipp kennengelernt hatte. Als alles einfach war und gut.

Stattdessen kauert sie hier. Weil sie mehr gewollt hatte als das, was sie gehabt hatte.

Ist es das jetzt? Ihre neue Welt? Dieses Ding, in dem sie liegt, ihr Sarg?

Sie schluchzt. Das Geräusch klingt überlaut in ihren Ohren. Grell, beinahe. Wäre das ein Video, müsste sie diese Szene herausschneiden.

Aber das ist kein Video.

Es gibt keinen Vorlauf, kein Zurückspulen, keine 1,5-fache Geschwindigkeit und vor allem: keine Stopptaste.

Das hier ist echt.

Sie atmet ein und aus, ihre Brust hebt und senkt sich zitternd und hektisch, und irgendwie vergeht die Zeit und steht doch still.

Ihr Kopf sinkt zur Seite, und ihr Bewusstsein stürzt in die Vorstellung des Sees. Das kühle Wasser.

Verlockend, tief und schwarz. Ein leises Gurgeln. Wasser, das sie verschluckt, sanft und weich. Das in ihre Kehle dringt und all das hier beendet.

Dunkelheit. Nicht kalt, nicht erschreckend. Nur warm und dunkel.

Warm und dunkel und leicht.

Dann schreckt sie hoch. Wie viel Zeit ist vergangen?

Ist sie überhaupt vergangen?

Leas Herz schlägt schnell, tobt in ihrer Brust. Schritte. Draußen. Knarrendes Holz. Eine Tür? Wieder Schritte.

Ein Ruck. Die Plane wird entfernt.

Ein Schatten. Ein Gesicht.

Dieses Gesicht, im Schein der Taschenlampe. Eine blasse Erinnerung an Sommercamps, Lagerfeuer und gruselige Geschichten. Es lächelt.

Stille. Lächeln – und ein Glitzern. Das Licht der Lampe, das sich auf einer Klinge bricht. Ein Skalpell in der Hand.

Lea kann es sehen. Erkennen. Zu spät. Wahrscheinlich.

Sie runzelt die Stirn, würgt ein Wort hervor wie trockenes Gewölle. Ein leises Krächzen bohrt sich durchs Halbdunkel.

„Du?“

Kapitel 2

„Sie wurde hier nur abgelegt, oder?", frage ich. „Ermordet wurde sie vermutlich woanders?"

Hier, das ist ein kleines Stück Wiese am Rande eines abgelegenen Parkplatzes in der Nähe eines Freibads. Karges Laub, ein Relikt des letzten Herbsts. Mehr Dreck als Gras, dessen Feuchtigkeit dennoch durch die Nähte meiner Schuhe dringt.

Hinter dem Gelände des Freibads erstreckt sich der Wald. Dunkle Tannen, die in den Himmel schießen. Fast ein wenig unheimlich. Zumindest für Stadtkinder wie mich.

Die Dunkelheit lockt. Man fragt sich, was zwischen den Bäumen lauern könnte, sich in den Schatten der dicken Stämme verbergen könnte, aber im gleichen Atemzug will man es nicht wissen. Oder: nicht herausfinden müssen.

Der übrige Landstrich wirkt eher gemütlich. Ein Städtchen mit mittelalterlichen Gassen, Fachwerkhäusern und Kopfsteinpflaster.

Anders als Wiesbaden, wo sich meine Dienststelle befindet. Vom nahen Frankfurt ganz zu schweigen.

Hier folgt das Leben einem beständigen Herzschlag, der es langsam antreibt. In Wiesbaden ist es eher ein hektischer

Puls, während man sich in Frankfurt permanent kurz vor dem Infarkt wähnt.

Das Schwimmbad hat geschlossen, keine Saison. Es ist zu früh im Jahr. Ein paar Wochen dauert es noch, dann dürfte es hier vor Menschen wimmeln.

Zurzeit gibt es hier nur Fliegen und Maden. Eine kleine Ameisenstraße, die sich von der Leiche wegschlängelt und irgendwo im Erdreich verschwindet.

Der erste Impuls beim Anblick der Toten ist menschlich und dauert einen oder zwei Herzschläge lang. Es ist ein Wirrwarr, ein Knäuel, das sich in der Magengegend ballt. Heiße und kalte Schauer. Die Sicht verschwimmt ein wenig. Um die Eingeweide schließt sich eine unsichtbare Faust.

Man wirft sich vor, dass man nicht früher da war, weiß, was nun folgen muss, und weiß nicht, ob man es kann.

Ich atme tief ein und wieder aus. Mein Herz schlägt weiter. Ruhiger.

Dann vergeht dieser erste Impuls allmählich, und die Routine übernimmt. Sachlich, professionell. Kühl, vielleicht, aber mit einem klaren Ziel vor Augen.

Ich sehe nicht weg, zwinge mich dazu.

Eine Fliege krabbelt über ihr Gesicht, verharrt am linken Auge. Eine weitere gesellt sich dazu. Sie sichern ihren Fortbestand, legen ihre Eier in jede erdenkliche Öffnung. Wo Tod ist, ist auch Leben. Davon kann sich die Tote nichts mehr kaufen.

Blut und die einsetzende Verwesung ziehen sie an. Insekten, Aasfresser.

Jemand hat sich Mühe gegeben, die junge Frau, deren Leichnam ich betrachte, zu quälen. Ich habe bereits Schlimmeres gesehen. Das muss ich zugeben. Aber wer mag das schon vergleichen?

Bei der Ablage des Körpers hat man sich hingegen keinerlei Mühe gegeben. Er wurde weggeworfen, achtlos wie eine Papiertüte mit den Überresten eines Happy-Meals – oder was auch immer die Kids sich heutzutage reinziehen, wenn der nächtliche Hunger drückt.

Sie so achtlos abzulegen ist ein Risiko. Er hätte sie auch in den nahen Fluss werfen können.

Sollte sie gefunden werden? Gesehen? So, wie sie ist?

Jetzt und hier. Mit diesem entblößten Schädel, von dem man Haar und Kopfhaut abgetrennt und abgerissen hat?

Ich balle meine Hände zu Fäusten, was ich erst bemerke, als der feine Schmerz meiner Fingernägel, die sich in meine Haut bohren, mich daran erinnert.

Für den Täter war sie nur noch ein Stück Fleisch. Für mich ist sie das Opfer, und das ist zwar traurig, aber ich brauche eine gewisse Distanz. Sonst frisst es mich auf. Dieser Gedanke, dass diese Frau ein ganzes Leben voller Hoffnung und Wünschen und Träumen vor sich hatte. Dass sie eben nicht nur ein Opfer ist. Für irgendwen war sie mehr als das. Viel mehr. Eine Freundin, die Tochter. Ein Kind.

Wie sich das anfühlen muss, weiß ich nicht. Ich weiß nur, was ich für meine Katzen empfinde, und das ist ohne Grenzen. Ich weiß, was ich tun würde, wenn jemand ihnen etwas antäte.

Atmen, Nessa.

Der Vergleich mag seltsam anmuten, vielleicht ist er das. Vielleicht bin ich seltsam. Keine Ahnung.

Der Rechtsmediziner sieht mich über den Rand seiner Brille hinweg an. Er hat mir seinen Namen gesagt, aber den habe ich vergessen.

Sein Blick erinnert mich an den Hund von Columbo. Eigentlich möchte ich lachen. Der Ausdruck auf dem Gesicht des Mannes ist urkomisch.

Leider ist mir nicht zum Lachen zumute. Eigentlich scheint der Kerl einer von den Guten zu sein. Er macht seinen Job.

Und ich mache meinen. Zumindest versuche ich das.

Der Mann deutet auf die Leiche, beschreibt mit seiner dicklichen Hand einen Kreis in der Luft. „Richtig. Hier ist viel zu wenig Blut für diese Art der Verletzungen. Das Laub wurde kaum bewegt, nur ihre Umrisse zeichnen sich darin ab, und etwas Blut ist in den Boden gesickert. Sie war noch nicht lange tot. Der Insektenbefall ist noch gering. Der Täter wollte sie wohl rasch loswerden."

„Ja", sage ich und seufze. „Wie Abfall oder ein benutztes Taschentuch."

Der Rechtsmediziner räuspert sich.

„Ja?", frage ich, denn es geht ihm sicher nicht um meine Bemerkung.

„Wieso interessiert sich eigentlich das BKA für diesen Fall? Ich meine, es ist eine hässliche Sache, aber im Moment ist das hier nur ein einfaches Tötungsdelikt, oder? Ist ja nicht so, als liefe hier Charles Manson oder irgendein anderer Serienkiller herum. Oder wissen Sie da mehr als ich?"

„Charles Manson war kein Serienmörder", sage ich.

Der Mann wedelt mit den Händen. „Ja, ja, Sie wissen schon, was ich meine. Er war ein ziemlicher Mistkerl und bestimmt alles andere als unschuldig."

Ich lächle schmal. „Das ist eben die Frage, nicht? Gibt es einen Serientäter hier? Oder ist das eine einzelne Tat?"

Tatsächlich ist es eine gute Frage. Die Antwort kenne ich nicht. Noch nicht. Genau deshalb bin ich hier.

Mein Job ist eigentlich weniger die Frage, wer das hier getan hat, als vielmehr warum. Und ob dieser Jemand es erneut tun könnte. Aber die Grenzen sind fließend. Viel zu oft finde ich mich wieder, wie ich knöcheltief im Sumpf der Kriminalarbeit stecke.

Oft genug mache ich den Job der anderen mit, und das auch noch gern. Das bringt nicht immer nur Lob mit sich. Eher Überstunden und Ärger. Jede Menge Ärger.

Der Rechtsmediziner verzieht den Mund. „Sie meinen, Sie haben noch mehr Mädchen, die so zugerichtet wurden?"

Ich sehe sie an, schaue ihr ins Gesicht, die blicklosen Augen, die halboffen zum Himmel starren.

Versuche, den Menschen zu sehen, der sie gewesen ist.

Bald weiß ich alles über sie. Ihre Geheimnisse, ihre Vorlieben. Alles, was sie mochte. Alles, was sie im Internet angeklickt hat. Alles, was sie gegessen hat. Alles, was sie vor fremden Augen verbergen wollte.

Die Zusammensetzung des Drecks unter ihren Fingernägeln. Der Inhalt ihres Magens und falls vorhanden: Drogen in ihrem Blut.

Wir alle haben Geheimnisse. Ich habe meine, genau wie dieser Rechtsmediziner seine hat. Aber die wenigsten nehmen wir mit ins Grab. Ich weiß das nur zu gut.

Insbesondere wenn ein gewaltsamer Tod im Spiel ist.

Dann kommt alles aus der Dunkelheit ans Tageslicht.

Ich finde heraus, wen sie geliebt und wen sie gehasst hat, und vielleicht finde ich darunter bereits jemanden, der für ihren Tod verantwortlich ist. Es würde mich nicht wundern.

Das ist mein Job. Jedenfalls wie ich ihn sehe.

„Ich weiß es nicht", sage ich. „Aber das wird sich bald herausstellen."

Der Mann murmelt etwas Unverständliches.

„Bitte?", frage ich.

Er lächelt mild. „Ich sagte, es ist frisch hier draußen. Sie sehen aus, als könnten Sie einen Kaffee gebrauchen."

Das könnte ich tatsächlich. Am besten stark und mit Vanillesirup, aber im Augenblick brauche ich vor allem anderen das Koffein. Und trockene Socken. Ich bin die halbe Nacht durchgefahren. Gleich nachdem der Anruf kam, bin ich los. Früh genug, um den schlimmsten Verkehr um Frankfurt herum zu umgehen. Immerhin. Es ist ungewöhnlich, derart früh in eine Ermittlung eingreifen zu können. Meist kommen wir einen Tag später an und müssen die Fehler ausbügeln, die andere vor uns bereits gemacht haben.

Aber wahrscheinlich könnte er selbst einen Kaffee gebrauchen, und das Letzte, was ich tun werde, ist, jetzt loszustiefeln, um uns Kaffee zu besorgen.

„Hat der Täter es mitgenommen?", frage ich stattdessen. „Oder wurde es irgendwo gefunden?"

„Was?"

„Ihr Haar." Ich zeige auf die Leiche, auf den kahlen Schädelknochen, die blutigen Ränder der Schnittwunden. Gezackt und grob. Wer auch immer das getan hat, ist kein Künstler. Nicht einmal ein Metzger. Die Haut muss in Fetzen abgelöst worden sein. Brutal, Stück für Stück. Getrocknetes Blut klebt auf dem bleichen Knochen. Auch in die Ohrmuscheln ist es geflossen und dort geronnen.

„Sieht so aus, als habe er es mitgenommen", antwortet der Rechtsmediziner. „Sie wurde vollständig skalpiert."

„Erzählen Sie mir etwas darüber."

„Worüber genau?", fragt er.

„Die Todesursache", antworte ich und weise auf den Kopf der toten Frau. „Fangen wir damit an, und dann reden wir über das da."

Der Rechtsmediziner schluckt. Es macht ihm zu schaffen, das sieht man. Eigentlich erstaunlich, dieser Mann ist kein Anfänger. Aber das ist eine recht kleine Stadt, wobei im Schatten der Mainmetropole Frankfurt jede Stadt irgendwie mickrig wirkt, und dieses Verbrechen dürfte eine ziemliche Abweichung darstellen von den Dingen, die er sonst sieht.

Tode im Altenheim, die pro forma untersucht werden. Suizide ebenso. Der ein oder andere Unfall mit Todesfolge.

Was weiß ich. Solche Dinge halt. Normale Dinge.

Aber das hier?

Das ist Gewalt. Brutalität. Gier. Tiefste Dunkelheit, die uns im Inneren antreibt. Jeden von uns.

Ein dunkler Kern, der uns ausfüllt. Die Bestie ist da. In manchen schläft sie nur, und das für immer. In anderen ist sie wach. Hellwach.

Die Frage ist nur, ob man ihr nachgibt.

Ein leises Räuspern reißt mich aus den Gedanken und lässt mich herumfahren.

„Wie ich sehe, fangen Sie schon ohne mich an", sagt ein hagerer Mann im grauen Anzug hinter mir. Unruhig nestelt er an seinem dunkelblauen Schlips herum. Zu geschmackvoll für einen Polizisten, zu billig für einen Politiker. Passend zu dieser Stadt.

Der Schritt, die Körperhaltung. Die Art, wie alle anwesenden Personen, vor allem die uniformierten, auf ihn reagieren, verraten ihn. Der örtliche Ermittlungsleiter.

Der Chef.

Meine Brust hebt und senkt sich. Ich versuche, den Seufzer heimlich auszustoßen, was mir nur teilweise gelingen will.

„Ich mache mir gern schnell ein Bild vor Ort", erwidere ich. „Um nichts zu verpassen."

„Das sehe ich", sagt der Mann. „Sie waren wirklich verdammt schnell hier. Aber die Spurensicherung haben Sie dennoch verpasst."

Ich weiß nicht recht, ob es ein Lob oder ein Vorwurf sein soll. Sein aufgesetztes Lächeln jedenfalls wirkt einstudiert. Erst vor dem Spiegel geübt, dann meisterhaft angewendet über Jahre und Jahrzehnte in diesem Job. Ein Drittel Bulle, zwei Drittel Politiker.

„Es ist nicht sehr weit, und ich bin verdammt tief geflogen", antworte ich und lächle unverbindlich. Dass ich – übermüdet und nur auf einem Kaffee laufend – die halbe Nacht durchgefahren bin, muss er nicht wissen. „Ein Jammer, dass ich die Spurensicherung verpasst habe. Aber ich schätze, Sie und Ihre Leute haben das alles gut im Griff, oder?"

Er kneift die Augen zusammen, fixiert mich.

Ich presse meine Lippen aufeinander.

Manchmal kann ich meine Klappe nicht halten. Eine Eigenschaft, die zwar bisweilen nützlich sein kann, mich aber auf Lebenszeit von Chefetagen und Ledersesseln fernhalten wird.

Glücklicherweise.

Der Chef übergeht meinen leicht bissigen Kommentar.

Stattdessen weist er auf den Mann neben sich, der still, untersetzt und etwas kleiner ist. Außerdem leidet er unter Haarausfall, der seinem Alter angemessen, seinem Ego aber sicherlich hinderlich ist.

„Das ist Bernhard Strasser, Ihr Kollege für diesen Fall. Ihre Chefin sagte, Sie bräuchten einen Verbindungsmann vor Ort. Sozusagen als Ihren Partner."

Ich nicke. Partner sagt er. Aber er meint Babysitter.

So ist es immer mit den Örtlichen. Sie denken, wir wären die Bekloppten. Die, die einen Aufpasser bräuchten.

Störenfriede. Psychos.

Sie schauen auf uns herab, weil sie denken, wir tun dasselbe mit ihnen.

Dann streckt er mir die Hand entgegen. „Entschuldigen Sie meine Unhöflichkeit", sagt er. „Lange, ich leite die Ermittlungen hier."

Der Name passt.

Ich starre kurz auf die ausgestreckte Hand und lächle so breit, dass meine Mundwinkel beinahe anfangen, unruhig zu zucken. Dann winke ich flüchtig in die Runde. Händeschütteln ist ein unangenehmes Relikt von gestern. Ich mache das nicht mehr. Eine weitere Eigenheit, die man mir gern krummnimmt, aber bei Weitem nicht die einzige. „Hi!"

Strasser nickt mir zu.

„Das ist Nessa Wolf. Die Dame vom BKA", sagt Lange.

Die Bekloppte vom BKA, meint er. Ich kenne meinen Ruf.

Es ist der Rechtsmediziner, der die Peinlichkeit überwindet, und dafür bin ich ihm wirklich dankbar.

Auch wenn der Mann wahrscheinlich einfach nur fertig werden, den Tatort verlassen und zu einem verspäteten Frühstück verschwinden will, damit er endlich seinen Kaffee kriegt.

„Ich wollte gerade über die Todesursache und …", er zeigt auf den skalpierten Schädel der Leiche, „na ja, dieses Schlamassel hier eben berichten. Jedenfalls soweit bisher ersichtlich."

„Sehr gut, Stracke." Lange nickt ihm knapp zu. „Fahren Sie fort."

Stracke. Dieses Mal muss ich mir den Namen des Rechtsmediziners merken. Es ist peinlich, dieses Starren, das Herumdrucksen, wenn mir ein Name entfällt. Es ist wirklich keine Absicht. Ich will nicht unhöflich sein. Nur sind es einfach so viele.

Jede zweite Woche, mindestens. Neue Namen, neue Orte.

Neue Taten. Neue Leichen.

„Man hat sie erwürgt", sagt Stracke und deutet auf die blutunterlaufenen Abdrücke am Hals des Opfers. „Sehen Sie hier? Mit einem Gegenstand. Einem Gürtel vielleicht. Und mit etwas anderem. Einem Tuch oder Schal, eventuell einer Krawatte."

Die Würgemale sind dunkelviolett und länglich. Man sieht tatsächlich keine klaren Abdrücke von Fingern.

„Ist das nicht schwierig?", fragt Lange. „Das Würgen meine ich?"

Der Rechtsmediziner nickt und verscheucht eine Fliege. „Oh, ja. Allerdings."

„Aber es ist auch persönlicher", sage ich. „Es scheint, der Täter kannte das Opfer, hatte irgendeine Beziehung zu ihr. Oder glaubte zumindest, eine zu haben, denke ich."

Strasser sieht flüchtig zu mir, dann zu Boden. Er räuspert sich. „Das Erwürgen war also die Todesursache?"

Stracke nickt knapp. „Ja."

„Und das?", fragt der Chef.

„Das Skalpieren?" Der Rechtsmediziner wackelt mit dem Kopf. „Das geschah hinterher. Post mortem. Aber nicht lange, soweit ich das auf die Schnelle beurteilen kann."

„Sie hat davon nichts gespürt?"

Stracke richtet sich auf, seine Knie knacken vernehmlich, und er schielt über den Rand seiner Brille. „Nein. Sie war bereits tot. Aber hätte sie noch gelebt, wären die Schmerzen nahezu unvorstellbar gewesen."

Lange nickt, und Strassers Kehlkopf zuckt.

Wie ich sagte: natürliche Tode. Altenheime. Ein gelegentlicher Suizid. Unfälle.

Aber irgendwie berührt es die Leute auf andere Art, wenn sie wissen, dass der Tod gewaltsam geschah. Vorsätzlich. Brutal. Blutig.

Mord. Die juristische Seite interessiert mich nicht. Nur die Tat, das Motiv. Der Weg zum Täter.

Und dass ihm das Handwerk gelegt wird.

Weniger Täter, weniger Opfer.

Weniger Schmerz.

Ich will wissen, was ihn antreibt. Warum er tut, was er getan hat. Und vielleicht ist es irgendwann nützlich, um zu verhindern, dass noch mehr Leid geschieht.

Scheiße, davon gibt es wirklich mehr als genug in dieser Welt.

Ich stoße meinen Atem in einem langen Zug aus.

„Wurde sie …", setzt Strasser an und befeuchtet umständlich seine Lippen. „Hat er sie …"

Ich bin versucht, meine Hand gegen meine Stirn zu schlagen und ich lasse es nur, weil ich rechtzeitig meine Finger verschränke, bis die Gelenke schmerzen.

Keine Ahnung, ob es daran liegt, dass ich eine Frau bin und die Kerle in meiner Gegenwart nicht über dieses Thema sprechen können, oder ob es am Thema selbst liegt.

Aber irgendwie kriegen sie an diesem Punkt oft keinen Ton heraus.

Bis auf den Rechtsmediziner. Das mag ich an diesem Berufsstand. Meistens sind sie es, die das Kind beim Namen nennen. Sachlich. Unkompliziert.

„Ob man sie vergewaltigt hat?", fragt Stracke und schüttelt den Kopf. „Nach gegenwärtigen Erkenntnissen nicht. Es gibt keine Verletzungen, die ich erkennen kann, die darauf schließen lassen. Sie war angekleidet, und es sieht so aus, als wäre es ihre eigene Kleidung gewesen. Sie ist schmutzig, und das Opfer hat sich eingenässt. Nein, ich denke nicht, dass sie vergewaltigt wurde. Sie wurde getötet, skalpiert und hierhergebracht. Das ist, was ich momentan denke. Aber genauer kann ich es erst später sagen."

Strasser und sein Chef nicken synchron, wobei mein vorübergehender Kollege mich ein wenig an einen Wackeldackel mit besonders traurigen Augen erinnert.

„Wer war sie?", frage ich. „Wissen wir das schon?"

„Die Kollegen auf der Dienststelle konnten anhand der vorläufigen Erkenntnisse der Spurensicherung bereits etwas in Erfahrung bringen. Nicht wahr, Strasser?" Lange nickt Strasser aufmunternd zu.

Strasser räuspert sich umständlich. „Also. Was wir bisher wissen, ist: Sie ist recht bekannt im Internet."

„Bekannt? Wie bekannt?“, frage ich.

Er zuckt mit den Schultern und sagt: „YouTube.“ Ganz so, als beantworte das alle Fragen.

„Okay“, sage ich gedehnt.

„Sie hatte etwa hunderttausend Abonnenten.“

Hunderttausend. Zwei große Fußballstadien. Das klingt verdammt viel. Aber wie alles im Leben ist es relativ. Es kommt auf die Branche an.

„Was hat sie gemacht?“

Wieder räuspert sich Strasser, und langsam fällt mir dieser Laut auf die Nerven. Er zieht einen Zettel aus der Tasche. „Dieses A-S-M-R“, sagt er und macht nach jedem Buchstaben eine Pause. „Das hat sie gemacht. Das sind diese Videos mit Flüstern und Geräuschen und so. Es dient der Entspannung. Glaube ich.“

„Okay“, erwidere ich erneut und nicke langsam. Irgendwo klingelt es bei der Abkürzung ASMR, aber das Feld dürfte weit gefasst sein. „Entspannung im Sinne von Beruhigung oder im Sinne von Porno?“

Strasser läuft rot an. Warum auch immer. Manchmal fällt es schwer, zu glauben, dass wir alle Profis sind – oder zumindest sein sollten –, aber vermutlich sollte ich einsehen, dass meine Maßstäbe nicht das Maß aller Dinge sind. Auch wenn sie das hier und da vielleicht sein sollten. Das würde allen die Sache erleichtern.

„Haben Sie schon einmal davon gehört?“, fragt der Chef und sieht mich forschend an.

Ich öffne den Mund, und dann passiert, was gerade nicht passieren sollte. Mein Telefon klingelt.

Ich hasse es, wenn das geschieht, weil gleich darauf dieser Blick folgt.

Sie ist eine Frau, natürlich hängt sie dauernd am Handy. Dieser Blick.

„Entschuldigen Sie mich eine Sekunde“, sage ich, ziehe mein Smartphone hervor und entferne mich rasch ein paar Schritte von der Gruppe und der Leiche. Ein Blick auf das Display verrät mir den Störenfried.

Charly.

Kapitel 3

„Bist du beschäftigt?"

Charly kommt direkt zur Sache. Er verschwendet keine Zeit, eine Eigenart, die ich an ihm schätze.

Charly ist deutlich jünger als ich, aber für seine knapp achtundzwanzig Jahre weist er eine enorme Reife auf.

Etwas, das sich meiner Erfahrung nach bei Menschen entwickelt, deren Weg schwerer ist als der von anderen – und Charly hatte es wirklich nicht leicht.

„Kann man so sagen", antworte ich. „Wie geht's den Kindern?"

Charly lacht, und wenn er das tut, tönt es heller, als ihm lieb ist. Wenn er lacht, klingt sein altes Ich durch.

Aber das sage ich ihm nicht. Warum auch?

Ich sage ihm auch nicht, dass ich mir an seiner Stelle einen anderen Namen ausgesucht hätte. Ich meine, wann hat man schon einmal die Gelegenheit, seinen eigenen Namen zu wählen?

Aber wenn es ihn glücklich macht, ist es in Ordnung.

„Den Kindern? Ja, denen geht es gut. Rupi hat alles aufgegessen, samt Tabletten und allem. Leider hat Reena neben die Box gekackt. Einen Riesenhaufen, direkt daneben."

Unwillkürlich verziehe ich den Mund. Ich liebe meine Fellmonster, aber die Vorstellung ist widerlich. Der Anblick von Leichen macht mir wenig aus. Auch die Begleitumstände, der Geruch, Maden, Fliegen, Insekten. All das kann ich ab. Katzenkot hingegen? Das ist eine andere Hausnummer.

„Ist es wenigstens auf den Fliesen gelandet?"

Wieder lacht Charly, aber dieses Mal leiser. Tiefer. Seine Stimme hat er noch nicht vollständig im Griff, aber es wird besser. Im Grunde ist er ein Teenager im Stimmbruch. „Keine Sorge. Ich habe alles weggemacht."

„Du bist ein Schatz!", sage ich.

„Kein Ding. Ist bei dir alles okay?"

Ohne darüber nachzudenken, hebe ich den Blick und sehe, wie mein neuer Chef mich taxiert.

Na ja, er ist nicht wirklich mein Chef. Aber er leitet die Ermittlungen hier, und wenn ich andauernd querschieße, ruft mich irgendwann meine tatsächliche Chefin an, und das will ich nicht herausfordern.

„Klar."

Lange tippt mit der Fußspitze auf den Boden, starrt mich an.

Ich bin mir sicher, er hat sich über mich erkundigt.

Meine Geschichte ist bekannt.

Es braucht nicht viel mehr, als meinen Namen in eine Suchmaschine zu tippen und ein bisschen an der Oberfläche zu kratzen. Man muss nicht einmal tief graben.

Außerdem bin ich eine Frau. Das macht alles schwieriger. Hinzu kommt, dass ich telefoniere. Am Fundort der Toten. Auf der Arbeit. Privat.

Sakrileg.

Wenn es ein Kerl tut, ist es egal. So ist es immer.

Aber das ist es wert. Ich brauche diesen Moment, die Erinnerung an zu Hause, bevor sich hier alles auf mich stürzt.

„Klar?", fragt Charly. „So wie immer also?"

„Die Arbeit halt. Aber passt schon."

Nicht nur Lange beobachtet mich, auch Strasser. Etwas ist komisch an diesem Kerl. Er lauert, fast verstohlen.

Vielleicht ist es ihm peinlich. Vielleicht ist er schüchtern. Oder ein bisschen pervers.

Aber auch das ist nicht meine Angelegenheit – und ich hoffe, sie wird es auch nicht.

Wir haben schließlich alle unsere dunklen Flecken auf der Seele.

Nur Stracke, der Rechtsmediziner, ist bei der Sache und untersucht weiterhin das tote Mädchen am Boden.

Ich seufze leise, während ich an meinen Haarspitzen ziehe.

Ich mag es nicht, meine Kollegen zu analysieren. Auch wenn es nur Kollegen auf Zeit sind. Für ein paar Tage, eine Woche vielleicht. Selten länger. Am anderen Ende der Leitung murmelt Charly etwas in die Sprechmuschel.

Ich fahre mir flüchtig durchs Haar, was mir im zweiten Moment irgendwie unpassend erscheint, angesichts der Umstände. „Was hast du bitte gesagt?"

Charly lächelt. Ich kann es nicht sehen, nicht hören, aber ich spüre es. Was seltsam ist, denn so gut kenne ich ihn nicht einmal.

Immerhin gut genug, dass ich ihm meine Katzen anvertraue, während ich unterwegs bin, ohne Bauchschmerzen zu haben.

Charly ist ein guter Kerl. Das allein bedeutet schon eine Menge in einer Welt, in der sich vieles um Macht, Gier und Verbrechen dreht.

Ich höre ein kaum wahrnehmbares Geräusch, ein Knacken. Dann nichts, bis es leise in der Leitung schnurrt. Gleichmäßig, wie ein Diesel.

Es ringt mir ein Lächeln ab.

Dann ist wieder Charly am Apparat. „Hörst du es?"

„Ja", sage ich. „Hör mal, ich …"

„Schon klar", antwortet er. „Ich will nicht länger stören. Wir können später reden."

„Danke", sage ich und trete von einem Bein auf das andere.

„Wir warten auf dich. Lass dich nicht auffressen von deinem Fall. Aber wenn ich helfen kann, Nessa. Du weißt …"

„Vielleicht kannst du das wirklich", sage ich schnell. „Weißt du etwas über dieses ASMR?"

Es behagt mir nicht, ihn in meine Arbeit einzubeziehen. Es ist gegen die Vorschriften, auch wenn es mir nichts ausmacht, hier und da auf die Regeln zu pfeifen.

Aber es geht nicht um mich. Es gehört sich einfach nicht, Charly damit zu belasten. Mit dem Dreck, dem Schmutz. Dem Abschaum.

Dem Tod.

Allerdings dürfte es ihm kaum schaden, hier und da eine harmlose Recherche durchzuführen. Darin ist er gut. Das ist die Generation, die mit dem Internet aufgewachsen ist. Sie mussten sich nicht erst zurechtfinden, sie sind hineingewachsen. Ein bisschen googeln kann jeder, aber Charly findet auch Dinge, die nicht jeder auf Anhieb findet, und er zieht oft die richtigen Schlüsse. Jedenfalls: Ich muss ihm nichts erklären. Und mir fehlt einfach die Zeit.

„Die Art, wie du fragst, Nessa, sagt mir, dass ich vermutlich mehr darüber weiß als du, oder?"

„Vermutlich." Ich seufze. „Also, Charly, weißt du etwas, oder nicht?"

„Okay, also ASMR steht für Autonomous Sensory …"

„Charly, ich glaube, ich brauche nicht den ganzen Eintrag aus dem Lexikon."

„Hmm, na gut. Vereinfacht ausgedrückt, ist das dieses Kopfkribbeln. Du hast das bestimmt schon einmal gespürt, wenn dir jemand sanft mit den Fingerspitzen über den Rücken streicht oder mit den Haaren spielt. Oft reicht es schon, es einfach bei anderen zu sehen, oder bestimmte Geräusche und weiches Flüstern lösen das Gefühl ebenso aus."

„Und das funktioniert per Video?"

„Das ist der Trick. Probier es einfach aus." Charly lacht erneut leise. „ASMR ist toll. Ich lieb's. Da könnte ich dir noch jede Menge erzählen. Ich schaue mir jeden Abend zum Einschlafen einen bestimmten Stream auf Twitch an. Divi. Die ist die Beste, sag ich dir."

„Charly? Was zur Hölle ist Twitch?"

Er lacht leise. „Eine Plattform für Livestreams."

„Klingt nach Porno", sage ich.

Wieder lacht Charly. „Überhaupt nicht. Das komplette Gegenteil. Du darfst nicht einmal ohne T-Shirt streamen. Als Kerl!"

„Aha", sage ich.

„Nicht die Info, die du suchst, hmm?"

„Nicht wirklich“, antworte ich.

„Auf Twitch wird alles gestreamt. Am Anfang ging es nur um Videospiele. Jetzt gibt es im Grunde echt alles. Virtuelle, interaktive Talkshows, True Crime …“

„Verschone mich mit True Crime.“

„… und eben auch ASMR“, sagt Charly. „Das ist ganz harmlos. Na ja, vielleicht nicht eben harmlos. Aber es ist nicht pornös.“

„Danke für den Exkurs“, sage ich. „Da bin ich beruhigt.“

Charly atmet leise in das Telefon. Und er grinst. Ich kann es hören. „Was willst du denn wissen?“

Ich seufze. „Ich brauche alles, Charly.“

„Das ist eine ziemliche Menge, Nessa.“

„Ich weiß. Ruf mich später nochmal an. Oder schick mir eine Mail, bitte.“

„So einfach ist das nicht“, antwortet Charly. „Ich müsste schon ein bisschen die Richtung wissen.“

„Das ist nicht alles das Gleiche?“

„Überhaupt nicht. Es gibt ASMR mit Flüstern und ohne, welches, das nur ganz unschuldig der Entspannung dient, und anderes, das durchaus etwas anregend sein darf.“

„Also doch Porno?“

Wieder höre ich Charlys Grinsen. „Nein, aber auch. Es gibt ASMRtists, die ganz normale Entspannungsvideos auf YouTube bringen und ziemlich heißen Stuff auf OnlyFans raushauen. Das ist teilweise schon fast Porno, ja. Und es gibt alles, was du dir denken kannst dazwischen.“

„Mir dreht sich der Kopf, Charly. Ich brauche Antworten und nicht nur noch mehr Verwirrung. Was zur Hölle ist OnlyFans?“

„OF ist ein Portal, ein bisschen wie Social Media, aber du kannst bezahlen und bekommst Inhalte dafür, die teils sehr offenherzig sind, aber nicht sein müssen."

Ich blase meine Wangen auf. „Und Leute bezahlen für diesen Kram?"

„Natürlich."

„Natürlich", echoe ich.

„Du weißt, wie es ist, Nessa. Wenn etwas existiert, gibt's auch wen, der drauf steht, und dann gibt es eine Nachfrage und auch ein Angebot."

Ich presse meine Lippen zusammen, sauge Luft ein. Er hat recht. Leider. Ich weiß das nur zu gut. Es gibt für so ziemlich alles Nachfrage und Angebot. Egal, wie abgedreht oder abwegig es auch erscheinen mag. „Charly, ich brauche ein bisschen den Überblick. Ich habe noch keine Ahnung, womit ich es hier zu tun habe. Ich weiß nur, sie hat Videos auf YouTube gemacht."

„Das Opfer?", fragt er.

„Hmm", mache ich.

„Du darfst es nicht sagen."

„Hmm."

„Okay", antwortet Charly und lacht leise. „Wie immer also? Das könnte ein bisschen dauern. Aber ich beeile mich. Dürfte nicht allzu schwer sein, herauszufinden, wer sie war. Die Community ist fix und hält zusammen."

„Ja", sage ich. „Wie immer. Warte mal, wie hast du sie vorhin genannt? ASM…"

„Oh, ASMRtist. Das ist ein Wortspiel. Du sprichst es auf Englisch aus, und aus dem R und dem Rest wird ‚Artist'. Ganz einfach."

„Danke, Charly.“

Dann lege ich auf.

Ich fasse an mein linkes Handgelenk und nehme das dünne blaue Gummiband, das ich darum trage, zwischen Daumen und Zeigefinger. Ich ziehe am Band und lasse es mit einem Schnalzen gegen mein Gelenk schnappen.

Ein kleiner Tick, der mir beim Denken hilft. Nichts weiter. Jedenfalls erzähle ich das jedem, der es hören will. Vor allem mir selbst.

Ich ziehe meinen Ärmel wieder über das Band und gehe zurück zu den Kollegen, die sich vergeblich bemühen, mich nicht zu offensichtlich anzustarren.

Ich frage mich unwillkürlich, ob sie wohl auch schon ein wenig recherchiert haben.

Kapitel 4

Beim Betreten des Dienststellengebäudes fühle ich mich verloren. Es ist immer das gleiche Gefühl, selbst wenn die Gebäude stets andere sind. Man kennt niemanden, weiß weder, wo die Toilette, noch, wo der Kaffeeautomat ist.

So als erlebte man den ersten Tag an einer neuen Schule immer wieder. Man scannt die Leute und fragt sich, welcher der muskelbepackte Idiot ist, der einem das Pausenbrot stehlen will. Oder die Tour vermasseln.

Dieses Gefühl zieht sich durch mein Leben wie ein roter Faden. Jede Woche, bestenfalls jede Woche, bin ich die Neue.

Veränderung als einzige Konstante.

Man sollte meinen, man gewöhnt sich daran, nur angenehmer wird es dadurch nicht.

Es wäre schön, hier und da einen festen Punkt zu haben.

Für den Augenblick bleibt es mir aber nicht vergönnt, und ich mache mich mit dem vertraut, was für die nächste Zeit mein Arbeitsplatz sein wird.

Dieses Gebäude riecht nach Reinigungsmitteln und Holz, von dem es reichlich gibt. Geländer, alte schwere Türen.

Patina und Bürokratie. Es hat etwas Mittelalterliches an sich, und ich hoffe inständig, dass der Eindruck sich nur auf das Gebäude bezieht.

Da ist das hohle Echo meiner Tritte auf den Bodenplatten. Irgendwo tippt jemand. Eine Tür schlägt zu.

Eine Treppe führt nach oben, Gänge zu beiden Seiten. Der rechte ist abgetrennt durch eine Glastür, die mindestens genauso fehl am Platz wirkt wie ich selbst. Schwestern im Geiste, die Tür und ich. Irgendwie sind wir beide im Weg, selbst wenn wir einen Zweck erfüllen.

Ich schließe kurz meine Augen, atme, fasse an mein linkes Handgelenk.

Dann öffne ich meine Augen wieder, starre auf eine Tafel, die über unterschiedliche Abteilungen, Zimmertüren und Wege dorthin informiert.

Aber ich komme nicht dazu, mich damit zu beschäftigen.

Eine Frau mittleren Alters mit grauen Strähnen fängt mich ab.

Sie lächelt, und es wirkt tatsächlich aufrichtig. „Frau Wolf?"

Ich nicke. „Ja. Ich schätze, ich falle auf, hm?"

„Das ist hier nicht schwer. Ein fremdes Gesicht fällt immer auf. Vor allem hier." Sie lacht leise. „Schön, dass Sie da sind, wenngleich der Grund … Na, Sie wissen ja. Ich bin Marita Huber, aber sagen Sie ruhig Rita zu mir, wie die anderen auch. Ich bin hier so etwas wie die gute Fee und manchmal auch das Schlossgespenst, wenn Sie so wollen. Lassen Sie mich wissen, wenn Sie etwas brauchen."

„Danke", sage ich. „Ich schätze, ich suche einen Besprechungsraum oder was immer die Mordkommission hier für die Meetings nutzt."

„Oh, eine ständige Mordkommission haben wir hier nicht. Nur ein paar Leute, die der Chef für die, na ja, etwas haarigeren Angelegenheiten abgestellt hat."

Ich unterdrücke einen Seufzer. Ich hatte damit gerechnet, weil es in kleineren Städten, wie dieser hier, oft der Fall ist. Es gibt keine ständige Abteilung für Todesermittlungen, nur ein paar Beamte, die formal die Todesfälle untersuchen, die hier und da anfallen, und ansonsten mit anderen Dingen beschäftigt sind. Diebstahl, Nachbarschaftsstreit. Alltägliches eben.

Dieser Ort ist eine nette kleine Kurstadt mit verwinkelten mittelalterlichen Gässchen. Kleine Geschäfte, seit Generationen im Familienbesitz. Ein überschaubarer Wochenmarkt, auf dem die Bauern und Verkäuferinnen noch die Namen ihrer Kunden kennen. Nette Menschen, die freundlich grüßen und über das Wetter plaudern. Harmlos.

Das Einzige, was hier geheimnisvoll und bedrohlich wirkt, ist der Wald, den man in kaum mehr als einer halben Stunde Spaziergang erreicht. Dunkle, alte Bäume, die im Wind knarren.

Dinge, die Leute wie mich hierherbringen, passieren üblicherweise woanders. Frankfurt. Wiesbaden vielleicht. Nicht hier.

Bis es eben doch passiert.

Das macht meine Aufgabe nicht einfacher, weil es den Leuten an Erfahrung mangelt. Man kann ihnen das nicht einmal zum Vorwurf machen, aber es wirft zwangsläufig Probleme auf. Manchmal muss man schon froh sein, wenn sie nichts ruinieren. Bedauerlich, aber nicht zu ändern.

Fairerweise kann man sagen, dass es ebenfalls ein Grund zur Freude ist, wenn ich nichts ruiniere – oder vielmehr: wenn meine Vergangenheit nicht alles ruiniert.

Jeder hat Fehler, Schwächen und Reisegepäck.

Ritas Lächeln strahlt Ruhe aus und gibt mir ein warmes Gefühl in meiner Brust.

Die Frau ist das erste wirklich freundliche Gesicht, das ich sehe, seit ich hier eingetroffen bin. Sie reicht mir einen Becher Kaffee und weist auf einen kleinen Tisch in einer Nische. „Ich weiß nicht, wie Sie ihn trinken. Dort drüben finden Sie Milch und Zucker."

„Danke", sage ich und erwidere ihr Lächeln. „Schwarz ist prima."

Ist es nicht, aber besser als nur Milch oder Zucker. Eigentlich würde ich sterben für einen großen Kaffee mit Vanillearoma, aber dafür ist gerade keine Zeit, und ich bezweifle, dass ich den hier bekommen würde. Also: Was bleibt mir anderes übrig?

Ritas Schritte trippeln lautstark auf den Fliesen, dann weist sie auf die Glastür. „Der Besprechungsraum ist am Ende des Gangs. Direkt daneben habe ich Ihnen einen kleinen Raum freigemacht. Büro will ich es nicht nennen, aber dort haben Sie zumindest Ihre Ruhe und einen Internetanschluss."

„Perfekt", sage ich. „Danke."

Sie nickt und lässt mich allein.

Ich lege die Hände um den Kaffeebecher, spüre die Wärme und atme den Geruch des Getränks ein.

Mit dem Kaffee in der Hand mache ich mich auf den Weg und habe den Becher bis zur Tür des Besprechungsraums bereits geleert. Ich könnte umgehend einen zweiten vertragen, aber vielleicht ist es besser, Lange und sein Team nicht warten zu lassen. Außerdem bin ich neugierig, denn seine Leute sind jetzt auch meine Leute. Wenn auch nur so lange, wie diese Sache hier dauert.

Ich lege die Hand auf die Klinke. Ein letztes tiefes Einatmen.

Dann springe ich einmal mehr ins kalte Wasser.

Das Besprechungszimmer der örtlichen Dienststelle ist ein schmuckloser Raum mit kahlen Wänden und einem Whiteboard, das völlig unberührt scheint.

Mehrere Tische sind halbherzig zu einem Kreis angeordnet.

Lange und Strasser sind schon da, hocken wie angewachsen auf ihren Stühlen und nicken mir zu. Daneben sitzt ein Mann, den ich nicht kenne. Seine Züge haben etwas Hartes, Unnatürliches an sich. Er lässt mich nicht aus den Augen. Sein Blick wirkt unfreundlich, fast abweisend. Müsste ich raten, würde ich sagen, dieser Kerl hat mich schon gegoogelt und nicht nur meine Erfolge gefunden.

Ich stelle den leeren Kaffeebecher auf dem Tisch ab und lasse mich auf einem der Stühle nieder.

„Schön, dass Sie uns gefunden haben, Fräulein Wolf", sagt Lange, aber es schwingen weder Freundlichkeit noch Freude in seiner Stimme mit. Außerdem verraten seine Augen den Mann. Ich bin keine gute Pokerspielerin, aber ihn würde ich besiegen.

Ich übergehe das „Fräulein", spiele das Spiel mit und nicke ihm und den beiden anderen zu. „Sind alle da?"

Lange schüttelt den Kopf und sieht auf seine Armbanduhr. „Frau Ebel fehlt noch. Vielleicht warten wir noch kurz."

Lange ist oldschool. Ein Dinosaurier aus einer Zeit, als Frauen bei der Polizei noch nichts verloren hatten. Zeiten ändern sich, wenn auch nur langsam. Doch am Ende sind auch die Dinosaurier ausgestorben. Manchmal braucht es nur den richtigen Einschlag zur rechten Zeit.

Strasser und der andere Kerl tuscheln miteinander.

Es scheint keine Seltenheit zu sein, dass die Dame dieses Teams zu spät erscheint. Aber für mich spielt das keine Rolle. Den Schuh ziehe ich mir nicht an.

„Nein", sage ich. „Wir fangen an."

Lange ist tatsächlich ein echter Pokerspielversager. Seine Augenbrauen zucken.

Ich gebe ihm keine Gelegenheit, sich zu sammeln.

„Haben wir schon Bilder vom Fundort der Leiche?", frage ich, und an der Stelle endet mein Vorstoß auch bereits.

Die Tür schwingt auf, und die Dame des Teams tritt ein, verfolgt von den Blicken der Kerle.

Ich weiß, wie sie sich fühlt, aber Mitleid habe ich nur bedingt. Die Welt ist scheiße und ungerecht. Respekt muss man sich verdienen. Manche Dinge ändern sich nicht. Wir sind nicht automatisch Verbündete, nur weil wir beide Frauen sind. Auf der anderen Seite sollten wir das vielleicht sein, denn die Kerle sind es ganz sicher. Eine Krähe hackt der anderen kein Auge aus.

Wir müssen uns nicht auch noch gegenseitig das Leben schwerer machen.

Die Kollegin ist etwas jünger als ich, huscht durch den Raum, bemüht, kein Geräusch zu verursachen. Als Einbrecherin wäre sie eine Vollniete, aber gut, die Aufmerksamkeit hat sie ohnehin.

Sie wirft mir einen flüchtigen Blick zu.

Sie ist attraktiv, wirkt kaum älter als das Opfer und sieht viel zu gut aus für den Job. Geradezu objektiv schön, falls es das gibt. Man würde sie auf einem Laufsteg erwarten, weniger auf einer Polizeidienststelle.

Ich schätze, sie hat es nicht leicht in diesem Team.

„Entschuldigung", murmelt sie und setzt sich auf einen freien Stuhl.

Der Ball liegt jetzt wieder bei Lange, und er nimmt ihn auf. „Nun, da auch Frau Ebel zu uns gestoßen ist, können wir vielleicht der Reihe nach vorgehen, und ich stelle Ihnen erst einmal die Leute vor, Frau Wolf. Was meinen Sie?"

Ich nicke und lächle. Ich habe keinen Spiegel, aber ich schätze, mein Lächeln wirkt wie das von Ted Bundy. Freundlich, aber falsch.

Außerdem zucken meine Gesichtsmuskeln.

„Strasser kennen Sie bereits. Die Dame ist Frau Ebel. Dazu wird uns Herr Weiland hier unterstützen. Er ist Kriminalhauptkommissar aus der Landeshauptstadt, und ich habe um seine Hilfe ersucht. Ich schätze, wir werden jede Unterstützung brauchen können."

Ein Kollege aus der großen Stadt. Fein.

Aber in einem Punkt dürfte Lange recht haben. Das Team ist klein, was die Größenordnung der Tat angeht, wahrscheinlich unerfahren und jede Hilfe willkommen.

Bei diesem Kerl jedoch habe ich meine Zweifel, ob er wirklich hilfreich sein will oder nur auf einen Schwanzvergleich aus ist.

Aber ich kann mich irren, und in diesem Fall irre ich hoffentlich. Hier geht es um mehr als um Egos und Eier.

„Die Fotografien sind leider noch nicht da“, sagt Lange. „Aber bitte, Frau Wolf, fangen Sie doch an mit dem, was wir wissen.“

„Die Tote heißt Lea Grimm“, sage ich. „Sie hat einen relativ erfolgreichen Kanal auf einem Videoportal, das Sie sicher alle kennen. Die Zahl ihrer Abonnenten beträgt seit Kurzem mehr als hunderttausend.“

„Denken Sie, dass es einer von denen gewesen sein könnte?“, fragt Weiland.

„Möglich“, sage ich, und das ist wahr. Möglich ist fast alles. „Wenn auch nicht sonderlich wahrscheinlich. Es müsste schon einiges zusammenkommen, dass sie sich mit einem ihrer Fans getroffen hat und der sie dann auch noch umgebracht hat. Wahrscheinlicher ist, dass der Täter im Umfeld zu finden ist. Familie, Freunde. Es ist nun erst mal wichtig, ihren Hintergrund auszuleuchten.“

„Was wissen wir zum Tathergang?“, fragt Ebel.

„Ich fürchte, noch nicht viel“, sage ich. „Lea Grimm wurde, soweit wir bisher wissen, nicht sexuell angegriffen. Ihre Leiche war bekleidet. Offenbar hat man sie erwürgt.“ Ich ziehe mein Smartphone hervor, öffne die Foto-App und starre auf das Bild. Leas schlanker Hals, die dunklen Flecken unter der bleichen Haut. Ich ertappe mich bei dem Gedanken daran, wie sehr sie gelitten haben muss, und blinzle hastig. „Entsprechende Male an ihrem Hals legen das nahe. Sie wurde vollständig skalpiert aufgefunden. Ihr Haar fehlt mitsamt der Kopfhaut. Beides wurde abgetrennt und vom Täter offenbar mitgenommen.“

„Was ein Alarmsignal ist“, wirft Weiland ein.

„In der Tat“, sage ich. Und es stimmt: Serientäter neigen dazu, etwas von ihrem Opfer mitzunehmen, um es zu behalten. Eine Trophäe. Etwa, um sich an die Tat zu erinnern, sie immer wieder zu erleben. Den Kick zu spüren. Oder damit zu masturbieren.

Die Trophäe kann alles Mögliche sein. Kleidungsstücke, Haare, ein Finger, eine ganze Hand oder ein Organ. Es kommt nur auf das Bedürfnis des Täters an. Unser Mann steht offenbar auf Haare.

Ich schaue in betreten wirkende Mienen.

„Ich weiß nicht, ob es Ihnen allen bekannt ist, aber vor etwa drei Wochen geschah eine ähnliche Tat gute hundertfünfzig Kilometer von hier entfernt. In Fulda."

„Was heißt das? Eine ähnliche Tat?", fragt Lange.

„Eine junge Frau, getötet und skalpiert. Ich bin mit den Einzelheiten nicht vertraut. Noch nicht. Aber das lässt sich sicherlich herausfinden."

„Sie arbeiten nicht an dem Fall?"

„Nein", sage ich. „Bisher hat sich das BKA nicht damit befasst, weil es als einzelne Tat erschien und eine Mordkommission vorhanden ist. Das ist Sache der örtlichen Ermittler."

„Dann muss jemand mit denen Kontakt aufnehmen."

„So ist es", sage ich. „Wir müssen uns die andere Tat ansehen und Gemeinsamkeiten und Unterschiede vergleichen."

„Machen Sie das?"

Ich seufze. „Hören Sie, ich bin in erster Linie beratend hier, um Unterstützung zu leisten, bei der Erstellung des Profils auf der Suche nach dem Täter oder den Tätern."

Langes Augenbrauen zucken wieder. „Den Tätern?"

„Das ist nur eine Floskel", sage ich. „Im Moment wissen wir zu wenig und können nicht ausschließen, dass es mehr als ein Täter ist, oder?"

Er fasst sich an die Stirn. „Kennen Sie denn das Team in diesem anderen Fall?“

„Nein“, sage ich. „Ich fange, genau wie Sie alle, heute Morgen, hier und jetzt, mit dem Fall an.“

Er nickt, blickt schweigend in die Runde.

Streber scheint es hier jedenfalls keine zu geben.

„Ich mache das“, sage ich und verfluche mich innerlich. Ich bin gerade dabei, meinen Kopf in die Schlinge zu schieben. Freiwillig und ohne Not. „Ich stelle den Kontakt her und sehe, was ich herausfinden kann.“

Scheint, als wäre ich die Streberin im Raum. Tja.

„Gut“, sagt Lange und wirkt irgendwie erleichtert. „Was wissen Sie denn über diesen anderen Fall?“

Ich zucke mit den Schultern. „Nicht mehr als das, was ich eben gesagt habe. Es gibt Ähnlichkeiten, Parallelen. Wie bereits erwähnt, heute ist Tag eins. Auch für mich.“

„Das Skalpieren“, sagt Ebel leise in den Raum. „Das ist der entscheidende Punkt, oder?“

Ich nicke. „Es ist ungewöhnlich genug, dass ein paar rote Leuchten angehen. Aber im Augenblick ist es nur das. Rote Lämpchen.“

„Was denken Sie, Frau Wolf?“, fragt Lange und tippt mit einem Kugelschreiber auf dem Tisch herum. „Kriegen wir das hin?“

Ich denke, dass der Politiker gerade eine saudämliche Frage gestellt hat. Aber das sage ich ihm nicht.

Dieses Mal.

„Ich denke, wir sollten bei den Fakten bleiben und uns wirklich darauf konzentrieren, Parallelen und Unterschiede zwischen den Taten zu ermitteln, und herausfinden, ob wir es hier mit einem Serientäter zu tun haben.“

Das ist der Elefant im Raum. Was, wenn das der Anfang ist?

Langes Kehlkopf zuckt. Für einen Polizisten ist es eine Aufgabe, für einen Politiker eine Katastrophe. „Ein Serientäter? Hier?“

Ich ziehe mein Smartphone aus der Tasche. „Monster gibt es überall. Manchmal eben auch nebenan.“

Ich lasse Lange stehen und die anderen sitzen, wende mich ab und gehe zur Tür. Auf dem Flur atme ich durch.

Einmal, zweimal.

Dann wähle ich die erste Nummer aus meinem Kurzwahlspeicher.

Es dauert nur einen oder zwei Atemzüge. Dann dringt eine vertraute Stimme aus dem Gerät.

„Nessa? Alles in Ordnung.“

Ich lächle still, wohlwissend, dass sie mich nicht sehen kann. „Das kommt darauf an, wie man es betrachtet.“

„Was ist los?“, fragt Helene.

„Ich brauche eine Datenabfrage zu dem Tatgeschehen hier. Die Einzelheiten schicke ich in einer Nachricht.“

Helene Roth ist meine Vorgesetzte. Eine toughe Karrierefrau, wie sie im Buche steht, die einer Zeit entstammt, als Frauen bei der Polizei nichts zu melden hatten.

Eine Pionierin, die zu ihrer Zeit Typen wie Lange auf die Zehen gestiegen ist und sich den ganzen Weg vom Streifendienst bis zum BKA erkämpft hat.

Hart, fair.

Für mich ist sie mehr als eine Chefin. Helene ist meine Mentorin und mein schlechtes Gewissen, wenn ich mal wieder über die Stränge schlage.

„Noch etwas?“

Ich seufze leise. „Ja. Die Einzelheiten zu dem Fall von vor ein paar Wochen. Die Umstände erscheinen ähnlich."

Für die Dauer weniger Herzschläge herrscht Schweigen. Es gibt nichts zu sagen. Wir wissen beide, was es bedeutet.

Aber dann spricht Helene es doch aus.

„Dann gehst du von einem Serientäter aus?"

„Ich weiß es noch nicht. Es ist zu früh, um etwas zu sagen, Helene. Ich brauche erst die Einzelheiten der anderen Tat."

„Bekommst du", sagt sie. „Ich schicke dir alles per Mail."

„Danke", antworte ich. „Ich spreche inzwischen mit den Eltern des Mädchens hier."

Kapitel 5

Es ist vielleicht der schwerste Teil meiner Arbeit. Schlimmer als der Geruch, die Maden, das Blut. Schlimmer als der Anblick der Toten.

Es ist das Wegziehen des Bodens unter den Füßen von Menschen, die mir nichts getan haben.

Das Überbringen der Nachricht. Einzelheiten. Details. Man weiß nie, was einen erwartet, wenn man derart tief in solch private Bereiche eindringt.

Ihre offenen Fragen, auf die sie niemals eine Antwort erhalten werden.

Ganz egal, wie gut ich meinen Job erledige. Ganz gleich, ob der Täter gefasst, verurteilt und bestraft wird.

Einige Fragen werden für immer unbeantwortet bleiben.

Vor allem die eine Frage: Warum?

Das ist die Frage, die mich diese Arbeit weitermachen lässt. Die Frage, weshalb ich tue, was ich tue.

Aber es ist auch die Frage, die alle am meisten quält.

Strasser begleitet mich, aber ich bezweifle, dass er eine Hilfe sein wird. Der Gedanke, was er ausgefressen hat, dass er den Anstandsdackel für mich spielen muss, kommt mir in den Sinn. Denn das ist es meist: Der Typ, der die Bekloppte vom BKA betreuen muss, hat irgendetwas ausgefressen.

Vielleicht tue ich ihm auch Unrecht.

Vielleicht steckt unter dieser weichen Hülle irgendwo ein harter Kern. Vielleicht hat er ein Rückgrat, das man nur freilegen muss. Irgendwelche Qualitäten muss er haben.

Wir tauschen einen Blick.

„Hübsch", murmelt er leise.

Ich nicke und hoffe, dass es mich davon abhält, mit den Augen zu rollen.

Tatsächlich ist das Haus ansehnlich.

Es wirkt gepflegt, liegt in einer ruhigen Nebenstraße.

Die Art Straße, in der Kinder noch unbehelligt spielen könnten, liefen ihre Helikoptereltern nicht Gefahr, einen Herzinfarkt deshalb zu erleiden.

Man hört Vogelzwitschern, nicht nur den Straßenverkehr.

Das Haus selbst wirkt hell. Große Fenster, weiße Wände, rote Dachziegel. Der Vorgarten hingegen ist eine Katastrophe. Streng. Einer dieser unfreundlichen Betongärten, in dem kein Grashalm schief oder überhaupt wächst und in dem keine Hummel oder Biene jemals glücklich werden wird.

Ich frage mich, ob Lea hier glücklich gewesen ist – oder ob es ihre Eltern waren.

Ich weiß es nicht. Aber ich bin mir sicher, dass mit dem Überbringen meiner Nachricht eine dunkle Wolke über diesem Zuhause aufziehen wird, und ob sie je wieder verschwindet, hängt von den Bewohnern ab.

Wäre ich optimistisch, würde ich sagen, sie haben alle Chancen, den Schmerz und den Verlust zu überwinden, und irgendwo stimmt das ja auch.

Aber ich bin eher auf der realistischen Seite unterwegs. Irgendetwas bleibt immer – und wenn es nur die Narben sind.

Ich weiß nicht, wie es ist, ein Kind zu verlieren.

Ich weiß nicht, wie es ist, Mutter zu sein, und werde es nie erfahren. Scheiße, ich weiß nicht einmal, wie es ist, eine Mutter zu haben.

Aber etwas in mir flüstert, dass es kaum etwas Schlimmeres geben kann, als das eigene Kind zu verlieren.

„Gehen wir es an", sage ich, leise, mehr zu mir selbst als zu dem Kollegen neben mir, während ich mein Armband schnipsen lasse.

Ich atme durch, strecke die Hand nach dem Klingelknopf aus, will ihn drücken, aber dazu kommt es nicht.

Die Tür öffnet sich ohne mein Zutun.

Die Frau, die im Türrahmen erscheint, verschränkt die Arme. Die Ähnlichkeit ist frappierend.

Leas Mutter. Unverkennbar.

Die ältere Version ihrer Tochter, mit einem strengen Zug um den Mund, der mir verrät, wessen Idee die Gestaltung des Vorgartens gewesen sein könnte. Die Frau scheint ungefähr in meinem Alter zu sein, vielleicht ein paar Jahre älter.

Ende dreißig, Anfang vierzig.

Erschreckend eigentlich, dass ich eine erwachsene Tochter haben könnte.

Marlene Grimm strahlt eine gewisse Härte aus, steht kerzengerade da. Nur das Wippen des rechten Fußes verrät ihre Anspannung.

Sie weiß es. Ich habe keine Ahnung, woher sie es weiß oder wieso. Aber ich bin mir sicher.

Ihre Augen hingegen verraten nichts. Weder Trauer noch Traurigkeit. Keine roten Äderchen. Kein Anzeichen, dass sie geweint haben könnte.

Ihre Haut ist makellos, ebenso ihr Haar, die Schminke und auch die Kleidung. Weiße Bluse, schwarzer Rock.

„Sie kommen spät", sagt sie. Ihre Stimme klingt höflich, aber kühl. „Sie hätten sich den Weg sparen können."

„Frau Grimm?", frage ich, auch wenn die Antwort klar ist. „Ganz so einfach ist es leider nicht. Wir haben Fragen an Sie."

„Fragen? Die habe ich auch. Antworten? Ich denke nicht." Ihre Augen sind fest auf mich gerichtet. „Meine Tochter ist tot. So einfach ist das."

„Dennoch könnten Sie uns helfen", sage ich.

„Ihnen helfen? Wenn Sie mich fragen wollen, ob ich weiß, wer es getan hat, nein, ich weiß es nicht. Vielleicht ist es besser so."

Ich tausche einen schnellen Blick mit Strasser, der zwei Schritte hinter mir steht, schweigt und wirkt wie eine Statue.

Großartig, mein Kollege auf Zeit ist ein Teddybär. Oder ein Idiot.

Ich bin nicht überrascht.

Auch die abweisende Haltung von Leas Mutter überrascht mich nur bedingt. Meine Erfahrungen mit Müttern sind nicht die besten, und Menschen reagieren unterschiedlich unter dem Eindruck eines schockartigen Verlusts, der das ganze Leben auf den Kopf stellt, darin wütet wie eine Abrissbirne.

Trauer macht seltsame Dinge mit uns.

„Bitte, Frau Grimm", sage ich. „Können wir reinkommen?"

Marlene Grimm zögert einen Augenblick, dann tritt sie beiseite und weist uns mit einer schnörkellosen Handbewegung den Weg.

Das Haus wirkt innen genauso wie außen. Kühl, fast kalt.

Weiße Wände, schwarzes Leder. Von gerahmten Bildern lächeln mich Personen an. Figuren eines eigens inszenierten Lebens.

Marlene, ein Mann, vermutlich der Vater. Lea selbst.

Niemand sonst. Kein Hund, keine Katze. Nichts, das irgendwie Leben reinbringt.

Die Hintergründe variieren. Die Gesichtsausdrücke nicht.

Exakt ausgerichtete Bilderrahmen.

Perfektion, die sich wie ein Tuch über das ganze Leben dieser Familie spannt. So dicht gewebt, dass es mir fast den Atem raubt.

Marlene Grimm weist auf eine Couch, nimmt selbst in einem Sessel Platz. Sie bietet uns nichts an, und tatsächlich ist mir das recht.

Nicht auszudenken, was geschieht, wenn ich oder Strasser, der prädestiniert scheint für Missgeschicke aller Art, hier einen Kaffee oder auch nur ein Glas Wasser verschütteten!

„Ist Ihr Mann auch da?“, frage ich.

„Er ist oben“, antwortet sie. „Er schläft. Er fühlt sich nicht wohl.“

„Es wäre gut, wenn wir auch mit ihm sprechen könnten.“

„Nicht heute“, sagt Marlene Grimm in einem Ton, der keine Widerrede zu dulden scheint. „Ich kann Ihnen sicher alle Fragen beantworten, auf die wir eine Antwort haben.“

Da ist sie wieder. Die gleiche abweisende Kälte. In all der erstickenden Perfektion scheint kein Platz für die Suche nach Schuld oder Verantwortung.

Strasser holt Luft, setzt zu einer Erwiderung an.

Ich komme ihm zuvor. „Nun, ich verstehe, dass Sie trauern. Dennoch gibt es Fragen zu den Hintergründen des Lebens Ihrer Tochter, Frau Grimm. Und irgendwann werden wir auch mit Ihrem Mann sprechen müssen."

„Stehen wir denn unter Verdacht?"

Die Frage kommt rasch, abgefeuert wie ein Projektil aus einer Waffe.

„Ja und nein", sage ich langsam. „Wenn eine derartige Tat geschieht, wird immer auch im unmittelbaren Umfeld der Familie ermittelt."

„Das verstehe ich", sagt Marlene Grimm. „Das tue ich wirklich. Aber wenn Sie wissen wollen, ob wir unsere Tochter geschlagen oder misshandelt haben, ob wir unglücklich waren oder mein Mann vielleicht unangemessen mit meiner Tochter umgegangen ist, kann ich Ihnen sagen, Sie suchen an der falschen Stelle. Wir waren nicht immer glücklich. Lea sicherlich nicht. Welches Kind ist das schon? Aber wir tragen keine Schuld an ihrem Tod."

Ich starre Marlene Grimm an, verstehe, was sie versucht. Sie will die Kontrolle behalten, mir den Wind aus den Segeln nehmen, noch bevor ich Fahrt aufnehme.

„Hat Lea noch hier gewohnt?", frage ich.

Marlene Grimm nickt. „Lea hat noch bei uns gewohnt, ja."

„Oben?"

„Ja, sie hat oben ein Zimmer. Hatte oben ein Zimmer."

Da ist kein Zucken in ihrem Gesicht, keine Regung in ihrer Miene. Diese Frau ist wie Eis.

„Können wir es uns ansehen?"

„Haben Sie denn einen Beschluss dazu?"

„Ist das notwendig?“, frage ich.

„Also nicht“, antwortet Marlene Grimm.

Ich lächle verhalten. „Frau Grimm, ist es wirklich nötig, dass wir uns hier mit diesen Spielchen aufhalten. Haben Sie kein Interesse daran, denjenigen zu finden, der Ihrer Tochter das angetan hat?“

Die Frau sieht mich nur an, zupft ihren Rock zurecht, sodass er wieder sorgfältig über die Knie reicht und diese verdeckt.

Strasser räuspert sich. „Wir wollen nur helfen.“

Ich hatte völlig vergessen, dass er da ist. Offenbar geht es Marlene Grimm ähnlich. Sie streift ihn mit einem Blick, fixiert dann wieder mich. „Helfen? Wie denn? Indem Sie das Geschehene ungeschehen machen? Können Sie das?“

Ich presse die Lippen aufeinander. Eine unwillkürliche Reaktion.

Diese Frau vor mir fühlt etwas unter dieser schier undurchdringlichen Schicht aus Eis. Etwas, was ihr Angst macht.

Wir alle fürchten uns vor dem Unbekannten.

Marlene Grimm fürchtet den Verlust der Kontrolle.

Vielleicht ist es nur mein Bauchgefühl. Aber irgendetwas stimmt hier nicht.

„Hatte Ihre Tochter Feinde?“, fragt Strasser.

Marlene Grimm schüttelt den Kopf. „Nicht, dass ich wüsste. Ich denke, sie hat ab und an Nachrichten bekommen.“

„Nachrichten? Was für Nachrichten?“, frage ich.

Marlene Grimm verdreht die Augen. „Komplimente. Anzügliches. Ordinäres. Alles Mögliche und alles wegen ihrer Flüstervideos. Dieser Quatsch, den sie ihre Arbeit genannt hat. Es war ihr wichtig, also habe ich sie machen lassen."

Ich lege die Stirn in Falten. „Sie schien recht erfolgreich damit zu sein."

„Erfolgreich …" Die Mundwinkel der Frau zucken. Ein kleines, aber verräterisches Zeichen der Missbilligung. „Ich bitte Sie, das hat doch keine Zukunft. Sie hätten Lea sehen sollen, wenn sie wieder eine Nacht lang durchweg aufgenommen hat. Sie musste unentwegt am Ball bleiben. Jedenfalls hat sie das gesagt. Immerzu ging ihr Telefon. Tagein, nachtaus kam etwas."

„Was waren das für Nachrichten? Irgendetwas, das darauf hindeuten könnte, dass ihr jemand feindlich gesonnen war, Frau Grimm?"

„Unsinn", antwortet sie. „Sachen wie ‚Zeig mir deine Füße', ‚Ich will deine Brüste küssen', ‚Du bist eine dumme Schlampe'. Immer und immer wieder. Obszöner und billiger Schwachsinn, den männlicher Abschaum von sich gibt, wenn er sich anonym und sicher fühlt. Sind Sie nie auf Facebook oder Twitter? Oder Instagram? Jede Frau kennt doch diese Nachrichten im Postfach mit irgendwelchen Fotos mickriger männlicher Geschlechtsorgane."

Ich nicke stumm. Das letzte Wort aus ihrem Mund überrascht mich. Aber sie trifft den Punkt. Das Internet kann ein übler Ort sein. Erst recht für eine junge Frau. „Waren auch echte Bedrohungen dabei?"

„Nicht dass ich wüsste."

„Sonst irgendjemand, der Ihnen einfallen würde?", frage ich. „Oder Freunde, die Sie kennen?"

„Sie kannte sicherlich Leute über das Internet. Diese anderen Mädchen, mit denen sie Videos gemacht hat. Keine Ahnung. Sie sollten mit ihrem Freund sprechen", sagt Marlene Grimm. „Ein ziemlicher … nun, ich will nicht über ihn herziehen, aber Sie sollten mit ihm reden. Wir … Ich war nicht einverstanden mit dieser Verbindung. Aber Lea konnte sehr stur sein, wenn sie etwas wollte."

Von wem sie das wohl hatte.

„Glauben Sie, er könnte irgendetwas damit zu tun haben?", fragt Strasser.

„Damit? Sie meinen mit dem Mord an meiner Tochter?"

Strasser wirft mir einen raschen Seitenblick zu.

Marlene Grimm starrt ihn an, ihre Lippen beben. Sie atmet kurz durch den geöffneten Mund.

Einen oder zwei Atemzüge lang verrutscht die Maske. Die Fassade zeigt feine Risse.

Dann schließt die Frau ihren Mund, streicht erneut ihren Rock glatt. „Sprechen Sie selbst mit ihm. Ich schreibe Ihnen die Adresse auf."

Auf dem Weg nach draußen schweigen wir.

Frau Grimm öffnet uns die Tür, weist uns den Weg. Jetzt ist es wieder da, das makellose Lächeln, die perfekte Maskerade.

Aber es ist eben nur das. Eine Maske. Irgendwo darunter sitzen auch bei dieser kalten Frau Emotionen.

Schmerz. Angst. Und Hass.

„Auf Wiedersehen", sagt sie leise, und es klingt, als käme es aus einem Kilometer Entfernung.

Die Tür hinter uns klickt, als sie geschlossen wird.

Ich stehe einfach da, presse die Lippen aufeinander und drücke die Knie durch. Dann sehe ich Strasser an.

Er blickt mit gefurchter Stirn zu mir. „Was ist?"

„Ich weiß es nicht", flüstere ich rau. „Hier stimmt etwas nicht."

„Ich verstehe nicht."

Da bin ich sicher. „Haben Sie Kinder, Strasser?"

„Ja, aber was hat das damit …"

„Wenn ihnen etwas passiert, würden Sie nicht mit der Polizei reden wollen? Alles daransetzen, dass etwas geschieht? Dass das Richtige passiert?"

„Doch, schon."

„Wo ist der Vater, Strasser?"

„Ich weiß nicht. Es ging ihm nicht gut. Die Frau hat es doch gesagt. Vielleicht kann er ganz einfach nicht."

„Richtig", sage ich und zupfe an meiner Unterlippe. „Er kann nicht. Hören Sie das?"

„Was denn?"

„Ich glaube, ich habe einen Schrei gehört. Sie nicht auch?"

Strasser starrt mich nur ungläubig und mit geöffnetem Mund an, als ich den Klingelknopf drücke. „Ich habe nichts …"

Es dauert zwei, drei Herzschläge, dann höre ich den Schlüssel auf der anderen Seite, das Klicken, als das Schloss geöffnet wird.

Marlene Grimm steht wieder in der Tür, dieses Mal wirkt sie genervt, gereizt. Die Maske scheint ein wenig mehr verrutscht zu sein.

Ich gebe ihr keine Zeit, sich zu sammeln, drücke die Tür auf und mich selbst zwischen der Frau und dem Türblatt vorbei ins Haus.

„Was soll das denn?", ruft sie mir nach. Ihre Stimme verzerrt.

Aber ich halte nicht an.

Ich eile durch den Flur, dann die Treppe nach oben.

Überspringe jede zweite Stufe.

Oben dasselbe wie unten.

Weiß, kalt, tot.

Ich erwarte jeden Augenblick, dass man nach mir greift, mich zurückhält. Mich wegzerrt.

Aber es passiert nicht. Ich beschleunige meine Schritte. Sie klatschen auf den Fliesen.

Öffne jede Tür.

Hinter der dritten finde ich Leas Zimmer. Mädchenhaft. Allerlei Tand. Ein riesiger Teddy auf dem Bett. Ein bisschen Farbe. Ein helles, weiches Blau scheint ihre gewesen zu sein. Kram, der ihr gehört hat. Ein mildes Maß offensichtlicher Unordnung, sanfte Rebellion.

Ihr kleines Reich.

Ein Laptop steht auf einem Tisch. Geschlossen.

Dafür ist später Zeit.

Ich höre Marlenes Stimme, ihre Schritte auf der Treppe.

Ich reiße mich los, trete zurück in den Flur, öffne weitere Türen.

Es ist die vorletzte, in der ich finde, was ich befürchte.

Ein Badezimmer. Nicht das größte im Haus, sicher nicht. Ich vermute, es ist für Gäste oder nur für Lea gedacht.

In der Ecke eine Dusche. Fenster, durch die Sonnenlicht fällt.

Ein dicker Teppich in blassem Rosa vor der Badewanne. Wassertropfen darauf.

Die Wanne ist bis zum Rand gefüllt.

Mit Wasser, einem Rot, das wie eine zum Bersten gefüllte Wolke darin schwebt.

Und dem leblosen Körper eines Mannes, der in seinem eigenen Blut badet.

Sein Kopf ist zur Seite gesackt, die Augen starren schräg nach oben an die Decke und ins Nichts.

Seine Handgelenke sind aufgeschnitten.

Mein Herz setzt aus. Gefühlt nur, aber dennoch.

Die Zeit steht still.

Meine Kiefer mahlen aufeinander, während mein Hirn versucht, einen Sinn zu entdecken. Hier in diesem Bad, dem Blut im Wasser. In den toten Augen dieses Mannes.

Leas Vater.

Kapitel 6

Es ist eigentümlich still in meinem Auto, als ich die Fahrzeugtür zuziehe. Ich halte den Zündschlüssel in der Hand.

Strasser sitzt vornübergebeugt da und starrt auf sein Smartphone. Unwillkürlich erinnert er mich an den Glöckner von Notre-Dame, und ich muss mich zwingen, das Bild aus meinem Kopf zu verdrängen.

„Was ist?", frage ich und habe das Gefühl, dass etwas in der Luft liegt. Es kribbelt in meinem Nacken, nicht auf die angenehme Art, und in meinem Magen ballt es sich zur Faust.

Keine Antwort.

Ich bin keine Hellseherin, aber mache diesen Job lange genug.

Auch wenn es immer andere Kollegen an immer anderen Orten sind, kenne ich doch diese bestimmte Art von Stille.

„Strasser?" Ich beuge mich zur Seite, nah genug, dass ich hören kann, wie er durch die Nase ein- und ausatmet, während er immer noch wie gebannt auf das kleine Display starrt.

Ich bin versucht, darauf zu schielen. Das gebe ich zu.

Augenblicklich zuckt er leicht zusammen, drückt auf eine Taste, und die Anzeige wird dunkel.

„Nichts“, sagt er leise, und ich weiß, dass er lügt.

Ich presse meinen Rücken gegen den Fahrersitz, meine linke Hand umklammert das Lenkrad. Ich schiebe den Schlüssel ins Zündschloss und sage kein Wort.

„Woher wussten Sie es?“, fragt er schließlich leise.

Ich lenke den Wagen auf die Straße, trete auf das Gaspedal. Der Audi macht einen Satz nach vorn. „Es war nur ein Gefühl.“

Ich spüre, wie mich Strasser von der Seite mustert, und nehme seine Bewegungen aus den Augenwinkeln wahr.

Es vergehen etwa zwanzig oder dreißig Sekunden.

Ich zähle meine Atemzüge und starre auf meine Fingernägel. Unwillkürlich drängt sich mir das Bild der aufgerissenen Fingerspitzen des toten Mädchens in den Verstand. Vollkommen zerfetzt, die Fingernägel zersplittert. Es war kaum noch etwas davon übrig, und ich denke, ich habe keinen blassen Schimmer, wie sehr sie gelitten haben muss. In Panik. Allein.

Im Versuch, das Bild aus meinem Hirn zu bekommen, wenn auch nur kurz, schüttle ich den Kopf und hoffentlich den Gedanken ab.

Strasser räuspert sich, und dann spricht er es aus. „Es war widerrechtlich.“

Respekt. Meine linke Hand krampft sich um das Lenkrad. Ich weiß nicht, ob ich lachen oder weinen soll, dass Strasser offenbar so etwas wie eine Haltung oder sein Rückgrat entdeckt hat und mir offen widerspricht.

Vor einer halben Stunde noch hätte er das nicht getan – und irgendetwas sagt mir, dass es etwas mit der Nachricht zu tun hat, die er vorhin erhalten hat.

„Es war Gefahr im Verzug“, sage ich und schieße Strasser einen Seitenblick zu.

Sein Kehlkopf zuckt. „Ich habe keinen Schrei gehört.“

Ich trete auf die Bremse, steuere an den Straßenrand und bringe das Auto mit quietschenden Reifen zum Stehen.

Mein Kopf fährt herum. Ich starre Strasser an.

Jetzt zuckt der ganze Mann zusammen.

Keine Ahnung, wieso. Wahrscheinlich wirke ich gerade wie eine wilde Irre. Vielleicht wirke ich wie …

Es spielt keine Rolle.

„Strasser“, sage ich leise. „Sitzen wir zusammen in diesem Boot oder nicht? Arbeiten wir zusammen oder nicht?“

Er schluckt, wendet den Blick ab, dann nickt er zögerlich. „Es ist nur …“

„Der Mann lag tot in der Badewanne. In seinem Blut. Es ist kurz zuvor passiert. Vielleicht während wir dort waren oder vor der Tür standen.“

„Ich weiß. Ich …“

„Es war ihr Verhalten“, sage ich. „Diese Kälte. Die Distanz. Das erschien mir unnatürlich, und es kommt vor. In genau diesen Fällen kommt es vor, dass Menschen sich so benehmen. Ganz gleich, ob Sie oder ich einen Schrei gehört haben. Wir mussten handeln.“

Strasser nickt.

Ich kann sehen, dass ihm nicht wohl dabei ist, und irgendwo kann ich es verstehen.

Ich habe meinen Hals in die Schlinge gelegt. Bereitwillig. Mal wieder. Aber ich brauche niemanden, der nun auch noch den Stuhl wegzieht.

Ich schätze, auch das kriege ich irgendwann allein hin.

Unwillkürlich fasse ich das Gummiband an meinem Handgelenk und lasse es gegen meine Haut schnellen.

„Was ist das eigentlich?", fragt Strasser.

„Das Band?"

Er nickt.

„Nichts", sage ich. „Nur ein kleiner Trick, der mir manchmal beim Denken hilft."

Strasser nickt wieder, und damit scheint das Thema für ihn erledigt. Er fragt nicht weiter, gräbt nicht tiefer.

Das liegt einfach nicht in seinem Wesen.

Die Fahrt zurück zur Dienststelle verläuft schweigend, und die Stille hängt im Wagen wie dichter Nebel.

Strasser nagt immerzu an seiner Unterlippe, hält sein Handy fest in der linken Hand, während die rechte sich an den Türgriff klammert.

Fast ertappe ich mich dabei, dass es mir nichts ausmachen würde, wenn er bei voller Fahrt aussteigen würde. Bis jetzt hat er sich nicht gerade als nützlich erwiesen.

Manchmal bin ich mir selbst unheimlich. Aber wir erreichen das Ziel, ohne dass es geschieht.

Ich steige aus, warte nicht auf Strasser, gehe geradewegs in das Gebäude und in den Besprechungsraum.

Es gibt keinen Grund, das Ganze hinauszuzögern. Vor einem Sturm läuft man nicht einfach weg, wenn man bereits im Regen steht.

Jemand schlüpft nach mir ins Zimmer, knallt die Tür hinter sich zu.

Ich höre es an den Schritten, am Atmen. Er schnaubt wie ein gereizter Bulle, und irgendwo ist er das wohl auch.

Ich spüre ihn, diesen einen Herzschlag der Anspannung. Die Ruhe vor dem Anschiss.

„Was sollte das?", fragt Lange dann.

Ich zucke mit den Schultern, drehe mich herum. „Ich hatte Anlass zum Verdacht. Es war Gefahr im Verzug."

„Gefahr im Verzug! Dass ich nicht lache! Und das soll ich Ihnen durchgehen lassen?"

„Jesus, was ist Ihr Problem, Lange? Der Mann lag tot in der Badewanne."

„Das mag sein", sagt Lange. „Aber können Sie nicht mit Bedacht vorgehen? Sie benehmen sich so impulsiv wie …"

Blut schießt in meinen Kopf. „… meine Mutter? Das meinten Sie doch, oder? Meine Mutter ist eine Mörderin, ich ertappe Mörder. Das ist ein Unterschied."

Lange schnappt ein paar Mal nach Luft. „Das wollte ich nicht sagen. Aber, verdammt, was soll das? Der Zweck heiligt also die Mittel?"

„Vielleicht? Ab und an. Ich denke, das Prinzip ist Ihnen nicht fremd, Lange, habe ich recht?"

Seine Augen funkeln, er starrt mich an. „Passen Sie auf, was Sie tun, Frau Wolf. Und passen Sie auf, was Sie sagen."

„Keine Sorge. Ich weiß, was ich tue", antworte ich. „Wie geht es jetzt weiter?"

Er zuckt mit den Schultern. „Wir löffeln die Suppe aus, die Sie uns eingebrockt haben."

„Ich?" Ich lache leise auf. „Ich habe den Mann nicht in die Badewanne gelegt. Und umgebracht habe ich ihn auch nicht."

„Immerhin etwas." Langes Brust hebt und senkt sich langsam. Er zupft an seiner Krawatte. „Jedenfalls muss Frau Grimm vernommen werden. Es sieht nach Suizid aus, aber wir können nichts ausschließen. Die Spurensicherung ist vor Ort."

„Wir können jetzt in Leas Zimmer."

Lange nickt langsam. „Das macht Weiland. Er ist bereits dort. Sie können derweil hier mit Frau Grimm sprechen."

Ich runzle die Stirn. Lange mustert mich.

Es schmeckt mir nicht, dass Weiland im Haus der Grimms ist und Leas Zimmer durchsucht. Aber ich kann nicht alles selbst machen, und ich kann mich vermutlich nicht sofort wieder mit Lange anlegen.

Scheiß-Diplomatie.

Helene hält mir immer wieder vor, ich müsse diplomatischer werden.

Wahrscheinlich hat sie recht.

„Ist gut", sage ich. „Machen wir es so."

Langes Augenbrauen zucken. Offenbar hat er damit nicht gerechnet.

„In Ordnung", sagt er und rückt seinen Schlips gerade.

Kapitel 7

Das Vernehmungszimmer ist ein karger, heller Raum, Sonnenlicht bricht durchs Fenster. Auf der einen Seite des Tisches stehen zwei Stühle, auf der anderen einer.

Es gibt keinen Spiegel, hinter dem die anderen Ermittler die Befragung beobachten. Keine Kamera.

Nur ich und Frau Grimm, die mir gegenübersitzt. Der zweite Stuhl neben mir bleibt leer.

Sie trägt die gleiche Kleidung wie vorhin. Die Umgebung ist genauso kalt wie ihr Haus. Nur weniger stilvoll.

Marlene Grimm sitzt aufrecht da.

Ich lege den Digitalrekorder, den Lange mir gegeben hat, auf den Tisch und schalte ihn ein.

Jedes Geräusch klingt überlaut in meinen Ohren. Das Ablegen des Rekorders, das Schaben eines Stuhlbeins auf dem Boden. Atmen.

Die Frau mustert mich, lächelt unterkühlt.

Ich gehe die Formalien durch.

„Macht Ihnen das Freude?“, fragt Marlene Grimm unvermittelt.

Ich sehe auf, blicke ihr ins Gesicht. „Nein, macht es nicht.“

„Warum tun Sie es dann?“

„Weil es meine Aufgabe ist“, sage ich. „Es ist mein Job.“

„So“, sagt Marlene Grimm und lacht leise. „Ihr Job. Ich dachte, den Mörder meiner Tochter zu jagen, das wäre Ihr Job.“

„Ja“, antworte ich. „Das auch. Und ehrlich gesagt, würde ich lieber meine Zeit damit verbringen, als hier mit Ihnen zu sitzen. Aber leider erfordern die Umstände das hier, und das, Frau Grimm, ist nicht meine Schuld.“

Ihre Mundwinkel zucken. Ihre Stimme klingt schlagartig müde. „Nein, wahrscheinlich nicht.“

„Sie sagten etwas davon, den Mörder Ihrer Tochter zu fangen. Sie wissen nicht, wer es ist?“

„Jagen, sagte ich. Ich sagte ‚den Mörder zu jagen‘, Frau Wolf. Und, nein, ich habe keine Ahnung. Wüsste ich es, würde er wahrscheinlich nicht mehr herumlaufen.“

„Richtig“, antworte ich. „Dann war es also nicht Ihr Mann?“

Sie schnaubt leise. „Dieser Feigling? Nein. Dazu wäre er gar nicht fähig. Er war zu gar nichts fähig. Gar nichts.“

„Wie ist er zu Tode gekommen?“

„Unfähig war er. So etwas von unfähig. Hat sich im Schlafzimmer vergraben und geweint wie ein kleiner Junge. Wie der verdammte kleine Junge, der er ist. Der er war.“

„Haben Sie Ihren Mann getötet, Frau Grimm?“

„Einmal im Leben hätte er ein Mann sein sollen. Einmal im Leben hat man etwas von ihm verlangt. Etwas erwartet. Nur dieses eine Mal.“

„Frau Grimm?“

„Er hat mein kleines Mädchen nicht beschützt“, ruft sie dann. Ihre Stimme klingt verzerrt in dem engen Raum. „Er hat sie nicht gerettet. Er hat einfach gar nichts getan.“

Ihre Maskerade zerbricht, stürzt ein wie die Zwillingstürme. Erschreckend. Ohne jede Anmut.

„Er hatte es verdient", sagt sie leise. „Der Feigling hatte es verdient."

„Und deshalb haben Sie nachgeholfen?"

„Das war doch gar nicht nötig." Sie heftet ihren Blick auf mich. „Er wollte sterben."

„Was heißt das?"

„Glauben Sie, ich hätte ihm die Pulsadern aufgeschnitten? Nein, das war er selbst. Hat sich in die Badewanne gelegt, an seinen Handgelenken herumgeritzt und geweint, wie ein Baby."

„Okay", sage ich. „Und dann?"

Ein hässliches Grinsen zuckt um ihre Lippen. „Was glauben Sie denn?"

„Sagen Sie es mir, Frau Grimm."

Sie atmet tief ein und aus. „Ich habe mich daran gehalten, was er getan hat. Gar nichts. Ich habe der Sache einfach ihren Lauf gelassen. Und es hat sich gut angefühlt, das können Sie glauben."

„Ist er dann gestorben?"

Sie zuckt mit den Schultern. „Ich weiß es nicht. Er lag einfach da. Sein Blut lief in die Wanne. Ich habe mich auf den Toilettendeckel gesetzt. Vielleicht fünf Minuten lang. Keine Ahnung."

„Bereuen Sie es?"

„Ich bereue, diesen Schlappschwanz geheiratet zu haben. Aber hätte ich es nicht getan, wer weiß, ob es Lea gegeben hätte."

Ich schweige, lasse sie reden.

„Wer weiß", sagt sie erneut. „Wer weiß, ob sie stärker gewesen wäre, wenn ihr Vater stärker gewesen wäre. Dann wäre das alles vielleicht nicht passiert."

„Wer weiß", sage ich.

Kapitel 8

Der Motor meines Audis schnurrt leise. Ich nehme den Fuß vom Gaspedal. Die Navigationsapp meines Smartphones verkündet, dass wir das Ziel erreicht haben.

Die Fahrt war kurz. In anderen Städten wäre das ein normales Wohnviertel, in Frankfurt wahrscheinlich unbezahlbar. Aber in dieser beschaulichen Stadt scheint es eine der schäbigeren Gegenden zu sein. Diese Ecke findet man sicherlich nicht im Werbeprospekt für den Kurort oder auf einer der Postkarten, die sie im idyllischen Stadtkern verkaufen.

Die Straße ist schmal, gesäumt von Parkbuchten. Am Rand eine Batterie Glascontainer, die, gemessen an der Anzahl umherliegender Glasscherben, eigentlich leer sein müssten. Oder übervoll.

Die Häuser sind allesamt vier- und fünfstöckig und bräuchten dringend etwas Farbe. Balkon reiht sich an Balkon. Neugierige Blicke hinter Fenstern. Ein fremdes Auto fällt hier auf.

„Ich kann es nicht fassen“, sagt Strasser leise.

„Hmm?“

„Sie hat sich einfach nur danebengesetzt und zugesehen, oder? Sie hat das wirklich getan. Zugeschaut, wie der Mann in der Badewanne …“

„Marlene?“, frage ich. „Ja, das hat sie getan.“

„Ich begreife das nicht. Wieso?“

Ich streife Strasser mit einem raschen Seitenblick. Will er es tatsächlich verstehen, oder macht er sich Sorgen? Ich kannte Leas Vater nicht, aber wenn es stimmt, was Marlene Grimm über ihn gesagt hat, waren er und Strasser sich vielleicht gar nicht so unähnlich.

„Keine Ahnung, Strasser.“

„Das ist alles so unwirklich“, sagt er. „Dass diese Dinge passieren. Hier bei uns.“

„Sie passieren die ganze Zeit, Strasser. Überall.“

„Ich weiß“, sagt er. „Aber wieso?“

Jetzt wirkt er wieder wie ein Teddybär. Wie diese sprechenden Spielzeugbären, die es in den Achtzigern gab.

Als Kind wollte ich immer einen haben.

Offenbar habe ich jetzt einen bekommen.

Ich zucke mit den Schultern. „Ganz ehrlich? Ich glaube, die Scheiße passiert ganz einfach.“

„Einfach so? Das ist Ihre Meinung, Nessa?“

Ich nicke und lenke den Audi an den Straßenrand. „Was war das für eine Nachricht auf Ihrem Handy, Strasser? Vorhin, meine ich. Nachdem wir bei der Grimm waren.“

Er schaut aus dem Fenster, meidet meinen Blick. „Nichts. Das war wirklich nichts.“

Ich spüre immer noch, dass etwas zwischen uns liegt.

Aber für den Moment lasse ich es gut sein und Strasser vom Haken.

Ich öffne die Tür.

Strasser lächelt verlegen. „Hoffentlich ist der Freund etwas zugänglicher."

Ich nicke. Aber darauf wetten würde ich nicht.

Wir finden das Haus, den Namen von Leas Grimms Freund auf einem Klingelfeld. Strasser klingelt, aus der Sprechanlage tönt eine Stimme.

„Herr Harrer? Machen Sie bitte auf."

„Wer ist da?"

„Polizei", sage ich.

Rauschen. Schweigen. Ein paar Atemzüge vergehen. Dann ertönt der Türsummer.

Die Wohnung von Philipp Harrer liegt im dritten Stock und ist angefüllt mit einer Wolke aus kaltem Rauch und abgestandener Luft. Ein bestimmter Geruch sticht aus dem übrigen Gemenge hervor. Marihuana.

Es ist eine ziemlich typische Junggesellenbude. Einige Klamotten liegen herum. Auf einem Tisch finden sich Laptop, Smartphone, ein überfüllter Aschenbecher und ein Tablet mit Fettfingern auf dem Display. Daneben eine angebrochene Flasche Billigcola. Zwei Stühle, auf einem davon liegt ein weiterer Berg Klamotten.

Das absolute Gegenstück zu Leas gewohnter Umgebung daheim.

Auf Harrers Wohnung trifft das alles nicht zu. Sie ist weder sauber noch aufgeräumt. Nichts ist klinisch, weiß.

Alles ist eher grau und vor allem chaotisch.

Mein Blick huscht durch den Raum. An den Wänden finden sich ein paar wenige Bilder. Harrer mit Lea. Harrer und ein Kumpel. Harrer, der vor einem aufgemotzten Honda Civic posiert. Und ein Kalender, der irgendwann im letzten September steckengeblieben ist.

„Ist das Ihr Auto?", frage ich.

Harrer nickt. „Das war es. Hab ihn verkauft."

„Wann?"

Er kratzt sich am Arm. „Vor ein paar Wochen."

Der Kerl ist etwa Mitte zwanzig, unrasiert und hat zumindest heute nicht geduscht.

Seine Finger fahren über seine Wange, sodass dünne rötliche Striemen bleiben. Er steht auf Socken vor uns und vergräbt die freie Hand in der Bauchtasche seines Hoodies.

Durch den Stoff erkenne ich die geballte Faust.

„Sie sind wegen Lea hier, oder?"

„Gut erkannt. Sie haben davon gehört?"

Er nickt zaghaft. „Ich weiß nicht, was ich Ihnen sagen soll."

„Woher kannten Sie Lea?", frage ich.

„Schule", sagt er. „Wir kennen uns seit der zehnten Klasse."

„Dann kannten Sie sie also gut."

„Kann sein", antwortet Harrer. „Wir waren nicht so eng, wie es vielleicht scheint."

„Ich dachte, Sie wären zusammen gewesen?" Meine Augenbrauen zucken. „Wie eng waren Sie denn dann?"

Harrer beginnt, mir auf den Nerv zu gehen.

Er ist offenkundig besorgt und außerdem nervös. Aber nicht, weil seine Freundin ermordet wurde oder jemand auf den Gedanken kommen könnte, er hätte vielleicht etwas damit zu tun.

Ihm geht es nur um sein kleines Leben, dieses Loch, in dem er haust, und darum, was er darin treibt.

Die Drogen, die er vermutlich zwischen seinen Sofakissen und unter der Matratze versteckt. Vielleicht geht es ihm um die Dinge, die er auf dem Laptop im Internet treibt.

Aber weder das eine noch das andere sind im Augenblick für mich von Belang.

Was zählt, ist Lea, und ich habe keine Lust, dieses Spiel mit Harrer zu spielen.

„Können Sie draußen warten, Herr Kollege?"

Strasser starrt mich an, dann geht sein Blick zu Harrer und wieder zu mir.

Harrer selbst wirkt wie das Kaninchen, das sich nicht nur vor einer Schlange wiederfindet, sondern vor zweien, und das nun die Entscheidung zu treffen hat, von welcher der beiden Bestien es sich lieber verspeisen lässt.

Gott sei Dank scheint Strasser zu verstehen. Zumindest stellt er keine Fragen. Er nickt nur, wendet sich ab und verschwindet wenige Herzschläge später im Hausflur.

Die Wohnungstür fällt hinter ihm zu.

„Puh", sage ich und gehe ein paar Schritte auf und ab. „Es ist verdammt warm hier drin."

„Hm", macht Harrer und sieht mich mit sorgenvoller Miene an.

Ich schlendere zur Couch, wende mich zu ihm um. Sein Kehlkopf hüpft auf und ab.

Dann drehe ich mich herum, tue zwei, drei schnelle Schritte und stehe vor dem Bett.

Die Bettwäsche ist zerwühlt, das dünne Laken hat ein paar Löcher. Das Ganze wirkt, als lebe Harrer vor allem in seinem Bett.

Ich zögere einen Moment lang, weil ich ehrlich gesagt meine Abscheu überwinden muss.

Dann packe ich zu, zerre das Bettzeug beiseite, reiße an der Matratze, wirble sie herum und schmeiße sie samt Bettdecke und Kissen auf den Boden.

Ich greife in eine Falte des Matratzenschoners, der zwischen Matratze und Gestell liegt.

Mit spitzen Fingern fische ich die beiden Plastiktütchen hervor, werfe sie aus dem Handgelenk auf den Tisch und pfeife leise.

In einem der Tütchen findet sich das Gras, das für den Geruch in der Wohnung verantwortlich ist. In dem anderen jede Menge kleiner weißer Pillen, die vielleicht, aber auch nur vielleicht ein wenig zu Philipp Harrers Paranoia beigetragen haben.

Sie liegen da wie brennende Steine. Jedenfalls lassen sie Harrers Ohren glühen.

Ich lächle. „Setz dich, Philipp."

Er zögert, schluckt leer. Schließlich lässt er sich auf der Kante eines Stuhls nieder und fährt sich mit einer Hand durchs Haar.

Ich ziehe mir den anderen Stuhl heran, drehe ihn herum und setze mich so darauf, dass die Lehne vorn ist. „So. Jetzt reden wir mal Klartext, oder nicht?"

Ich erkläre Harrer kurz und knapp, dass ich kein Interesse an seinen Drogen und an dem ganzen Dreck habe und dass es mir nur um Lea geht.

Er nickt, windet sich auf seinem Stuhl und knickt schließlich ein. „Okay", flüstert er rau.

„Ich kann dir den Arsch aufreißen mit dem Mist da", sage ich und zeige auf die Drogen. „Aber ich will das nicht tun.

Jedenfalls nicht, solange du kooperierst. Aber wenn du mir Scheiße erzählst, bist du dran."

Er kratzt sich an der Nase, ruckt auf dem Stuhl hin und her und beugt sich vor. „Okay", sagt er erneut.

Ich entscheide mich, ihn auf die Probe zu stellen. Einfach auf den Busch klopfen und sehen, ob er herausspringt. „Hast du Lea umgebracht?"

Für den Bruchteil einer Sekunde wird die Stille in der Wohnung fast greifbar.

Dann bricht es aus Harrer heraus.

„Was? Nein! Verdammt. Ich habe nichts damit zu tun."

Ich fasse ihn ins Auge, fixiere ihn. Er schwitzt.

Aber er lügt nicht.

Er hat überhaupt nicht daran gedacht, dass er verdächtigt werden könnte. Weil er es nicht im Blut hat.

Er hat einfach nicht das Zeug dazu. Im Gegenteil. Der Junge hat sich fast ins Hemd gemacht wegen des bisschen Haschisch und der paar Pillen. Er ist kein wirklich guter Junge. Aber ein Mörder ist er auch nicht.

Ich nicke langsam. „Ich glaube dir."

Er atmet in einem langen Zug aus. „Danke."

„Wann hast du Lea zum letzten Mal gesehen?"

Er zuckt die Schultern. „Ist etwas her. Vor zwei, drei Monaten vielleicht."

Ich blinzle rasch. „Ich dachte, ihr hattet eine Beziehung?"

Er holt tief Luft, schüttelt den Kopf. Seine Stimme klingt, als würde sie jeden Moment brechen. „Lea ... Sie hat sich von mir getrennt."

„Warst du wütend auf sie?"

Er hebt die Arme, sieht sich um, lässt sie dann sinken. „Am Anfang. Klar. Aber sie hatte schon recht."

„Recht? Womit?"

„Sie war nicht mies zu mir oder so. Wir haben uns nicht gestritten. Aber sie hat gesagt, sie kann das nicht mehr. Sie hat mich einfach verlassen. Sie meinte, ich hätte Probleme. Und, na ja, wahrscheinlich habe ich die auch."

Mein Blick fällt auf die Drogen, die Unordnung.

Harrers Schultern fallen nach vorn. Er stiert ins Leere. „Lea war jedenfalls nicht das Problem. Sie war mir nie böse, hat immer nur das Gute gesehen. Bei allem. Immer. Ich … ich kann es nicht glauben."

Ich lehne mich zurück. „Hatte sie einen neuen Freund?"

„Nee." Er schüttelt den Kopf. „Ich glaube nicht."

„Wie willst du das wissen? Ich dachte, ihr hattet keinen Kontakt mehr."

Harrer zeigt auf den Laptop. „Ihre Videos."

„Ihre Videos? Hast du sie angesehen?"

Er nickt. „Sie hatte vor ein, zwei Wochen ein Q&A. Ihre Fans stellen Fragen, sie antwortet. Persönlicher Kram. Diese Leute fragen immer nach persönlichen Dingen. Sie macht … Sie hat das regelmäßig gemacht. Die Leute fragen immer, ob sie einen Freund hat. Das tun sie wirklich immer."

„Und Lea hat gesagt, sie habe keinen?"

Harrer nickt erneut.

„Denkst du, es stimmt, was sie gesagt hat?"

„Ja, Lea war besessen von ihren Videos. Sie wollte dann immer, dass es so authentisch wie möglich ist. Sie war wirklich gut. Ehrlich zu den Leuten und so."

„Okay", sage ich.

„Lea war eine Künstlerin. Eine echte Künstlerin, meine ich. Viele dieser Mädchen springen auf den Zug auf, hauen einfach ihre Videos raus, aber Lea hat daran gearbeitet, gefeilt. Die Details, das Licht. Alles. Wenn irgendwo ein Hund bellt und sie kann es nicht rausschneiden, macht sie das ganze Video neu. So ist …"

Harrer gerät in seinem Redefluss abrupt ins Stocken. Er hebt die Hand, beißt auf seinen Daumen.

„Vermisst du sie?", frage ich.

„Ich vermisse sie schon eine Weile", sagt Harrer und zuckt mit der linken Schulter. „Aber jetzt … Wir hatten zuletzt gar keinen Kontakt mehr. Nur die Videos."

Und die Erinnerung. Wahrscheinlich Fragen, die ihm irgendwo auf der Seele brennen. Fragen, auf die es jetzt niemals eine Antwort geben wird.

„Fällt dir sonst jemand ein, den sie gekannt hat?"

„Mhm." Er reibt sein unrasiertes Kinn. „Vielleicht sollten Sie mit dieser Lexi reden."

„Lexi? Wer ist das?", frage ich.

Er hält einen Moment lang inne, sein Blick schweift an mir vorbei ins Nichts. „Sie macht das Gleiche wie … Na ja, diese Lexi macht auch ASMR. Ich weiß nicht, wie sie wirklich heißt, kenne nur den Namen ihres Kanals."

„Lexi?"

Er nickt. „Lexi Stardust. Ihren richtigen Namen habe ich vergessen, aber ich kann Ihnen sagen, wo sie wohnt."

„Aha", antworte ich. „Woher kannten die beiden sich?"

Er zuckt mit den Schultern. „So genau weiß ich das nicht. Ich weiß nur, dass sie sich hin und wieder ausgetauscht haben und auch getroffen. Lexi wohnt auch hier in der Nähe, und …

na ja, es ist ungewöhnlich, dass die Entfernung so gering ist, dass man sich treffen kann. Die meisten, die das machen, wohnen halt überall auf der Welt. Das läuft alles übers Netz. Aber Lea und Lexi haben sich manchmal getroffen, glaube ich. Lea hatte immer einen weichen Punkt für Lexi. Keine Ahnung. Sie wollte ihr irgendwie helfen."

„Helfen?"

„Ja", sagt er und nickt. „Lea hatte viel mehr Follower als Lexi und wollte ihr etwas von ihrer Reichweite abgeben. Lea meinte immer, Lexi hätte etwas an sich, aber das habe ich nie verstanden. Sie ist sprunghaft, von einem Ding zum nächsten, wenn es nicht läuft. Lea hat ihr immer geholfen, hat gemeint, Lexi müsse nur ihre Nische finden."

„Danke", sage ich.

Er nickt noch einmal. „Reden Sie mit Lexi. Sie weiß bestimmt mehr als ich."

„Okay, Philipp", sage ich und schnappe mir die Drogenbeutel. „Du solltest in der nächsten Zeit erreichbar sein, falls noch Fragen auftauchen."

Harrer nickt und starrt auf die Tütchen in meiner Hand. „Was ist jetzt damit?"

Ich stecke die Drogen in meine Tasche, schnappe mir Harrers Handy vom Tisch, ziehe mein eigenes hervor und wische über das Display. Google findet rasch, was ich suche.

„Deine PIN?"

„Was?"

„Das heißt ‚bitte'. Wie lautet deine PIN, Philipp?"

Harrer sagt mir die Kombination, ich gebe die Nummer in sein Telefon ein. Schließlich werfe ich ihm das Handy zu.

Er fängt es umständlich auf. „Ist das Ihre Nummer?"

„Nein", sage ich. „Das ist die Drogenberatungsstelle. Krieg dein Leben in den Griff, Philipp."

Auf dem Weg nach unten klopft mein Herz schneller, als es sollte. Ich habe wieder ein paar Regeln gebeugt, bin vielleicht etwas weit gegangen.

Aber, scheiße, verdammt, hier geht es um mehr als das. Hier geht es darum, herauszufinden, wieso Lea ermordet wurde – und ob derjenige, der dafür verantwortlich ist, es wieder tun könnte. Es ist wie mit dem Hobeln und den Spänen.

Trotzdem zuckt mein Gewissen wie ein Frosch unter dem Skalpell, aber das Adrenalin sorgt dafür, dass es sich besser anfühlt.

An der Haustür im Flur wartet Strasser. „Und?"

„Lexi Stardust", sage ich.

Strasser öffnet die Tür, hält sie mir auf. „Wer oder was ist das?"

„Das wollen wir herausfinden."

Gerade als ich auf die Straße trete, klingelt mein Telefon. Am anderen Ende der Leitung ist Helene, meine Chefin.

Ihre Stimme sorgt dafür, dass wieder eine Ladung Adrenalin durch meinen Körper schießt.

Ich halte kurz die Luft an.

Sie kommt sofort auf den Punkt. „Du solltest alsbald deine Mails prüfen, Nessa."

„Mache ich", antworte ich. „Aber weshalb?"

„Nach allem, was wir momentan sagen können, scheint es tatsächlich eine Verbindung zwischen den beiden Tötungsdelikten zu geben."

„Also …"

„Ja“, sagt sie, noch ehe ich es aussprechen kann. „Für meinen Geschmack gibt es ein bisschen viel Übereinstimmung. Es ist zu früh für eine wirkliche Einschätzung, das weißt du selbst. Aber möglicherweise hast du es mit einem Serientäter zu tun.“

„Großartig“, sage ich ohne jeden Anflug von Humor.

„Ich weiß“, antwortet meine Chefin.

„Gerade war ich bei Philipp Harrer, Leas Freund. Er hat mir den Hinweis auf eine Freundin des Opfers gegeben. Die versuche ich jetzt aufzufinden, dann schaue ich mir die Mail an.“

„In Ordnung“, sagt Helene. „Und pass auf dich auf.“

„Mach ich.“

„Noch was?“, fragt Helene. Auch sie hat ihre Stellung nicht geerbt. Sie weiß, was sie tut.

„Kann sein, dass ich bei Harrer ein wenig weit gegangen bin.“

Kurzes Schweigen. „Wie schlimm ist es?“

Ich seufze leise. „Ich denke, es war noch im Rahmen.“

„Nessa …“

„Ich habe einen Namen“, sage ich. „Lexi Stardust. Wohl eine Freundin von Lea.“

„Okay“, sagt Helene. „Wir reden später.“

Kapitel 9

Inzwischen ist es Abend geworden. Die Temperaturen fallen spürbar und in einen Bereich, der nicht mehr angenehm ist. Ich ziehe meine Jacke enger um den Körper und würde einiges geben für ein warmes Bad und einen Kakao.

Die Gegend, in der „Lexi Stardust" lebt, ist nicht besser als die, in der Leas Freund wohnt. Bei der aufziehenden Dunkelheit wirken die Mietsilos noch unwirtlicher, als sie es ohnehin sind. Beim Aussteigen aus dem Auto knirscht Glas unter meinen Sohlen.

Da fühlt man sich doch sofort willkommen.

Strasser kneift seine Augen zusammen, deutet auf ein vierstöckiges Mietshaus. „Die Hausnummer ist dort drüben."

Ich nicke, folge ihm im Gänsemarsch auf einem schmalen Pfad über eine Rasenfläche, die diesen Namen nicht verdient, weil es mehr Fläche als Rasen gibt.

An der Haustür angelangt, starre ich auf das Feld mit den Klingelknöpfen, dann auf den Zettel, den Philipp Harrer uns gegeben hat. Mein Blick huscht zweimal hin und her. Dann möchte ich mir den Schädel an der Haustür einschlagen.

„Scheiße", murmle ich leise.

„Hmm?" Strasser sieht mich an, setzt diesen dümmlichen Dackelblick auf, und jetzt möchte ich seinen Schädel an der Haustür zertrümmern.

Ich seufze, atme tief ein, aus, halte den Zettel hoch.

Strasser blickt darauf, dann wieder zu mir, und schließlich zuckt er mit den Schultern.

Ich zeige auf die Klingeln. „Stardust ... das steht ganz bestimmt nicht auf der Klingel."

Genau genommen stehen kaum Namen neben den Klingelknöpfen, denn die meisten Klingelschilder sind abgefallen, abgerissen oder verblasst.

Aber das macht es nicht besser.

Ich könnte es auf den Adrenalinschub schieben oder auf die Müdigkeit. Ich weiß nicht, ob ich so blöd bin oder einfach überarbeitet. Ich hoffe auf Letzteres, denn dann gäbe es Hoffnung.

Keine Ahnung, was davon für Strasser gilt.

Aber am Ende gibt es keine Entschuldigung. Keiner von uns ist auf die Idee gekommen, Harrer zu fragen, wie das Mädchen wirklich heißt – oder vorher vielleicht auf den Zettel zu schauen.

Eigentlich ist es mein Fehler. Meine Schuld.

Ich habe Strasser weggeschickt. Draußen habe ich ihm den Zettel, den Harrer mir gegeben hatte, in die Hand gedrückt. Im Auto habe ich ihn nach der Adresse gefragt, er hat sie mir genannt, und ich habe sie in mein Handy getippt.

Erst unterwegs hat er mir das Stück Papier zurückgegeben. Aber während der Fahrt habe ich nicht daran gedacht, noch einmal darauf zu schauen.

Dennoch: Den Schuh muss ich mir anziehen. Wir sind dämlich. Ich bin dämlich. Ein hoffnungsloser Fall.

„Schöne Scheiße“, murmelt Strasser.

Da muss ich ihm zustimmen. Vielleicht ist es das erste Mal, dass er etwas Brauchbares äußert.

Ich ziehe mein Smartphone hervor, rufe YouTube auf. „Sie muss ein Profil oder ein Impressum haben oder irgendetwas in der Art.“

Strasser nickt.

Ich scrolle über die Seite, navigiere mich durch das Portal.

Oder sagen wir: Ich versuche es, denn der Empfang ist grottenschlecht. Immer wieder bricht die Seite zusammen, lädt neu, und ich komme kein Stück voran.

„Und?“, fragt Strasser.

Ich lasse ihn stehen, gehe ein paar Schritte vom Haus weg. Aber das macht die Sache nicht besser. Im Gegenteil. Wo vorher zwei Balken waren, ist jetzt nur noch einer.

Ich gehe langsam zurück zur Haustür, starre auf das Display.

„Verdammter Mist“, sage ich. „Der Empfang ist mies.“

„Soll ich mal?“, fragt Strasser und streckt die Hände aus, ob nach mir oder meinem Handy, keine Ahnung.

Ich starre ihn an, er hält inne.

„Was denn?“, frage ich. „Einen Mobilfunkmast aufstellen?“

Er runzelt die Stirn, schaut mich an.

Wie ein sehr trauriger Teddybär.

Ich presse die Lippen aufeinander, weil der Kerl mir prompt leidtut. Aber das bringt uns auch nicht weiter.

Ich widme mich wieder meinem Smartphone und der App und stoße beinahe einen Jubelschrei aus.

Irgendwie hat der Empfang gereicht, die Seite aufzubauen. Aber an der Stelle zerschellt mein Triumph an der Realität des modernen Internets. Lexi Stardust nutzt einen Pseudonymservice.

Kluges Mädchen, denke ich. Wenn ich ihr einen Brief schreiben wollte, könnte ich die genannte Adresse nutzen. Aber das bringt mir jetzt und hier leider nichts.

„Mist, da ist nur eine Adresse für Briefpost angegeben", sage ich, während ich weiter scrolle. „Nein, Moment, hier ist auch eine Mailadresse."

Der Klick auf die Adresse öffnet mein Mailprogramm, dann kommt mir eine andere Idee. Vielleicht weiß Charly eine bessere Lösung, als dem Mädchen eine Mail zu schreiben, in der Hoffnung, dass sie diese auch zeitnah liest. In Internetdingen ist er fitter als ich. Vielleicht ist es wirklich eine Generationensache.

Ich schließe das Mailprogramm, will zur Telefonfunktion navigieren, aber auf dem Weg dahin lacht mich Lexi Stardust aus einem Clip auf ihrer YouTube-Seite an.

Ich seufze, blicke kurz auf.

Hinter der Haustür aus milchigem Glas zeichnet sich eine Gestalt ab. Sehr schlank, relativ groß.

Ich tippe Strasser an, zeige auf die Tür.

Er nickt.

Die Tür öffnet sich.

Eine junge Frau. Ich blicke sie an, dann aufs Handy und schließlich wieder die Frau.

Sie sieht mich an. Dunkle Ringe unter den Augen. Dennoch ist sie ein hübsches Mädchen. Nicht schön im eigentlichen Sinn, nicht hollywoodschön. Eher der Typ des Mädchens von nebenan, das „Girl Next Door". Aber sie hat Ausstrahlung.

Wenngleich sie gerade aussieht wie ein ungemachtes Bett und das Nasenpiercing ihr nicht steht, ist eine gewisse natürliche Schönheit unverkennbar.

An ihren Fingern und auf ihren Wangen klebt Glitzer.

Stardust.

Irgendwie passend zum Stardustglitter ist auch der Geruch, der mir in die Nase steigt: Gras.

„Lexi?", frage ich. „Lexi Stardust?"

Lexis Blick huscht zu Strasser, dann zu mir. Sie scannt mich, weiß sofort, dass ich es rieche. Und sie erkennt, was ich bin. Was wir sind.

Bullen.

Dann geht es schnell. Sie macht einen Satz, stößt Strasser weg. Der Teddybär taumelt.

Irgendwie gelingt es diesem Mädchen, den doppelt so schweren Kollegen wegzuschubsen.

„Hey", rufe ich.

Aber sie ist auch schneller als ich, schlägt einen Haken wie ein tollwütiger Hase.

„Scheiße", fluche ich, zeige auf das Auto und werfe Strasser die Schlüssel zu.

Immerhin scheint er zu verstehen und setzt sich in Bewegung, während ich mich anschicke, Lexi zu folgen.

Sie läuft auf die Straße, schlägt wieder eine neue Richtung ein durch einen Torbogen, der zwischen zwei Häusern zur Rückseite der Häuserreihe führt.

Ich renne ihr nach, höre das Klatschen ihrer und meiner Sohlen auf Stein.

Hinter mir heult der Motor meines Wagens auf.

Strasser gibt Gas.

Lexi verschwindet am Ende des Durchgangs, rennt um eine Kurve. Kalte, feuchte Luft schlägt mir entgegen, presst sich in meine Lungen.

Jetzt erreiche ich ebenfalls die Ecke, sehe Lexi vielleicht zwanzig Meter vor mir. Auf der anderen Seite des Wegs taucht Strasser mit meinem Auto auf. Der Audi versperrt den Ausweg.

Rechts nur Häuser, links Gestrüpp und ein steiler Abhang, der zur Ausfahrt einer Tiefgarage führt.

Abrupt bleibt Lexi stehen, dreht sich um, sieht mich offenbar. Für einen Augenblick wirkt sie wie ein Reh im Scheinwerferlicht.

Dann trifft sie eine Entscheidung.

„Verdammt", brülle ich. „Was stimmt nicht mit dir?"

Lexi stürmt auf mich los.

Keine Ahnung, was in ihr vorgeht – oder in mir.

Für einen Moment fühle ich mich wie ein Verteidiger in einer Footballmannschaft. Nur dass ich allein die ganze Reihe darstelle, die den Angreifer aufhalten soll.

Lexi rennt auf mich zu, macht eine Täuschung nach links, nach rechts.

Aber ich folge ihr.

Sie beschleunigt ihre Schritte, weicht aus. Ich weiß nicht, ob sie sich für Batman hält oder für wen auch immer, aber habe auch keine Zeit, darüber nachzudenken.

Wieder macht sie einen Satz, ist fast an mir vorbei, aber irgendwie gelingt es mir, ihre Jacke zu greifen.

Ich halte fest, höre Stoff reißen.

Beide geraten wir ins Stolpern, taumeln und stürzen schließlich zu Boden.

Der Aufprall presst mir die Luft aus den Lungen. Schmerz schießt durch meine Wirbelsäule.

Lexi schreit auf, und irgendwie ist sie nicht die Einzige, die schreit.

„Scheiße, was stimmt denn nicht mit dir, Mädchen?“

Kapitel 10

Im grellen Licht des Besprechungsraums wirkt Lexi erschöpft und matt. Sie schweigt, sitzt da, ein Bein über das andere geschlagen. Ihr Fuß wippt unaufhörlich.

„Bist du nervös?", frage ich.

„Eher lebhaft", sagt sie. „Außerdem tut mein Bein weh. Die Bewegung macht es besser."

Mein Steißbein schmerzt ebenfalls, aber das sage ich ihr nicht. Ich rücke mich auf dem Stuhl zurecht, bemüht, keine Miene zu verziehen. „Warum bist du abgehauen?"

Lexi dreht den Kaffeebecher, den ich ihr gegeben habe, in den Händen hin und her. „Was ist das nur für eine Brühe, die hier serviert wird. Habt ihr keinen Sirup, oder so? Oder Sahne? Oder … irgendwas?" Ich seufze.

„Oh, Scheiße." Lexis Augen sind auf das Whiteboard gerichtet, an dem jemand inzwischen die Fotos vom Leichenfundort aufgehängt hat.

Viel ist nicht zu erkennen. Vor allem nicht Leas Leichnam. Dennoch war es eine dumme Idee, Lexi in diesen Raum zu bringen. An die Möglichkeit, dass hier die Fotos hängen könnten, habe ich nicht gedacht.

Ich war zu sehr damit beschäftigt, mein pochendes Steißbein zu ignorieren und Lexi nicht aus den Augen zu lassen.

Ehrlich gesagt, habe ich nicht daran gedacht, dass hier überhaupt irgendjemand etwas tut außer mir.

Ich will aufstehen, die Fotos abnehmen, aber ich halte inne.

Lexi starrt hin, sieht nicht weg. Offenbar ist sie bemüht, etwas zu erkennen. Sie wirkt nicht erschrocken, abgestoßen oder verängstigt.

Ihre Gesichtszüge sind eher von Neugier geprägt.

„Bist du kurzsichtig?", frage ich.

„Hmm?" Lexi blinzelt, reißt ihren Blick von der Tafel los und sieht zu mir. „Ja, ich habe Kontaktlinsen drin. Aber die sind irgendwie nicht richtig. Sonst trage ich eine Brille. Die ist gut zum Tappen. Außerdem sehe ich damit besser, aber ich setze sie nicht gern auf."

„Zum was?", frage ich.

„Hmm?"

„Tappen? Was ist das?"

Lexi verdreht kurz die Augen, klopft mit den Fingerkuppen auf die Tischplatte ein.

Es ist kein lautes Geräusch. Eher leise und beruhigend.

Angenehm. Es kribbelt auf meiner Kopfhaut. Ich lege eine Hand in meinen Nacken.

„Tapping", sagt Lexi. „Das ist eine ASMR-Technik. Leises Klopfen auf Gegenständen. Mal langsam oder auch schnell. Brillen klingen gut dabei. Die geben gute Tingles."

„Tingles?"

„Das Kribbeln. Der Effekt, wenn man so will." Lexi lacht leise und zeigt auf meine Hand. „Was du eben gespürt hast. Das sind Tingles."

„Aha“, sage ich und mache mir im Geist eine Notiz, Charly zu erinnern, dass ich diese Informationen über ASMR brauche.

„Du hast es doch gespürt, oder nicht?“

„Was?“, frage ich.

„Das Kribbeln.“

„Nein“, lüge ich. „Und ich kann mich nicht erinnern, dir angeboten zu haben, mich zu duzen.“

„Indirekt schon“, sagt Lexi.

„Entschuldigung?“

„Du hast damit angefangen. Mit dem Du, meine ich.“

Ich runzle die Stirn. Da hat sie recht. Das habe ich. Ich duze sie, weil sie verflucht jung wirkt. Aber sie ist volljährig – und das nicht seit gestern.

„Meinetwegen.“ Ein Seufzer. „Sei's drum. Nochmal, Lexi, warum bist du abgehauen?“

„Hab gekifft.“ Lexi stützt sich auf der Tischplatte ab, fast scheint es, als wolle sie es sich bequem machen. Sie wirkt wie eine dreizehnjährige Göre, gelangweilt von der Lateinstunde.

„Du nimmst das Ganze hier nicht wirklich ernst, oder?“

Lexi zuckt beiläufig mit den Schultern. Es fehlt nur noch, dass sie mit offenem Mund auf einem Kaugummi herumkaut und Blasen daraus formt. „Sollte ich denn?“

„Ich weiß nicht. Sag du es mir.“

Lexi fährt durch ihr Haar, lockert es mit den Fingerspitzen und schüttelt es aus. „Nehmen wir nicht alle das Leben viel zu ernst. Es endet doch eh irgendwann.“

Ich sehe sie an und muss zugeben, dass sie da einen Punkt trifft. Keine Frage. Aber das sage ich ihr nicht. Und ich nehme ihr nicht ab, dass sie so abgebrüht ist, wie sie tut. Vielleicht ist sie noch bekifft – und ihr ist deshalb alles egal. Oder sie umarmt gerade ihren inneren Psychopathen. Diese Vorstellung gefällt mir nicht.

„Lea war deine Freundin, oder?"

„Freundin würde ich nicht sagen", antwortet Lexi. „Das ist ein bisschen weit hergeholt."

„Was war sie dann für dich?"

„Hmm, weiß nicht." Lexi neigt den Kopf zur Seite. „Kollegin würde ich sagen. Ja, das klingt quite nice und trifft es gut."

„Kollegin … War sie auch eine Konkurrentin für dich?"

„Nein", sagt Lexi rasch. „Nee, so läuft das in der Szene nicht."

„Szene? Du meinst ASMR?"

„Sicher", antwortet Lexi und senkt ihre Stimme zu einem Flüstern. Sie spricht die Buchstaben einzeln aus und auf Englisch, während ihre Finger sie spiegelverkehrt auf die Tischplatte malen. „A-S-M-R … Sorry, das ist wie ein Reflex."

„Wann hast du Lea zuletzt gesehen?"

„Weiß nicht. Vor zwei, drei Wochen vielleicht."

„Und worüber habt ihr gesprochen?"

Lexi bläst die Wangen auf. „Keine Ahnung. Echt nicht. Viewerzahlen. Videos. Ideen. Solche Dinge halt. Worüber redet ihr hier, wenn ihr miteinander redet? Über den Job, oder?"

Jetzt bin ich diejenige, die den Kopf schief legt und Lexi stumm betrachtet.

Eine Weile sitzt sie nur da. Dann lächelt sie, und endlich scheint etwas durch ihren Panzer zu brechen.

Verlegenheit. Unsicherheit, vielleicht.

„Was ist?", fragt sie.

Ich öffne den Mund, komme aber nicht dazu, etwas zu sagen.

Hinter mir fliegt die Tür auf und kracht gegen den Stopper. Ich spüre den Luftzug, drehe mich herum.

Lexi stößt einen leisen Pfiff aus. „Oh-oh."

Lange. Er stiert mich an. Sein Kopf ist rot wie ein Ballon und scheint ebenso kurz vor dem Platzen.

Mit der rechten Hand deutet er auf Lexi. „Raus. Warten Sie draußen."

Lexi runzelt die Stirn. Ich nicke ihr zu.

Ich erhebe mich vom Stuhl, ignoriere den Schmerz, der in glühenden Kreisen vom Steißbein aus in den Rücken und die Beine ausstrahlt, und sehe Lexi hinterher.

Dann warte ich auf den Sturm.

Und er kommt, kaum dass Lexi die Tür hinter sich geschlossen hat.

Lange brüllt mich an. „Haben Sie den Verstand verloren? Drehen Sie jetzt völlig frei?"

„Wo ist das Problem?", frage ich.

„Was hat das Mädchen hier verloren?"

„Ich habe sie befragt", sage ich. „Sie war mit Lea Grimm befreundet."

„Ja, wunderbar", sagt Lange. „Und dann bringen Sie die junge Dame hier in diesen Raum. Wir haben ein Zimmer für Vernehmungen, verdammt. Aber das kennen Sie ja bereits, nachdem Sie Frau Grimm dort hineingeschleift haben."

„Japp", antworte ich. „Frau Grimm, die zugegeben hat, ihrem Gatten beim Verbluten zugesehen zu haben."

„Sie mögen mir nicht unterstellt sein, aber noch leite ich diese Ermittlungen." Lange hält mir seinen Zeigefinger vor mein Gesicht, wedelt damit herum. „Ich werde mich beschweren."

„Tun Sie das", sage ich. „Erklären Sie bei der Gelegenheit auch, warum niemand Interesse hatte, bei den Grimms genauer hinzuschauen. Wäre ich nicht hier, läge der Mann doch immer noch in der Badewanne."

„Sie …" Lange holt Luft.

Ich kenne diesen Blick. So ziemlich jede Frau kennt diesen Blick.

Ich erwarte, dass er mir ein Schimpfwort an den Kopf wirft oder mich inkompetent nennt.

Aber es kommt nichts.

Er hält inne, setzt sich auf einen der Stühle und wirkt mit einem Mal alt, verbraucht. Erschöpft.

Leid tut Lange mir hingegen nicht.

Ich weiß, dass er Stress hat. Ich weiß, dass er Verantwortung trägt. Aber das gilt für uns alle.

Und ich weiß, wie weit ich gehen kann. Meistens jedenfalls.

„Hat sie die Bilder gesehen?", fragt Lange.

„Lexi?"

Er nickt.

„Ja", sage ich.

„Und?"

„Keine Ahnung", sage ich. „Vielleicht weiß sie mehr, als sie sagt oder ahnt."

„Ich kann Ihnen nicht folgen, Frau Wolf."

Ich seufze. „Mit diesem Fall ist irgendetwas seltsam."

„Ist das nicht immer so, wenn es um Mord geht?", fragt Lange.

„Ja", sage ich. „Kann schon sein."

Lange holt Luft, richtet sich auf. „Sie waren nicht professionell, Frau Wolf."

„Mag sein", antworte ich.

Und dann überrascht Lange mich. „Aber das bin ich auch nicht gewesen, als ich Ihre Befragung unterbrochen habe. Es tut mir leid."

Ich nicke. „Okay."

Er streckt mir die Hand hin, zieht sie schließlich zurück und ringt sich ein Lächeln ab. „Ach ja, Sie schütteln ja keine Hände."

„Nichts für ungut", sage ich.

Er nickt. „Aber wir müssen uns alle an die Regeln halten, Frau Wolf. Auch Sie. Die Presse dürfte bald an dem Fall dran sein, wenn das nicht schon passiert ist."

„Ohne jeden Zweifel", sage ich, verwundert über das Friedensangebot und mit dem nagenden Gefühl in der Magengrube, dass das letzte Wort noch nicht gesprochen ist.

Lange ist, was er ist. Er kann nicht anders.

Ein Drittel Bulle, zwei Drittel Politiker.

„Jemand sollte mit ihnen reden", sage ich.

„Mit wem?"

„Mit der Presse."

„Das mache ich", sagt er und nickt.

Kapitel 11

Ich bringe Lexi, die vor der Tür gewartet hat, nach draußen auf den Flur und zeige auf eine Reihe wenig einladender Plastikstühle. „Warte hier. Hau nicht wieder ab. Ich muss noch mit dir reden. Und lass mir deine Nummer da."

Sie wirft einen Blick auf die Stuhlreihe, sieht dann zu mir und zieht eine Augenbraue hoch.

Täte mir nicht der Rücken bereits weh, würde er spätestens jetzt nur beim Gedanken daran schmerzen, ihm dieses Hartplastik zuzumuten.

Ich seufze. „Mach schon, Lexi."

Ich frage mich, wie viel sie von dem Theater, das Lange veranstaltet hat, mitbekommen hat. Irgendwie kann ich es mir zwar denken, aber es ist nicht zu ändern.

Sie nickt, setzt sich auf einen der Stühle. „Mach dir um mich mal keine Sorgen."

Ich lache leise und freudlos auf.

Wie viel ich auf ihre Worte geben kann, wird sich zeigen. Auch wenn ich mich innerlich darauf einstelle, sie noch einmal einfangen zu müssen. Allein der Gedanke daran lässt mein Steißbein wieder schmerzerfüllt pochen.

Rita, die Schreibkraft, blickt mich vom anderen Ende des Gangs aus an.

Ich winke ihr zu.

Sie lächelt. Aber irgendetwas stimmt nicht. Ihre zusammengezogenen Augenbrauen und das eher gequälte Lächeln, das so schnell verschwindet, wie es auftaucht, passen nicht zusammen.

Mein Magen rumort. Hunger. Gefahr. Ich weiß es nicht.

Die Kollegen kommen mir entgegen, schlendern den Gang herauf. Keiner sieht hin. Keiner sieht mich an.

Sie verschwinden im Besprechungsraum. Warten auf mich.

Rita ist verschwunden.

Ich schließe meine Augen, lehne mich gegen die Wand, drücke den Hinterkopf gegen rauen Putz und stoße meinen Atem durch die Nase aus.

Sie weiß es. Sie alle wissen es.

Es ist das Erbe, das ich nicht ausschlagen kann.

Mein Name. Wolf.

Die Wölfin.

Dabei geht es nicht um mich.

Es geht um meine verdammte Mutter.

Manchmal wünsche ich mir heimlich, dass sie stirbt. Nur damit es endet. Aber das wird es auch dann nicht.

Es endet nie.

Die Geschichte ist bekannt, längst auch im Netz, und das Netz vergisst nicht.

Zeit, dass ich zumindest dem Spuk hier ein Ende setze.

Schnell und schmerzhaft. Mit einem Ruck. Das ganze Übel mit der Wurzel herausreißen.

Hier und jetzt, bevor es wirklich um sich greift.

„Alles okay?", fragt Lexi.

Die hatte ich völlig vergessen, ausgeblendet.

Ich sehe sie an, das Glitzerzeug auf ihren Wangen funkelt im Licht des Flurs, ich nicke. „Wir reden noch."

Dann atme ich tief ein und betrete die Höhle des Löwen.

Alle sitzen im Besprechungsraum. Alle außer Lange, der nach seiner kleinen Wutrede und seiner Entschuldigung hinausgestürmt ist.

Eigenartiger Führungsstil.

Ich schlage die Tür des Besprechungsraums hinter mir zu, sehe jeden Einzelnen an.

Einen Herzschlag lang herrscht Stille.

„Ja, es stimmt", sage ich dann. „Meine sogenannte Mutter, die Frau, die mich in diese Welt gepresst hat, ist Angela Wolf. Die Angela Wolf. Killer-Angie. Aber ich bin Nessa. Ich bin nicht meine Mutter. Vielleicht können wir uns jetzt auf das konzentrieren, was vor uns liegt, und diesen Mistkerl hier fangen."

Ich schlage mit der Faust gegen das Whiteboard. Eines der Bilder fällt hinunter.

Alle starren mich an. Niemand sagt etwas.

Ich weiß nicht, wie lange es dauert. Vielleicht eine Minute, vielleicht auch nur zehn Sekunden.

Meine Herzschläge kann ich nicht zählen. Zu viele. Zu schnell.

Ich fühle mich nackt. Im Scheinwerferlicht.

Kalter Schweiß rinnt meinen Nacken hinab.

Ich blinzle, fasse nach meinem Armband. Atme ich? Oder halte ich die Luft an?

Ich bücke mich.

Greife nach dem Foto.

Darauf ist eine von Leas Händen. Schlank, einstmals gepflegte Fingernägel, jetzt blutverkrustet. Bleich, kalt.

Tot.

Ich hefte das Bild wieder an. Die Versuchung wächst, die Stirn an die kühle Tafel zu pressen, diese kalte Hand auf dem Bild zu berühren.

Oder zu schreien. Einfach nur schreien.

Ramona Ebel ist die Erste, die sich rührt und etwas sagt. „Sie haben recht, Nessa."

Nur das, nicht mehr.

Ich blinzle, starre Ebel an. Von ihr hatte ich diese Reaktion nicht erwartet.

Und wenn ich in die Augen der anderen sehe, bin ich nicht sicher, ob es stimmt.

Die Nerven liegen blank.

Es ist spät, und die Kollegen nehmen den Vorschlag, die Besprechung auf morgen zu verschieben, dankbar an.

Die Fahrt ins Hotel ist kurz. Ich schalte keine Musik ein, nichts. Die Welt versinkt in einem farblosen Rauschen um mich herum.

Autopilot.

Meine Gedanken kreisen um alles, um nichts und um Lexi.

Natürlich war sie weg, als ich nach meinem Ausbruch zurück auf den Flur gegangen bin.

Dieses Mädchen …

Immerhin hat sie mir ihre Nummer hinterlassen.

In meinem Hotelzimmer angekommen, ist es merkwürdig still. Fast so, als wäre die Stille selbst ein lebendiges Wesen.

Als würde die Lautlosigkeit hörbar, als Echo von den Wänden zurückgeworfen.

Äußerlich fügt sich das Hotel bestens in den Stadtkern ein. Eines der denkmalgeschützten, mittelalterlichen Gebäude, die das Stadtbild der kleinen Kurstadt prägen.

Deutschmeister. Der Name scheint Programm zu sein.

Von einem kleinen Balkon aus wirkt die verwinkelte Innenstadt wie eine Oase aus gelblichem Licht, während ringsum die Finsternis an den Ortsrändern lauert und der Wald wie eine Klaue nach dem Städtchen zu greifen scheint.

Das Zimmer ist schmucklos, aber sauber, beherrscht von Braun-, Beige- und Grautönen. Trübes Licht bricht durchs Fensterglas. Ein Fernseher, den ich nicht benutzen werde, steht auf einer Anrichte. Einzig das Doppelbett, verborgen unter einer ebenfalls beigen Tagesdecke, wirkt einladend auf mich.

Ich spüre jetzt, wie lange ich auf den Beinen bin, der Mangel an Koffein und Schlaf trifft mich mit Wucht.

Zu gern würde ich mich einfach unter die Decke verziehen, sie bis zu den Ohren hinaufziehen, das Telefon und mein Hirn endlich abschalten.

Stattdessen setze ich mich auf die Bettkante, krame meinen Laptop hervor und schalte das Gerät ein. Ich rufe das Mailprogramm auf, sehe zwei Mails von Helene, öffne nacheinander beide und lade die Anhänge herunter.

Die Nachrichtentexte selbst sind kurz und knapp. Helene verschwendet keine Zeit auf Höflichkeiten. Aber sie ist nicht unfreundlich, nur effizient – und das weiß ich zu schätzen.

Ich klicke mich durch die Berichte. Meine Augen brennen leicht. Ich reibe sie vorsichtig mit Daumen und Zeigefinger.

Dann zwinge ich mich, wieder auf den Bildschirm zu blicken, blinzle dabei unnatürlich oft.

Müdigkeit greift nach mir, wie ein Raubvogel seine Beute packt. Dennoch lese ich weiter und schaue mir auch die Bilder an.

Der skalpierte Kopf. Es ist das Auffälligste. Das, von dem er will, dass wir es sehen. Den Haarschopf hat er abgetrennt, mitgenommen. Eine Trophäe. Seine Trophäe.

Grobe Wundränder oberhalb der Augenbrauen. Die Linie verläuft über den Ohren entlang.

Was bleibt, ist der blutverschmierte Schädel. Kahl, die blanke Knochenmasse der Schädeldecke.

Es bedarf ein gutes Maß Entschlossenheit, schätze ich, um das durchzuziehen.

Schnittwunden. Manche gehen kaum durch die Haut. Andere reichen tiefer, durch die Haut und bis ins Fleisch. Keine davon war tödlich. Ich bin kein Obduzent, doch da bin ich sicher. Aber jeder dieser Schnitte war schmerzhaft.

Es wirkt fast wie ein Spiel, wenngleich ein tödliches. Das Spiel des Raubtiers mit der Beute.

Ich erkenne kein Muster. Es wirkt, als hätte jemand an dem Mädchen herumgeschnitten, nur weil er es kann. Oder weil er die makellose junge Haut zerstören wollte.

Blutige Fingerkuppen. Wahrscheinlich waren ihre Nägel stets sehr gepflegt, aber davon ist nicht viel übrig. Hat sie sich gewehrt? Oder an etwas gekratzt?

Vielleicht hat sie versucht, sich zu befreien. Vielleicht war das der verzweifelte Versuch, zu entkommen. Möglicherweise hat er sie in etwas gefangen gehalten, und sie hat versucht, sich durch die Wände ihres Gefängnisses zu graben. Mit bloßen Fingern. Bis nicht mehr viel von ihnen übrig gewesen ist.

Ich atme in einem langen Zug ein und wieder aus.

Es ist immer das Gleiche, wenn ich mir Aufnahmen eines toten, eines ermordeten Menschen ansehe. Ich schaffe es zwar, das Ganze aus einer sachlichen Distanz zu betrachten, aber das dauert einen Moment.

Je jünger die Person ist, desto länger dauert es.

Vor allem, wenn ich müde bin und mein Verstand nach einer Pause schreit. Dann will ich einfach nur ich sein, jemand, der seine Hände vor die Augen schlägt und sich fragt, wer einem anderen Menschen all das antut.

Das sind die Augenblicke, in denen ich mich schuldig fühle.

Helene hat einmal zu mir gesagt, dass ich mir das abgewöhnen muss. Dass ich nicht alle retten kann.

Und, verdammt, sie hat recht.

Aber Emotionen zu kontrollieren, vor allem, wenn sie hart und unmittelbar zuschlagen, ist eine Disziplin, die ich noch trainieren muss.

So ist es auch dieses Mal.

Ich starre in tote Augen, die zurückstarren, und sofort ist da dieses nagende Schweigen in meinen Gedanken.

Die unausgesprochene Frage: „Wo warst du, als mir dies hier passiert ist?“

Und: Dir läuft die Zeit davon, Nessa.

Ich atme ein und in einem langen Zug wieder aus. Das ist der Moment, in dem ich mich umsehe und schaue, ob nicht irgendwo eine Flasche Wein herumsteht. Aber das ist nicht die Lösung, nur Teil eines neuen, viel größeren Problems, ginge ich diesen Pfad weiter.

Ich versuche, meine Augen zu schließen, doch meine Lider flattern. Unruhe, die aus dem Inneren meines Schädels nach außen dringen will. Schmerzhaftes Kribbeln auf der Kopfhaut. Mein Herz rast und mit ihm die Zeit davon.

Ich muss etwas tun.

Also konzentriere ich mich auf das Atmen. Und auf die Fakten. Ich lasse mein Armband gegen mein Handgelenk schnippen.

Die Tote war ASMRtist, wie Lea. Ein schönes Wort, das ich inzwischen von Charly gelernt habe. ASMR-Helena heißt ihr Kanal. Es fällt mir zwar noch schwer, zu erkennen, wie das Klopfen auf Gegenständen und Flüstern von Banalitäten Kunst sein kann, aber ich bin lernfähig. Vielleicht hat das Ganze etwas, das ich nur noch nicht sehe.

Ich mache mir eine Notiz herauszufinden, wie bekannt sie in der Szene ist. Ob sie Lea gekannt hat. Ich werde Lexi fragen – wenn ich sie denn finde. Und Charly werde ich fragen, um die Informationen zu überprüfen.

Sicher ist sicher.

Lexi ist eine seltsame Person. Liebenswürdig, auf den ersten Blick jedenfalls. Aber da ist auch etwas anderes. Ein Geheimnis, eine Wunde. Sie verbirgt etwas, und das ist nicht das Kiffen.

Aber ich darf nicht in den dunklen, kleinen Geheimnissen jedes einzelnen Menschen wühlen, der mir begegnet.

Meine Aufgabe in dieser Sekunde ist, die Gemeinsamkeiten und die Unterschiede zwischen den beiden Taten herauszufinden.

Allerdings fehlen mir noch entscheidende Details. Vor allem, was Leas Tod angeht.

Das erste Opfer wurde ebenfalls gewürgt. Wie Lea und vielleicht doch nicht wie Lea, aber das soll die Obduktion klären.

Das erste Opfer hatte Geschlechtsverkehr. Irgendwann in den Stunden vor ihrem Tod. Aber nach allen Erkenntnissen muss davon ausgegangen werden, dass es einvernehmlicher Sex gewesen ist. Kein Hinweis auf eine Vergewaltigung. Außerdem wurde wohl ein Kondom benutzt.

Kein Sperma. Keine Spuren. Keine DNS. Nichts.

Was auch nicht ganz normal ist.

Ich schreibe das auf einen Zettel. Dazu einen Pfeil. Dann schreibe ich Leas Namen und male einen Kringel darum.

Ich habe mich durch die ganze Akte gearbeitet und möchte nur noch den Laptop schließen und auf der Stelle einschlafen.

Aber ich gehe die Mail noch einmal durch, schaue meine Notizen an und habe das Gefühl, dass mehr Fragezeichen über mir schwirren als zuvor.

Außerdem finde ich eine Kontaktnummer zu einem Beamten vor Ort, der an dem Fall arbeitet.

Das ist das Unangenehme an der Sache.

Ich hasse es, zu telefonieren, auch wenn man das kaum glauben mag. Vor allem aber hasse ich es, zu telefonieren, wenn es darum geht, mit einem fremden Polizisten über dessen Fall zu sprechen. Ich nenne meinen Namen, sage BKA, und der andere schaltet sofort auf stur, weil er entweder denkt, dass ich ihm seinen Fall klauen will, oder weil er glaubt, mich zu kennen, weil er etwas über mich weiß.

Oder beides.

Es ist mühsam.

Und das ist es auch jetzt.

Vielleicht hätte ich bis morgen warten sollen. Denn der Typ am anderen Ende ist ebenfalls müde, außerdem gereizt.

Ich stelle mir vor, wie er in seinem Büro beim schwachen Licht einer Schreibtischlampe an einem altersschwachen Bürokratenrechner sitzt und flucht.

Es ist ein schwerfälliger Tanz um den heißen Brei.

Die unausgesprochene Frage, ob ich ihm nur seinen Fall entreißen will.

Also hält sich der Typ am Telefon bedeckt, ich erfahre nicht viel. Vielleicht muss ich den Joker ziehen und Helene einschalten, aber dann muss der Knilch sich wirklich warm anziehen. Denn dann hat er ein echtes Problem.

Und das sage ich ihm auch.

Schließlich gibt er klein bei und sichert zu, mir alle Informationen zukommen zu lassen.

Meine neu gefundene Freundlichkeit trieft geradezu ins Telefon, ich bedanke mich artig, verspreche ihm, auch mein Wissen mit ihm zu teilen, und dann ist das Gespräch beendet.

Ich schmeiße das Telefon einen halben Meter von mir weg und verfluche mich sogleich dafür.

War ich eben noch nur müde, so fühle ich mich jetzt ausgelaugt. Aber da ist auch ein Funken Wut, der in mir glimmt und mir etwas Energie verleiht.

Es ist Zeit, mich um Miss Stardust zu kümmern. Ich gebe ihren Namen in die Zeile der Suchmaschine ein.

Die meisten Ergebnisse haben nicht mit ihr zu tun. Ich frage mich, ob Lexi weiß, dass es ein Pornosternchen mit einem ähnlichen Namen gibt. Lexy statt Lexi.

Einen der Links klicke ich an. Das Stöhnen ist ohrenbetäubend, und das Mädchen sieht völlig anders aus als Lexi. Brünett, Mörderoberweite, und das meiste davon besteht aus Silikon.

Ansonsten gibt das Internet nicht viel her. Es gibt keine Website, nur den YouTube-Kanal.

Zwölftausend Fans, Abonnenten, Follower. Klingt nach einer Menge, aber das ist relativ, und eine Quersuche auf anderen Kanälen dieser Art zeigt, es ist nicht wirklich viel. Ein englischsprachiger Kanal hat über eine Million, was mich wirklich überrascht. Ein brandneuer Kanal, der in einer Woche drei Videos veröffentlicht hat, zeigt bereits knapp zweitausend Follower. Jede Menge Kommentare unter den Videos und viele davon verdammt grenzwertig.

Ich hatte angenommen, ASMR sei was für Freaks, für Spinner. Eine Nische für eingefleischte Fans. Aber offenbar habe ich mich geirrt. Es ist größer, viel größer als das.

Lexi Stardust ist da vergleichsweise noch ein kleines Licht. Sie hat zwar einen Namen, der nach den Sternen greifen mag, aber der kometenhafte Aufstieg blieb ihr offenbar bisher verwehrt.

Ihre Videos sind gut gemacht, soweit ich das beurteilen kann. Sie ist nicht nur ein Mädchen mit ihrem Smartphone, wie auf manchem anderen Kanal. Ich klicke zwei, drei Clips an. Ein schickes Intro, gestochen scharfes Bild, der Ton ist klar.

Lexi selbst wirkt zur gleichen Zeit vertraut und fremd auf mich. Die Person, die sie in diesen Videos darstellt, ist nicht ganz die Person, die ich kennengelernt habe.

Es ist mehr ein Glanzabziehbild, die Schokoladenseite. Freundlich und hell. Perfekt ausgeleuchtet.

Aber ich schätze, das ist normal, wenn man sich im Internet präsentiert. Das ist, was erwartet wird. Gespielte Authentizität, schöne Bilder, etwas Glanz.

Ich scrolle durch die Videos, die Lexi hochgeladen hat, und es sind eine Menge. Sie ist vielleicht nicht die Erfolgreichste, aber sie ist unglaublich produktiv. Zwei, drei Videos pro Woche. Selten eine Pause. Was auffällt, ist, dass alles, was Lexi macht, jemand anderes schon vor ihr gemacht hat. Scheint sie jedoch nicht abzuhalten.

Es ist ein bestimmtes Video, das meine Aufmerksamkeit erregt. Eine Kollaboration mit Lea, unserem Opfer. Der Bildschirm ist zweigeteilt. Lexi auf der einen, Lea auf der anderen Seite, in der Mitte ein Mikrofon.

Ich erkenne es erst auf den zweiten Blick, sehe Lea zum ersten Mal lebendig. Ein seltsames Gefühl. Sie lächelt, lacht und lebt.

Ich weiß nicht, ob es Schwermut oder nur die Müdigkeit ist, aber irgendwie macht mich das Video tieftraurig.

Es ist zwanzig Minuten lang. Ich sehe es zweimal.

Sie flüstert sanft, ihre zarte Stimme geht mir unter die Haut. Mit ihren Händen macht sie weiche, fließende Bewegungen, klopft mit ihren perfekt lackierten Fingernägeln behutsam auf einen Spiegel oder ein Buch.

All das fühlt sich unfassbar gut an. Das entspannende Kribbeln auf der Kopfhaut, im Nacken und an meiner Wirbelsäule. All das ist jetzt vorbei, wird nie wieder sein. Nur in Videos wie diesem.

Genau wie ich täglich Spuren im Internet hinterlasse, hinterlässt das Internet gerade jetzt Spuren in mir. Hashtag: Melancholie. Schätze ich.

Es ist mein Job, meine Aufgabe, dazu beizutragen, Leas Mörder zu fangen. Doch jetzt ist es irgendwie auch mehr als das. Es ist zu einem Bedürfnis geworden.

Ich starte das Video ein drittes Mal, stelle den Ton aus, weil es mich wirklich müde macht.

Ich drücke auf die Leertaste, stoppe das Video.

Standbild.

Lea lacht. Offen und freundlich. Gerade, weiße Zähne. Rot geschminkte Lippen, aber nicht vulgär. Vielleicht liegt es am Licht oder an der Tatsache, dass sie lebendig ist. War. Sie war schön, wirklich schön.

Das ist Lexi auch. Auf ihre Art. Anders als Lea.

Ihr haftet etwas an, das sie verbissen wirken lässt.

Selbst jetzt auf dem gestoppten Video.

Zwei Mädchen mit einem großen L. Die eine lebt, die andere liegt tot in einer Kühlkammer und wartet auf die Autopsie.

Manchmal ist das Leben ein grausamer Scherz.

Kapitel 12

Eine Weile klicke ich mich noch durch diverse ASMR-Videos. Tatsächlich ist es, wie Charly gesagt hat: Es gibt unzählige Spielarten von ASMR, genauso wie es verschiedenste Arten der Entspannung gibt. Den Teil mit den tiefen Ausschnitten und hochgereckten Hintern lasse ich rasch hinter mir, aber bei den eher klassischen Videos bleibe ich länger.

Ich stelle einigermaßen überrascht fest, dass es tatsächlich beruhigend und entspannend wirken kann. Allerdings merke ich auch, dass ich die Videos nicht mag, die sie als soft-spoken bezeichnen. Ein leises, weiches Sprechen statt des üblichen Flüsterns. Und ich hasse es, wenn sie summen oder singen. Das ist furchtbar, es sollte verboten werden, weil es an Körperverletzung grenzt. Jedenfalls soweit es mich betrifft.

Aber weder Lea noch das vorherige Opfer, Helena, tut das eine oder das andere. Hier liegt der Fokus tatsächlich auf Spielereien mit den Haaren und diversen Varianten einer Kopfmassage.

Interessant, wie „kopflastig" ihre Videos waren, wenn man bedenkt, dass beide skalpiert wurden.

Es gibt ein Video von Lea, das besonders viele Klicks aufweist. Die Kamera ist auf ihr Gesicht gerichtet. Ganz nah, so unmittelbar, dass man jede Pore in ihrem hübschen Gesicht erkennen kann.

„Personal Attention“, das steht über dem Video. Persönliche Zuwendung. So ist es auch gemeint.

Sie richtet sich direkt an den Zuschauer, spricht ihn, ihn ganz allein an.

Und es wirkt. Mich beschleicht wirklich das Gefühl, dass Lea mein Gesicht streichelt und meine Haare und einfach nur für mich da ist.

Wer schaut sich so etwas an? Einsame Menschen? Männer?

An einer Stelle sagt sie etwas, das mir Bauchschmerzen bereitet: „Ich bin nur für dich da. Ich gebe dir alles. Du musst mir nichts geben. Nur deine Liebe. Bezahle mich mit deiner Liebe.“

Ich habe keine Ahnung, ob dieses Video in der Szene ungewöhnlich ist, aber für Leas Kanal war es außergewöhnlich und: verdammt erfolgreich.

Ich betrachte ihr Gesicht, sehe ihre Lippen, die sich langsam bewegen. Das Lächeln, das es nur hier noch zu sehen gibt, weil ihr Mund im wahren Leben verstummt und erstarrt ist.

„Bezahle mich mit deiner Liebe.“

Ich frage mich, ob das nicht eine Einladung für Spinner aller Art ist.

Allein dieses Video wurde eine knappe halbe Million Mal angeklickt und tausendfach kommentiert.

Zwar sind die Kommentare meist harmlose Schwärmerei und Lob, aber das eine oder andere klingt weniger nett. Die Drohung zu entfolgen. Digitaler Liebesentzug.

„Wie wäre es, wenn du mal wieder mehr vintage gehst?“

„Du reagierst nie auf deine Messages.“

„Du langweilst mich.“

„Deine Videos sind alle gleich. Vielleicht brauche ich eine neue favourite ASMRtist, hm?“

ASMR ist persönlich und erzeugt ein falsches Gefühl von Nähe und eine Erwartungshaltung, die unweigerlich irgendwann in Enttäuschung endet, aber würde einer von denen so weit gehen, das Objekt seiner Wünsche zu entführen, zu skalpieren und umzubringen?

Ich lese noch eine Handvoll Kommentare und habe genug.

Fluchend stoppe ich Leas Video und klicke mich durch zum Stardust-Kanal.

Lexi stellt sich distanzierter da. Sie legt ihren Fokus auf Flüstern und auf Klopfen. Tapping nennt sich das also – und ich muss sagen, dass es mir wirklich guttut.

Bei ihr gibt es kaum Personal Attention und kein „Bezahle mich mit deiner Liebe“. Sie wahrt Distanz.

In den ersten sieben oder acht Videos, die sie hochgeladen hat, zeigt sie nicht mal ihr Gesicht. Nur ihre Hände, die schlank und feingliedrig sind. Ihre Finger sind lang.

Dann ploppt ein kleines Fenster mit einem Hinweis auf. Ein neues Video von Lexi.

Aber dieses ist anders als die anderen Videos. Erschreckend anders.

Lexi sieht erschöpft aus, kaum geschminkt, und die Schminke, die sie aufgetragen hat, ist zum Teil zerlaufen.

Lexi kündigt an, dass dieses Video spontan sei. Lo-Fi, was nichts anderes bedeutet, als dass Ton, Licht und Ausstattung etwas weniger perfekt erscheinen als sonst.

Ihre Darstellung hingegen ist perfekt.

Mit schönen Worten malt sie ein Bild von Lea, ihrer „Freundin“, die nun nicht mehr da sei, weil ein Monster sie aus ihrer Mitte gerissen hätte. Sie spricht vom Verlust für die ASMR-Szene und für sie persönlich.

„Ich habe dieses Mädchen geliebt“, flüstert Lexi in Kameralinse und Mikrofon.

Ganz nah.

Fast kann ich ihren Atem an meinem Ohrläppchen spüren. Ich sehe ihre Tränen, die sich mit ihrer Schminke vermischen.

Sie weint, schnieft. Es ist wirklich überzeugend.

Ich runzle unwillkürlich die Stirn, betrachte nachdenklich den Bildschirm, als das kurze Video nach gut sieben Minuten vorbei ist.

Mein Magen wird flau. Ich greife mir an den Hals, neige den Kopf. Das Stirnrunzeln lässt nicht nach, ob dieses Auftritts, dessen Zeugin ich gerade geworden bin.

„Was zum Teufel …“, flüstere ich.

Vor ein paar Stunden klang das alles noch anders.

Dazu werde ich Lexi bald befragen müssen.

Ich klappe den Laptop zu, fahre mit Daumen und Zeigefinger über meine Lider.

Meine Augen sind trocken und brennen leicht. Mein Nacken ist verspannt, und ein schmerzhaftes Pulsieren erinnert mich daran, dass ich eine Wirbelsäule habe.

Der kleine Funken Energie, den ich zwischenzeitlich gespürt habe, ist verglimmt.

Ich bin müde und will nur überlegen, ob ich jetzt noch dusche oder morgen früh. Aber ich komme nicht dazu, eine Entscheidung zu treffen.

Wieder klingelt mein Telefon. Strasser.

Den Kerl hatte ich glatt vergessen. Für einen temporären Kollegen ist er erstaunlich abwesend. Üblicherweise kleben mir die zugeteilten Partner sonst wie Anstandsdamen an den Hacken.

Ich frage mich unwillkürlich, ob es mich freuen oder mir Sorgen machen sollte, dass Strasser in dem Punkt anders zu sein scheint.

„Ja?"

„Nessa, Sie …"

Strasser druckst ein wenig herum, und es macht mich halb wahnsinnig, dass dieser erwachsene Mann dermaßen um den Brei herumtanzt. Meine Fingernägel tanzen einen ungeduldigen Takt auf dem Deckel meines Laptops.

„Worum geht's denn?", frage ich knapp. „Es ist verdammt spät."

„Tut mir leid", sagt er.

„Schon gut", antworte ich. „Ist noch etwas?"

„Ja", sagt er langsam. „Also morgen früh ist die Obduktion angesetzt und ich wusste nicht recht …"

„Wann und wo?", frage ich, um die Angelegenheit abzukürzen. Ich kann einfach nicht mehr. Ich brauche Schlaf, und ich will nicht mit dem Kopf auf meinem Laptop schlafen müssen.

Strasser gibt mir die Adresse durch und eine kurze Wegbeschreibung.

„Danke", sage ich.

„Also sehen wir uns dann morgen früh?"

„Natürlich."

Ich beende die Verbindung und starre noch einige Herzschläge lang auf das dunkle Display. Etwas ist seltsam an diesem Strasser. Sollte es mir Sorgen machen?

Mit einem Kopfschütteln versuche ich, den Gedanken loszuwerden. Ich bin nicht hier, um mir den Schädel über die Kollegen zu zermartern.

Allerdings gelingt es mir nicht, das Telefon überhaupt aus der Hand zu legen. Es klingelt erneut, das Display glimmt auf.

Charly.

„Hey“, sage ich.

„Wie geht's dir?“

Ich nicke nur, was meinen Zustand ganz gut erklärt, bis mir einfällt, dass Charly mich ja nicht sehen kann.

„Ich bin okay.“

„Du klingst müde, Nessa.“

„Das bin ich auch. Warum rufst du an?“

„Ich wollte dir noch ein paar Infos zu ASMR schicken, weiß aber nicht, ob du es sofort brauchst oder ob morgen früh reicht.“

„Morgen früh reicht auch, aber so wie ich dich kenne, heißt das wohl, dass sie irgendwann in der Nacht kommen, oder?“

„Kann schon sein. Weißt du, Nessa, eine Sache ist mir aufgefallen.“

„Welche Sache meinst du?“

„Dieses Mädchen, diese Lea, das ist doch die, die getötet wurde, oder?“

„Woher weißt du das?“

„Das Netz ist voll davon“, sagt er. „Ich habe mich den ganzen Tag mit der ASMR-Szene befasst, also etwas mehr als eh, und überall sind Trauerbekundungen online gegangen.“

„Scheiße!“, fluche ich.

„Ja“, sagt er, „aber das ist nicht der Punkt.“

„Sondern?“

„Sagt dir ‚Nightshine‘ etwas?“

„Nein. Wer oder was ist das?“

„Ein Shampoo“, sagt er.

„Und?“

„Lea hat in ihren Videos dafür geworben. Ich habe einen anderen Kanal gefunden, wo vor gut drei Wochen das letzte Video online ging, und zu dem Mädchen gibt es auch eine Menge RIP-Videos.“

„Und?“, frage ich und tue so, als ob ich keine Ahnung hätte, worauf er hinauswill. Vermutlich handelt es sich bei dem Kanal um ASMR-Helena. Ich bin Charly zwar dankbar, aber er steckt die Nase doch zu tief hinein.

Vielleicht war es keine gute Idee, ihn mit der harmlosen Recherche zu ASMR zu beauftragen. Ich hätte es wissen müssen. Er gräbt tiefer.

„Dieses Mädchen scheint verschwunden zu sein, nicht?“

„Kann sein“, sage ich und seufze leise.

„In ihrem letzten Video hat sie ebenfalls für ‚Nightshine‘ geworben. Seltsam, oder?“

„Schon“, sage ich langsam. „Aber das muss ja nichts heißen.“

„Sicher.“

„Werben noch andere für ‚Nightshine‘?“

„Ich bin nicht sicher. Möglich wäre es“, sagt Charly. „Ich habe nicht alle ASMR-Videos auf der Welt angeschaut. Aber ich klicke mich durch und schreib's dir in die Mail, okay?“

„Danke“, sage ich.

„Noch etwas“, sagt Charly. „Hinter ‚Nightshine‘ steckt offenbar ein deutsches Unternehmen. Sternbach.“

„Sternbach?“ Ich weiß nicht weshalb, aber das Wort wirkt auf mich wie eine Espressodosis Koffein. Ich bin sofort wieder etwas wacher. „Das kommt mir bekannt vor.“

Er lacht. „Wahrscheinlich hast du es auf einem Schild oder einem Werbeplakat gesehen. Die Firma sitzt in der Ecke, in der du gerade unterwegs bist."

„Echt?"

„Ja", sagt Charly. „Seltsamer Zufall, oder?"

„Okay", antworte ich, unschlüssig, was ich sonst sagen oder tun soll. Ich bin schlagartig wieder müde, mein Hirn ist müde, und wir wissen beide nicht recht, wie wir die Information sinnvoll verarbeiten sollen.

Mein Körper und mein Geist sind wie taub. Erschöpft und matt. Eine gute Voraussetzung eigentlich, um ohne Hilfe in den Schlaf zu finden.

„Na ja", sagt Charly. „Wie du schon sagst, es muss nichts heißen. Aber ich finde es seltsam. Okay, Nessa, jetzt aber erst mal gute Nacht."

„Nacht, Charly."

Kurz nachdem ich auflege, piept mein Smartphone, und ich stoße einen leisen Fluch aus.

Eine Nachricht von Helene. Ich bin dankbar, dass nicht auch sie mich noch anruft.

Allerdings läuft es mir heiß und kalt den Rücken hinunter, als ich die Nachricht öffne und die erste Zeile lese.

„Lange hat mich angerufen."

Dieser Satz ruft eine unmittelbare körperliche Reaktion hervor. Stress. Mein Herz pumpt Blut in meinen Kopf.

Der zweite Satz macht es zumindest etwas besser. Nicht viel, aber immerhin.

„Mach dir keine Sorgen. Helene."

Kapitel 13

Der Morgen beginnt mit Regenschauern, einem schnellen Kaffee unterwegs. Kurz war ich versucht, nach einem Starbucks zu suchen, aber die Aussicht auf die Obduktion des Leichnams von Lea Grimm hat das verhindert.

Ich treffe Strasser auf dem Parkplatz. Gemeinsam gehen wir hinein. Er nimmt den Aufzug, ich die Treppe.

In der pathologischen Abteilung werden wir von einer jungen Assistentin empfangen. Blond, kurzer Pferdeschwanz, freundliches Lächeln und beneidenswerter Teint. Sie trägt einen grünen OP-Kittel, reicht uns ebenfalls jedem einen und bringt uns ohne Umschweife zu den Räumen, in denen die Obduktionen stattfinden.

Es ist ein ungewöhnlich stiller Morgen. Draußen war kaum mehr zu hören als das dumpfe Klopfen des stetigen Regens.

Hier drinnen ist es das Summen der Leuchtstoffröhren, die alles in helles Licht tauchen.

Der Obduktionsraum wirkt ansonsten wie jeder andere seiner Art, die ich von innen gesehen habe, nur etwas kleiner.

Der Raum wird beherrscht von zwei Seziertischen. In größeren Städten wie Berlin findet man oft mehrere nebeneinander. Manches Mal beschleicht einen der Eindruck, man befände sich in einer Massenabfertigung für Mordopfer und Suizidtote.

Aber vielleicht bin das nur ich.

Der Rest ist typisch.

Edelstahl, Fliesen. Die glänzenden Instrumente. Zangen. Hammer. In der Luft schwebt die eigentümliche Mischung aus Desinfektions- und Reinigungsmitteln.

Und Tod.

Es ist ein ganz eigener Geruch, der ihm anhaftet, jede Leiche riecht anders, was natürlich vor allem den Stadien von Fäulnis und Verwesung zu verdanken ist.

So wie jeder Mensch im Leben ein wenig anders riecht, so verströmen wir auch im Tod unseren ganz eigenen Geruch.

Ich bin dankbar für den Kittel, weiß aber doch, dass ich den Geruch den ganzen Tag nicht mehr loswerde.

„Guten Morgen."

Stracke. Der Rechtsmediziner hat sich entweder in den Raum geschlichen, oder ich war derart in Gedanken versunken, dass ich es nicht mitbekommen habe.

Ich nicke ihm zu. „Morgen."

„Gut", sagt Stracke und gibt seiner Assistentin ein Zeichen. „Fangen wir an."

Die junge Frau betätigt einen Digitalrekorder. Alles wird festgehalten.

Stracke geht die Formalitäten durch. Datum, anwesende Personen, Grund der Obduktion und Leas Daten.

„Beginnen wir mit der äußeren Leichenschau", sagt Stracke und zieht das Tuch weg, das den Leichnam bedeckt.

Meine Blicke folgen seinen Handgriffen und denen der jungen Assistentin.

Irgendein Student, irgendeine Hilfskraft, hat die Vorarbeit geleistet. Vorsichtiges Entkleiden, Waschen.

Lea ist nun nackt. Schamgefühl hat an diesem Ort nichts verloren.

Ich presse meine Zähne aufeinander.

Stracke inspiziert die Wunden, die sich über den Körper ziehen, aus der Nähe, zieht an den Wundrändern.

„Die Schnitte sind oberflächlich. Vielleicht mit einer Rasierklinge oder einem vergleichbaren Gegenstand zugefügt. Keine tiefen Wunden ersichtlich, die zum Tode geführt haben könnten", diktiert Stracke. „Was sie aber nicht weniger schmerzhaft macht. Das hier ist ihr vor dem Tod zugefügt worden."

Meine Blicke treffen Strackes behandschuhten Finger, der auf eine klaffende Wunde unterhalb der rechten Brust der Toten zeigt.

Ein gerader Schnitt durch die bleiche Haut, darunter das dunklere Fleisch. Getrocknetes Blut in der Wunde.

Ich betrachte das Werk des Täters, sehe, was er gesehen hat, aber auf eine andere Weise als Stracke. Die Suche nach dem Anblick, den der Täter gesucht hat. Es gibt Gründe, weshalb er tut, was er getan hat. Weshalb er Lea entstellt hat.

Aber hier werde ich die Antwort nicht finden, schießt es mir durch den Kopf. Hier sehe ich nur, was er hinterlassen hat.

Und sicher, die Hinweise auf Spuren, Verletzungen und all das, was Stracke in seinen Rekorder diktiert, sind richtig und wichtig.

Aber ich muss sehen, was der Täter gesehen hat.

Ich muss die lebende Lea betrachten. Lebendig, wie in den Videos. Erkennen, was ihn so gereizt hat, dass er sie entstellen musste. Ihre Haare samt Kopfhaut vom Schädel schneiden, sie besitzen musste.

Er hätte andere Dinge tun können.

Ihr Gesicht zerschneiden. Die Augen ausstechen. Die Haut abziehen. Die Brüste abschneiden.

All diese Dinge passieren. Ich habe sie alle schon gesehen. Aber er hat nichts davon getan.

Er hat sich für ihre Haare entschieden. Nur darum ging es ihm.

Anspannung ergreift mich, füllt mich aus. Ich zittere leicht.

Die Härchen in meinem Nacken richten sich auf.

Strasser streift mich mit einem Blick. Sein Mund formt ein lautloses „Alles okay?".

Ich nicke. Strasser runzelt die Stirn.

Stracke und die Assistentin fahren fort mit der Obduktion.

Ich kneife mich. Lasse das Armband gegen mein Gelenk schnalzen.

Ein Seitenblick der Assistentin trifft mich. Stracke hingegen lässt sich nicht stören.

„Keine Abwehrverletzungen an Armen und Händen erkennbar."

Ich frage mich, was der Täter wohl gerade tut. Diese Figur ohne Gesicht, ohne Namen, die sich irgendwo in den sprichwörtlichen Schatten verbirgt.

Genießt er immer noch den Rausch? Fühlt er sich schuldig?

Will er es wieder erleben? Und wieder und wieder?

Ist er vielleicht schon auf der Suche? Auf der Jagd?

„Der Leichnam wurde möglicherweise vor der Ablage gewaschen. Laut Spurensicherung gab es keine Ablagerungen unter den verbliebenen Fingernägeln. Keine Hautpartikel. Nichts. Sie hat sich offenbar nicht gewehrt."

„Ja", sage ich einfach so in den Raum hinein. „Sie hat den Täter möglicherweise gekannt."

„Oder sie war betäubt", wirft Stracke ein.

„Möglich. Was sagt das toxikologische Gutachten?"

„Darauf warten wir noch", antwortet Strackes Assistentin. „Wir müssen ohnehin noch Proben nehmen."

„Ah ja", antworte ich.

Stracke arbeitet schnell und gründlich. Seinen Job beherrscht der Mann, das muss man ihm lassen.

Ich zwinge mich, seinen Ausführungen zu folgen. Der arme Praktikant, der später das Protokoll abtippen muss, tut mir leid, denn Stracke hat eine fürchterliche Neigung zum Nuscheln.

Obduktionen sind eine seltsame Angelegenheit. Vieles ist Standard. Hat man eine gesehen, hat man alle gesehen.

Dennoch ist es ein komisches Gefühl, danebenzustehen, während ein anderer Mensch praktisch zerlegt wird. Die Organe werden entnommen, das Gesicht abgezogen.

Der Körper ist nur eine Hülle. Irgendwo ist mir das klar.

Aber trotzdem hat es etwas Entweihendes an sich. Man erkennt, was man ist. Was bleibt. Ein Haufen Fleisch und Knochen. Jede Menge Flüssigkeit.

Man braucht einen starken Magen, vielleicht ein bisschen Stumpfheit.

Die Geräusche, die Gerüche. Das zielgerichtete Vorgehen des Rechtsmediziners.

Fotos sind eine Sache. Auch der Fundort hat noch etwas Unwirkliches an sich.

Echt wird die ganze Angelegenheit für mich, wenn ich einer Obduktion beiwohne.

Es ist einfach etwas anderes, eine Leiche auf Bildern zu sehen oder hier zu stehen. Den Geruch in der Nase. Eine Armlänge entfernt. Den Tod in allen Facetten zu betrachten, ausgeleuchtet von allen Seiten. Alles scheint auf im grellen Licht des Obduktionssaals.

Die Endlichkeit und auch die Ungerechtigkeit.

Ich muss das tun. Das bin ich ihnen schuldig. Das bin ich jetzt vor allem Lea schuldig.

Auf dem Tisch wirkt sie jünger, als sie gewesen ist, und sie war viel zu jung, als sie getötet wurde.

Nackt und bleich.

„Todesursache dürfte das Strangulieren mit einem Gegenstand gewesen sein", murmelt Stracke.

Die Würgemale sind deutlicher zu erkennen als gestern. Dunkel zeichnen sie sich unter der Haut ab.

„Gut", sagt Stracke und nickt der Assistentin zu. „Kommen wir zur inneren Leichenschau."

Während Stracke sich an Lea zu schaffen macht und sie in ein Forschungsobjekt verwandelt, das daliegt mit aufgeschnittener Brust, während die Organe entnommen und gewogen werden, driften meine Gedanken ab, ohne dass ein einzelner davon zu fassen wäre.

Das Geräusch der elektrischen Knochensäge, die benutzt wird, um die Schädeldecke abzutrennen, wie sich das schrille Kreischen verändert, als Metall auf Knochen trifft, dringen kaum in meinen Verstand vor.

Erst die Stille, die irgendwann eintritt, erreicht mich.

Stracke sieht mich unvermittelt an. „Weshalb tun Sie sich das eigentlich an?"

Ich blinzle. „Was meinen Sie?"

„Dieses ganze schmutzige Klein-Klein der Ermittlungen. Oder das hier."

„Das hier? Die Obduktion?"

Er nickt. „Sie müssten das doch gar nicht tun. Als Fallanalytikerin, oder?"

„Nein", sage ich leise.

„Dennoch sind Sie hier. Wieso?"

Ich lächle müde. „Weil ich muss."

Stracke mustert mich noch einen Augenblick lang, dann wendet er sich genauso abrupt von mir ab und seiner Arbeit wieder zu. Er gibt einen leisen Brummton von sich.

Offenbar scheint ihm meine Antwort zu genügen.

Ich weiß nicht, ob er sie versteht.

Ich weiß nicht, ob irgendwer verstehen würde, was hinter diesen Worten steckt.

Ich muss.

Ich muss, denn ich fühle mich wie ein Wolf im Käfig.

Ich laufe im Kreis, nicht hin und her. Laufe meine Füße blutig, dann meine Hände. Auf allen vieren, wie das Tier.

Es tut weh, und ich hasse es.

Aber ich muss weitermachen, weil ich gar nicht anders kann.

Und am Ende bleibt nur ein mit Blut gemalter Kreis übrig, und alles, was zählt, ist dieser Kreislauf aus Blut und Schmerz, der immerzu von Neuem beginnt.

Nein, ich glaube, das würde er nicht verstehen. Das würde kaum jemand verstehen können. Deshalb schweige ich, behalte es für mich, so wie ich manches für mich behalte.

Was ich nicht zurückhalte, sind die Fragen, die der Fall aufwirft und die mir Stracke hoffentlich beantworten kann.

„Was denken Sie, wie lange hat sie dort gelegen?", frage ich.

„Nicht länger als eine Nacht. Zwölf Stunden vielleicht. Was den Todeszeitpunkt angeht, ist es natürlich nicht eindeutig zu sagen, aber ich schätze, sie ist einen Tag vorher zu Tode gekommen, vielleicht zwei. Aber jemand hat sie abgeschottet. Es gibt keine Maden, nicht einmal Fliegeneier, und sowas geht schnell, verdammt schnell."

Ich nicke langsam. Der Rechtsmediziner fasst mich ins Auge. Offenbar spürt er, dass da noch mehr ist, was mich beschäftigt.

„Ich habe mir den Bericht des Kollegen angesehen", sagt Stracke. „Ich muss sagen, es gibt tatsächlich auffällig deutliche Übereinstimmungen."

„Also denken Sie, es ist derselbe Täter?"

„Das Skalpieren als Signatur wäre natürlich sehr auffällig. Aber ist es wirklich derselbe Täter?" Stracke wiegt den Kopf hin und her. „Das habe ich nicht gesagt. Es *könnte* derselbe Täter sein. Es gibt eine gewisse Wahrscheinlichkeit. Es könnte sich um einen unerfahrenen Täter handeln, der sich ausprobiert und sich erst finden muss. Aber genauso gut könnten es unterschiedliche Täter sein. Genauer ließe es sich erst sagen, wenn …"

„Ja", sage ich. „Wenn es ein weiteres Opfer gibt."
Stracke nickt verhalten. „Tut mir leid."
„Danke. Schicken Sie mir den Bericht?"
„Sicher."

Kapitel 14

Nach der Obduktion muss ich raus an die Luft. Ich laufe durch die Gänge, drücke jede Tür beiseite, bis frische, feuchte Luft in mein Gesicht klatscht.

Inzwischen hat es aufgehört zu regnen. Auf dem Parkplatz lehne ich mich gegen mein Auto, schließe die Augen und atme tief ein.

Strackes Worte gehen mir durch den Kopf, stets untermalt vom eindringlichen Schreien der Knochensäge.

Was tun Sie eigentlich hier?

Ja, Nessa, was tust du hier?

Ich weiß nicht, wie lange ich dort stehe. Vielleicht eine Minute oder zwei. Oder fünf.

Strasser ist mir in einigem Abstand gefolgt, schließt jetzt zu mir auf. Er sieht bleich aus. Auch an ihm scheint die Obduktion nicht spurlos vorbeigegangen zu sein.

In den Händen trägt er Pappbecher. Er nippt an dem einen, hält mir den anderen hin. „Kaffee? Ich hoffe, schwarz ist okay. Ich hätte auch Milchdöschen zu bieten."

Ich nicke ihm zu und versuche zu verbergen, dass mich die Tatsache, er könne mir Milch aus kleinen Plastikdosen anbieten, nicht gerade umhaut. Hätte er hingegen Vanillesirup gesagt, wäre es eine andere Geschichte. „Passt. Danke."

„Es sieht düster aus, oder?"

„Ja", antworte ich. „Das kann man wohl sagen. Wir haben keine Tatwaffe, keinen Tatort. Praktisch keine verwertbare Spur und auch kein Motiv."

„Was tun wir jetzt?", fragt Strasser.

„Wir machen weiter, Strasser. Wir machen einfach weiter."

Ich lasse den Kollegen stehen, auch weil ich nicht weiß, was ich anderes sagen soll. Außerdem ist da etwas an ihm, das mir ein seltsames Gefühl in der Magengegend beschert, und das sind nicht eben Schmetterlinge.

Jedes Mal, wenn ich mit ihm rede, packt mich das Gefühl, dass er etwas zurückhält. Ich weiß nicht, was es ist, und ich hoffe, dass es mich einfach nichts angeht.

Schließlich ziehe ich mein Smartphone hervor und rufe Lexi an.

„Du bist abgehauen", sage ich, als sie abnimmt.

Sie druckst ein wenig herum, ehe sie mit der Sprache herausrückt und erklärt, dass es Zeit war, ihr neues Video aufzunehmen. „Die Show muss weitergehen."

Der erste Impuls ist: Scheißwut. Dann meldet sich mein Hirn: Verdammt, das ist ihr Job. Die Zeiten ändern sich. Schließlich ist alles, was sie sagt, dass sie zur Arbeit musste.

Dafür sollte gerade ich Verständnis zeigen können.

„Schwamm drüber, Lexi. Aber wir müssen reden. Auch über dieses neue Video. Hast du Zeit?"

„Habe ich eine Wahl?"

„Nicht wirklich."

„Okay“, sagt sie und nennt mir eine Adresse. „In einer halben Stunde, in Ordnung?“

„In Ordnung“, antworte ich und lege auf.

Unter der Adresse, die Lexi mir genannt hat, finde ich ein gemütliches Café an einer Straßenecke. Es ist nicht Starbucks, und es ist nicht hip. Irgendwie hatte ich bei Lexi etwas anderes erwartet. Aber enttäuscht bin ich nicht. Hier herrscht eine ruhige, fast intime Atmosphäre. Kleine Fenster, runde Tische. Eine freundlich erscheinende Frau mittleren Alters hinter der Theke. Sie lächelt mich an. Ich nicke ihr zu und lasse mich an einem der Tische nieder, sodass ich die Tür im Blick habe.

Von Lexi noch keine Spur.

Ich weiß nicht, wie ich sie auf das Video ansprechen soll. Ist es möglich, dass sie mir gegenüber eine Maske trägt? Dass sie ihre Trauer vor mir verbirgt, aber im Video dazu stehen kann?

Oder macht sie ihren Zuschauern etwas vor?

Das hier scheint mir ganz der richtige Ort zu sein, an meinen Vanillesirup zu kommen, aber als ich hoffnungsvoll meine Bestellung aufgebe, schaut mich die Bedienung nur mitleidig an und erklärt mir, dass Vanille leider aus ist.

Verdammt. Ich seufze.

Ich lasse mir einen Kaffee bringen, und immerhin ist der richtig gut. Ich trinke ihn hastig, obwohl er noch heiß ist, und verbrenne mir die Zunge.

Mit den Handflächen reibe ich durch mein Gesicht. Das Koffein tut sein Übriges. Ich fühle mich wacher, lebendig. Auch wenn ich immer noch das Gefühl habe, dass Leas Innereien und der Tod selbst an meiner Haut kleben.

Ich bin nur froh, dass die Obduktion hinter mir liegt.

Als ich mir den zweiten Kaffee kommen lasse, ertönt ein Glöckchen an der Tür.

Lexi.

Sie ist geschminkt, aber ohne Glitzer. Das Haar fällt ihr locker auf die Schultern. Heute trägt sie ihre Brille, Jeans und eine helle Bluse, und sie lächelt mich an.

„Sorry", sagt sie.

Ich winke ab. „Ich warte noch nicht lange."

Lexi lässt den Blick schweifen. „Ich habe einen Mordshunger. Du auch?"

Anscheinend ja, denn genau in dem Moment knurrt mein Magen.

Lexi grinst breit. „Die Baguettes hier sind echt nice."

„Dann her damit!", sage ich lächelnd.

Lexi bestellt, und nach ein paar Minuten stehen die Teller vor uns auf dem Tisch.

Ich starre auf Lexis Getränk, das, serviert in einem Glasbecher, aussieht wie ein umgedrehter Cappuccino. Unten weiß, oben brauner Schaum.

„Was ist?", fragt sie.

Ich deute auf ihr Getränk. „Was ist das?"

Sie grinst. „Dalgona Coffee. Echt angesagt. Kennst du nicht?"

Ich schüttle den Kopf.

„Solltest du mal probieren", sagt Lexi.

„Ja, aber was ist das?", frage ich.

Sie grinst schief. „Leider geil. Probier mal."

Ich seufze noch einmal. „Ich will Vanillesirup."

„Tja", sagt Lexi und zieht ihren Teller heran.

Es duftet nach gutem Kaffee, knackigen Baguettes, belegt mit Salat und Käse, und jetzt spüre ich meinen Hunger wirklich. Mein knurrender Magen macht meinem Namen alle Ehre und verlangt nach Futter.

Ich greife nach einem Teller, schnappe mir mein Baguette und beiße hinein.

Eine Weile essen und kauen wir beide.

Lexi mustert mich über den Rand ihrer Brille hinweg.

„Was ist?“, frage ich schließlich.

„Was soll sein?“

Lexi legt ihr Baguette ab. Sie isst deutlich langsamer als ich, was wahrscheinlich gesünder ist. „Es ist die Art, wie du kaust.“

„Was ist damit?“

„Es knistert.“

„Es knistert?“, frage ich.

Sie schmunzelt. „Ja, ich denke gerade darüber nach, das in einem Video zu machen.“

„Ein Video? Über die Art, wie ich Baguettes kaue?“

Sie nickt. „Ja, es knistert halt nice. Aber ich weiß nicht, ob ich es hinkriege. Ich sehe blöd aus, wenn ich kaue.“

„Okay“, sage ich gedehnt und schüttle den Kopf. „Aber wenn wir schon von Videos sprechen. Ich hatte nicht den Eindruck, dass dich Leas Tod sehr mitnimmt. Dein neues Video hat mich überrascht.“

Lexi neigt den Kopf. „Ich weiß nicht. Schätze, ich bin nicht der Typ für Trauer.“

„Und was ist mit dem Video?“

„Keine Ahnung. Das ist etwas anderes. Es war wie ein … Bedürfnis, verstehst du?“

Nein. Eigentlich nicht.

„Ich habe mich schmutzig gefühlt“, sagt Lexi. „Dieses Video war wie ein Bad, eine Dusche. Es hat gut getan.“

„Aha. Und ansonsten?“

„Was ansonsten?“, fragt Lexi.

„Beschäftigt dich Leas Tod?“

Lexi verzieht den Mund. „Irgendwie schon und irgendwie nicht. Es betrifft mich ja nicht wirklich, oder?“

„Vielleicht“, sage ich. „Aber ist das nicht eine ziemliche Sache hier im Ort? Hier dürfte sonst nicht viel passieren.“

„Stimmt schon“, entgegnet Lexi. „Aber mich kümmert das eh nicht. Dieses Kaff, meine ich. Mein wahres Leben findet online statt.“

„Und Lea war kein Teil davon? Von deinem Online-Leben, meine ich? Sie war doch eine von euch, oder?“

Lexi zieht eine Augenbraue hoch. „Inwiefern denn?“

„Ich weiß nicht, sag du es mir, Lexi. Wie gut kanntest du sie? Oder kanntest du jemand anderen aus ihrem Umfeld?“

„Kaum“, antwortet sie. „Früher hatten wir mehr Kontakt. Aber das war dann irgendwann strange.“

„Strange? Was denn?“

„Ja, weil sie mehr Erfolg hatte und kaum Zeit und so. Es ging immer nur ums ASMR. Lea war immer die Künstlerin, wie besessen von ihrem Output. Es gab einfach nichts mehr sonst. Das war halt anders als früher.“

„Okay, und wann war früher?“

„Früher halt“, antwortet Lexi. „Als wir Teenies waren.“

Sie trinkt einen Schluck ihres hippen Dalgona Coffee, unterbricht den Blickkontakt zu mir und schiebt ein paar Krümel auf dem Teller zu einem Häufchen zusammen.

Sie macht zu. Ich spüre es, sehe es. Wenn sie etwas weiß, werde ich es auf diese Weise nicht erfahren.

Scheiße.

Aber es ist ohnehin fraglich, was Lexi weiß.

Vielleicht war sie tatsächlich nur irgendeine Freundin, der man zuwinkt, wenn man sie auf der Straße trifft.

Man sagt: „Hi, wie geht's?" und „Ganz gut und dir?". Dieses ganze abgedroschene Spiel.

Eine von achthundert Personen, mit denen man auf Facebook befreundet ist, ohne zu wissen, wer diese Leute überhaupt sind.

„Ich habe mit ihrer Mutter gesprochen", sage ich schließlich.

„Mit Marlene?", fragt Lexi.

Ich nicke und bin erstaunt. Diesem Mädchen muss man wirklich alles aus der Nase ziehen. „Du kennst sie?"

Lexi schüttelt den Kopf. „Nur flüchtig. Lea hat manchmal über sie gesprochen."

„Ach ja? War das auch früher?"

Sie nickt.

„Was hat sie denn gesagt?"

Lexi zuckt mit den Schultern. „Dass sie nervt."

„Dass sie nervt?"

„Ja?"

„Das ist alles? Nicht mehr?"

Wieder ein Schulterzucken. „Wir haben uns nicht so gut gekannt. Ihre Mutter war halt stressig, streng. Ständig musste alles sauber sein. Weiß und rein und ... whatever."

„Ja, das habe ich gesehen", sage ich. „Ihre Mutter scheint eine ziemlich unterkühlte Person zu sein."

Und das ist eine verdammte Untertreibung.

Noch immer kann ich nicht verstehen, wie sie derart kalt und distanziert mit dem Tod ihrer Tochter umgehen kann.

Vielleicht ist das ihre Art, mit ihrer Trauer fertigzuwerden. Manchmal stumpfen Menschen ab, bauen Eismauern zwischen sich und ihre Emotionen. Weil sie es anders nicht ertragen.

Weil ihre Empfindungen sie sonst zerreißen.

„Kann schon sein", sagt Lexi. „Ich weiß nur, dass ihr Vater ein rückgratloser, verweichlichter Bastard sein soll."

„Hat sie das gesagt?" Ich stochere herum wie eine unlustige Dreijährige in ihrem Spinat. Immer auf der Suche nach einer Reaktion. Irgendetwas, das mir sagt, dass Lexi weiß, was geschehen ist. Aber es passiert nichts.

Lexi nickt. „Allerdings. Isst du das noch?"

„Was?"

Lexi weist auf meinen Teller und das zweite Baguette darauf, das ich nicht angerührt habe.

Ich schüttle den Kopf, schiebe ihr den Teller zu. „Weißt du sonst etwas über die Familie? Irgendwelche Probleme?"

Lexi beißt von meinem Baguette ab, kaut, schluckt. „Nein, also, das heißt, ich weiß nichts. Möglich, dass sie Probleme hatten, aber davon weiß ich nichts."

Ich hole Luft, atme langsam aus. „Ich bin mir sogar ziemlich sicher, dass sie Probleme hatten", sage ich. „Marlene hat nämlich vermutlich seelenruhig danebengesessen, während ihr Mann sich umbringt."

Lexi verschluckt sich fast, greift hastig nach einer Serviette. Sie wischt sich den Mund ab. Ihre Augen sind starr auf mich gerichtet. „Nicht dein Ernst?"

„Doch. Du hast noch nichts davon gehört?"

„Nein", sagt sie und trinkt einen Schluck. „Was ist passiert?"

„Das frage ich mich auch. Behalt das für dich, okay?"

„Klar", sagt sie und hebt zwei Finger, als wollte sie schwören. „Ich erzähle nichts weiter. Ehrenwort."

„Und was ist mit ihrem Freund? Weißt du etwas über den?"

„Nee, den Typen kenne ich praktisch nicht. Waren sie nicht eh schon getrennt, oder so?"

„Er hat mir deine Adresse gesagt."

„Und?" Lexi zuckt mit einer Schulter. „Kann sein, dass ich ihm mal begegnet bin. Was weiß denn ich?"

„Okay, danke", sage ich, und irgendwie scheint sie zu spüren, dass die kurz aufgekeimte Begeisterung schwindet wie die Luft aus einem alten Fahrradschlauch.

„Wo habt ihr eigentlich euer Video gedreht?"

„Video?", fragt Lexi in einem Tonfall, als höre sie zum ersten Mal davon, dass es so etwas gibt.

„Ja", sage ich. „Eure Kollaboration. Das ASMR-Video."

„Du hast es gesehen?"

Ich nicke.

Lexi kaut, starrt vor sich hin, schluckt. „Ich weiß nicht. Bei ihr? Bei mir? Ich kann mich nicht erinnern."

„Du kannst dich nicht erinnern? Du musst doch wissen, wo ihr das Video zusammen gedreht habt?"

„Das war nicht die einzige Kollab, okay?" Lexi seufzt. „Weißt du, wie viele Videos ich inzwischen gemacht habe?"

„Nein", sage ich. Ich könnte die Videos auf ihrem Kanal zählen. Aber dann weiß ich nur, wie viele sie veröffentlicht hat. Wie viele sie gedreht hat, weiß ich tatsächlich nicht. „Keine Ahnung."

„Ich auch nicht", sagt sie und wischt ihre Finger an einer Serviette ab. „Ich kann dir etwas anderes sagen."

„Das wäre?", frage ich.

„Weißt du, was die ASMR-Mädchen gemeinsam haben? Die guten? Oder sagen wir, die wirklich erfolgreichen?"

„Erleuchte mich."

Lexi zählt an den Fingern ab. „Alle sind jung, hübsch, und sie zeigen das auch. Sie nennen es sensual, aber wenn wir mal ehrlich sind, geht's da um Sex. Und sie haben wirklich tolle Haare, mit denen sie in ihren Videos spielen. Du weißt schon Brushing, Hair Play, Hair Sounds und so weiter. Das ist alles sehr angesagt."

„Und?"

„Manche packen Disclaimer vor ihre Videos, kleine Ansprachen, dass man das gezeigte Küssen und alles als sexy auffassen könnte, aber es nur der ‚Entspannung' dient. Klar. Lies dir doch einfach die Kommentare unter den Videos durch, dann weißt du, worum es geht."

„Ich weiß, Lexi", sage ich. „So weit war ich schon."

Dem weltbesten Charly sei Dank.

„Ach ja? Und weißt du auch, dass sie alle den gleichen Werbevertrag haben?" Lexi zeigt aus dem Fenster, auf ein Werbeplakat auf der anderen Straßenseite. „Nightshine."

Meine Kiefer verkrampfen sich. Unwillkürlich.

Dann sagt Lexi etwas, das ich nicht erwartet hatte.

„Ich kenne da eine, mit der du reden solltest."

Kapitel 15

ASMR-Angelina wohnt in einem ziemlich unscheinbaren Mehrfamilienhaus, das verborgen hinter einem großen Garten mit alten Bäumen, einem Teich, der gereinigt werden müsste, und einem Pavillon im Schatten dreier Bäume liegt.

Ein Klingelfeld mit drei Klingeln. Lexi betätigt den mittleren Taster.

Angelinas Wohnung findet sich im zweiten Stock, ist klein, aber ordentlich. Ihre Möbel stammen sicherlich nicht von Ikea. Sie hat nicht viel Mobiliar, aber was ich sehen kann, ist hochwertig.

In einer Ecke hat sie ihre Videoausrüstung aufgebaut. Mikrofone, Stative, Licht, eine Rückwand. Eine ganze Menge Kram, wenn man bedenkt, dass manche dieses ASMR-Ding mit einem Handy und einem Mikrofon durchziehen.

Aber Angelina ist ein Profi, das hat mir Lexi auf dem Weg hierher dreimal versichert. Sie sei sogar bei einer Agentur unter Vertrag, das sei das nächste Level.

The next fucking Level. Das ist, was Lexi gesagt hat. Wortwörtlich.

Angelina trägt Jeans und ein schwarzes Shirt. Dunkles Haar, das frei über ihre Schultern fließt. Sie ist ein verdammt hübsches Mädchen, ohne Frage. Eigentlich heißt sie Angelika, aber das macht sich im Internet natürlich nicht ganz so gut.

Allerdings beschleicht mich ein wenig der Verdacht, der Erfolg könnte ihr zu Kopf steigen. Jedenfalls läuft sie Gefahr, dass es in ihre Nase hineinregnet, wenn sie nicht aufpasst. Ich bin mir fast sicher, dass sie sich in ihren Videos anders verkauft.

Was wiederum die Frage aufwirft, wie weit es mit der im Onlinemarketing vielbesungenen Authentizität tatsächlich her ist. Glücklicherweise ist das nicht meine Welt, sofern es nicht den Fall betrifft.

„Lexi? Ich hoffe, du hast einen guten Grund, jemanden hierherzubringen. Ich bin verdammt fucking müde, weil ich erst vor drei Stunden von einem Event zurückgekommen bin."

Lexi öffnet den Mund, aber ich bin schneller. „Event? Was für ein Event?"

Angelina mustert mich mit leicht zusammengekniffenen Augen. „Was geht Sie das an? Wer sind Sie eigentlich?"

Eine ganz normale junge Frau, an der man im Supermarkt vielleicht einfach vorbeigeht. Aber wenn sie online geht, hängen Zehntausende an ihren Lippen.

Ob sie auch Sätze sagt wie „Bezahle mich mit deiner Liebe"? Die Vorstellung fällt mir schwer, aber möglich ist alles.

ASMR war vielleicht am Anfang ein nettes Ding, harmlos und freundlich. Inzwischen ist es aber ein knallhartes Geschäft, wie Lexi mir erzählt hat. Es geht um Klicks, Viewerzahlen und Sponsoring.

Kurz: Es geht um Geld.

Diese Mädchen sind Popstars. In ihrem Bereich, ihrer Szene, ihrem Revier im Internet sind sie kleine Popstars. Die einen mehr, die anderen weniger.

Madonna hat knapp sechs Millionen Follower auf YouTube. So ziemlich jeder auf der Welt kennt Madonna. Sie ist einer der Popstars der vergangenen Dekaden, hat zig Alben veröffentlicht.

Letzte Nacht habe ich ein Mädchen auf Twitch gefunden, die fast genauso viele Follower hat und nicht viel mehr tut, als mit einem Bikini bekleidet in einem aufblasbaren Pool zu sitzen und die Namen ihrer Sponsoren in ein Mikrofon zu hauchen. Tja.

Und offenbar sind manche inzwischen genauso doppelgesichtig wie die Michael Jacksons und Whitney Houstons dieser Welt.

Zumindest bei Angelina legt sich das rasch, als ich ihr meinen Dienstausweis unter ihr hübsches Riechorgan halte.

„BKA …“, flüstert sie. „Okay, und was habe ich damit zu tun?“

Sie fährt sich mit den Fingern rasch durch ihr Haar. Es ist glatt, dunkel, gepflegt – und passt ins Opferprofil.

Wir haben die Haare der Opfer zwar noch immer nicht gefunden und werden sie wohl auch nicht finden, bis wir den Täter gefunden haben. Selbst dann ist es fraglich. Manchmal werden die Trophäen der Täter nie gefunden.

Aber es gibt Fotos, Videos, und momentan haben die Mädchen offenbar genau das gemeinsam: zwanzig bis fünfundzwanzig Jahre alt. Sie drehen ASMR-Videos, haben lange dunkle Haare und einen Werbevertrag mit dieser Shampoofirma, was ich allerdings noch überprüfen muss, weil es bisher nur eine Spekulation von Charly und eine Aussage von Lexi ist.

Das ist das Profil der Opfer. Das ist die Viktimologie. Unvollständig, klar. Oft genug ist eine ganze Menge Spekulation im Spiel. Manches bleibt ungeklärt.

Dennoch ist es der Stand der Dinge, und all das trifft auch auf Angelina zu.

Aber das sage ich ihr nicht. Noch nicht.

Ich will sie nicht in Panik versetzen.

Vorsichtig sollte sie sein. Das sollten wir alle.

Sie sollte ihr Leben leben können. Einfach so, vielleicht nicht ohne die vielen kleinen Alltagssorgen, denen wir alle ausgesetzt sind, aber ohne Angst. Ohne Furcht. Ohne die Schmerzen, die Lea durchlitten haben muss.

Ich muss diese Mädchen nicht mögen oder sie mich. Aber ich muss sie beschützen. Um jeden Preis.

„Du weißt, was mit Lea Grimm passiert ist?“

„Ja, scheiße“, antwortet Angelina und zupft etwas Haut von ihren Fingern. „Ich habe gehört, ihre Mutter …“

„Ja“, sage ich.

„Ziemliche Scheiße.“

„Das kannst du laut sagen. Kannst du mir etwas über Lea erzählen?“

„Über Lea erzählen?“ Angelina zuckt mit den Schultern. „Ich kannte sie kaum.“

„Ist das so?“

Etwas verändert sich in Angelinas Ausdruck. Die Unsicherheit, die sie gerade eben noch ausgestrahlt hat, fällt ab wie die alte Haut einer sich häutenden Schlange.

Angelina hebt ihr Kinn. „Hashtag isso. Alles klar?“

Ich nicke, weise auf die Ecke mit dem Videoequipment. „Du hast eine Menge Kram für deine Videos, oder?"

„Das da?" Angelina lacht leise. „Das ist nur mein Homestudio. Falls ich mal schnell online gehen will oder vor allem für die Videos, die ein bisschen mehr lo-fi wirken sollen. Ich habe ein Apartment in der Stadt angemietet, da ist mein eigentliches Studio."

„In der Stadt? Hier? In der Innenstadt?"

Angelina lacht. „Hier? Fuck, nein. In Frankfurt. Dieses Nest mag meine Heimat sein, und es ist ja auch ganz nett, aber es ist eben ein Kuhkaff, und so riecht es auch. Wenn du in Frankfurt bist, vibriert die Luft. Da riecht nichts nach Kühen und Wald. Alles glitzert und leuchtet. Du hast 24/7 Action. Sie ist einfach elektrisch. Das ist eine echte Stadt."

Ich ziehe eine Augenbraue hoch. „Nicht schlecht. Du wirbst für Nightshine, oder? Wie Lea auch. Und Helena."

„Helena?"

Ich nicke. „Helena. Komm schon, ich dachte, ihr kennt euch alle in dieser Szene. ASMR-Helena?"

Angelina wendet den Blick ab, schüttelt den Kopf. „Keine Ahnung. Ich kann doch nicht jeden kleinen Channel kennen, der zufällig im gleichen Bereich unterwegs ist."

„Klein? Hunderttausend Follower nennst du klein?"

„Klein", antwortet Angelina und wedelt mit einem Zeigefinger in der Luft. „Allerdings."

„Okay. Kannst du mir dann etwas über deinen Vertrag mit Nightshine sagen, Angelina? Irgendwelche seltsamen Klauseln oder so?"

Sie zuckt mit den Schultern, fährt erneut mit den Fingern durch ihr Haar. „Nope, es ist halt ein Vertrag. Es ist nicht mein erster und sicher nicht mein letzter. Aber ich kann nicht darüber sprechen, sorry. Ich will das nicht gefährden. Es ist ein verdammt guter Vertrag."

„Hmm", sage ich und presse die Lippen zusammen. Es ist fraglich, ob ihr klar ist, dass nicht nur ihre Verträge in Gefahr sind, sondern auch sie.

„Ich weiß auch gar nicht viel über meine Verträge", sagt Angelina. „Das meiste davon regelt meine Agentur."

„Das meiste?", frage ich, aber Angelina kommt nicht dazu, eine Antwort zu geben.

„Ts!", macht Lexi.

„Was ist?", frage ich ruhig.

Lexi gestikuliert in der Luft, zeigt mit dem Finger auf Angelina. „Sag ihr, was du mir gesagt hast."

Angelina schüttelt den Kopf.

Mein Blick huscht zwischen den Mädchen hin und her.

„Sag's ihr", fordert Lexi.

Angelinas Gesichtszüge entgleisen. „Ich weiß nicht, was du meinst."

„Nein, natürlich nicht", sagt Lexi. „Seriously? Ich mein, komm schon, Bitch."

„Was soll der Scheiß, Lexi? Bist du neidisch, weil ich mehr Follower hab als du? Und ich meine, verdammt viel mehr Follower als du? Wie viel hast du grad? Zehntausend?"

„Neidisch? Dass du eine Schlampe bist und dich ficken lässt von diesem Sack? Und by the way es sind zwölftausend, Bitch."

„Stopp! Mädels, was, verdammt, ist hier eigentlich los?"

Lexi starrt Angelina an, dann mich.

Angelina steht einfach nur da, sieht aus, als wäre sie vom Blitz getroffen worden.

Beide haben hochrote Köpfe.

Ich fasse Lexis Arm. Sie entzieht sich mir, und ich lasse sie los.

„Gott, was für ein Kindergarten“, sage ich. „Warte draußen, Lexi. Bitte.“

Einige Atemzüge lang steht sie einfach nur da, dann nickt sie langsam.

Ich warte, bis die Tür hinter ihr ins Schloss fällt.

„Was war das denn?“, frage ich.

Angelina macht zu. Es ist deutlich sichtbar. Sie lässt die Schultern hängen, presst die Lippen aufeinander. Es ist fast, als hätte man ein Duracellhäschen aufgeschnitten und die Batterie herausgerissen.

„Angelina?“

„Es ist nichts“, sagt sie dann.

„Was meinte sie, dass du dich ficken lässt? Inwiefern?“

„Es ist nichts. Echt jetzt. Die hat doch keine Ahnung.“

„Ist das so?“

„Okay, ich versuche, es zu erklären, ja?“ Angelinas Blick tastet mich von unten bis oben ab. „Wenn ich ein Video mache, das aussieht, als wäre es ein Selfievideo mit dem Smartphone, dann, weil ich es so will. Wenn Lexi das macht, dann nur, weil sie es nicht besser kann. Das ist der Unterschied. Vielleicht sollte sie einfach live gehen auf Twitch, sich die Namen ihrer Follower auf ihre nackte Haut schreiben und abkassieren. Dann klappt's auch mit dem Fame.“

Ich blinzle. „Jemand wird berühmt, weil sie sich in einem Livestream die Namen der Zuschauer auf die Haut schreibt?”

„Japp.“ Angelina lacht. „Aber hallo, nicht, dass ich das nötig hätte oder es mein Stil wäre. Ich bin ja nicht neidisch.

Worauf auch? Aber Lexi? Für die wäre es genau das Ding, ihre Nische, wenn man so will. Aber das will sie wohl nicht. Sie will in zu große Fußstapfen treten."

„Du meinst, sie will in deine Fußstapfen treten?"

Angelina nickt. „Sie spielt sich auf, will mit den Großen spielen, aber sie ist nur ein kleines Licht. Ich meine, komm schon, was sind schon zehn- oder zwölftausend fucking Abos. Das ist eine Party, zu der die nicht eingeladen ist, und das stinkt ihr. Ich habe alles, was sie nicht hat. Follower, Agenten, Sponsoren, Studio. Ich gehe zu Events und Partys, auf denen die nicht mal kellnern dürfte. Ich habe alles, und sie hat gar nichts. Dabei macht sie eh alles falsch. Ich mache ASMR, die auch. Aber ich habe Hashtag Beauty mit dabei, okay? Bei mir geht es um Look. Darum habe ich Verträge wie diesen. Jeder denkt immer, das ist ein bisschen Lächeln und Trallala, und es läuft von selbst. Aber das ist Arbeit. Echte Arbeit. Es ist hart, und damit hat Lexi es nun einmal nicht. Die kriegt doch gar nichts auf die Reihe."

„Was meinst du? Sie macht doch ihre Videos. Auch recht regelmäßig, was ich gesehen habe."

„Guck sie dir doch mal an. Vielleicht sollte sie es mit der Girlfriend-Nummer probieren. Dann klappt's vielleicht mit Manscaped. Oder einem Sugar-Daddy."

Ich hebe meine Hände. „Wovon redest du eigentlich?"

Angelina seufzt theatralisch. „Ich bin schön, praktisch makellos. Lexi ist … Lexi."

„Und?"

„Sie ist cute und all das, aber eben weder Fashion noch Beauty. Sie hat eine andere Zielgruppe."

„Was ist die Girlfriend-Nummer?"

„Personal Attention“, sagt Angelina. „Zuwendung. Kopf streicheln. Kuscheln. Das passt zu ihr. Da ist ihre Kohle. Da sitzen die Simps und Daddys, die Mädchen wie ihr das Geld zuschmeißen. Aber das kapiert sie wohl nicht.“

„Ist das alles, was zählt?“, frage ich. „Die Zahl der Abos, Follower und dieser ganze Scheiß?“

Angelina heftet ihren Blick auf mich. Ihre Nasenflügel blähen sich auf. Wieder presst sie ihre Lippen zusammen, dass sie dünn und weiß erscheinen. Als sie ihren Mund öffnet, klingt ihre Stimme schrill und verzerrt. „Da kommt eben das Geld her, okay? Wenn ich mir durchs Haar streiche und *Nightshine* sage, rennen die Leute los und kaufen das Produkt. Alle gewinnen, und darum geht's, okay? Das ist mein Job. ASMR ist ein Vehikel.“

Ich nicke langsam. „Okay. Du musst nicht mit mir reden, wenn du nicht willst. Noch nicht.“

Angelina hat sich wieder im Griff. „Noch was? Ich muss bald los.“

„Hast du etwas vor?“

„Was geht Sie das an?“

Ich greife in meine Tasche, ziehe eine Visitenkarte hervor und reiche sie Angelina. „Ruf mich an, wenn dir etwas einfällt. Jederzeit, okay? Ansonsten war es das für den Moment, Angelina. Danke für deine wertvolle Zeit.“

Im Auto lehne ich den Kopf gegen die Kopfstütze.

„Was war das da drin?“

Lexi sitzt neben mir und bläst die Wangen auf. Ich habe das Gefühl, sie mustert mich von der Seite. Aber als ich hinschaue, sieht sie aus dem Seitenfenster.

„Was ist?“, frage ich. „Redest du nicht mehr?“

„Ich weiß nicht“, antwortet sie.

Aber ich beobachte sie und kann erahnen, dass etwas nicht stimmt. Etwas arbeitet in ihr.

„Sag schon.“

„Angelina war mal okay“, sagt sie. „Wirklich okay, aber jetzt ist sie so … blöd. Eine arrogante, eingebildete Ziege. Tut so, als wäre sie durch ihren Scheißfame etwas Besonderes. Mann, was kotzt mich das an! Es kotzt mich alles so an.“

Ich drehe mich auf dem Sitz herum, sehe sie an.

Ihre Wangen sind gerötet, die Ohren glühen.

Mit spitzen Fingern fährt sie mehrfach durch ihr Haar.

Dann bemerkt sie meinen Blick und wendet sich ab, starrt wieder aus dem Fenster.

Ein, zwei Minuten sitzen wir nur da. Schweigen.

„Sorry“, sagt sie dann.

„Schon gut“, sage ich. „Alles okay?“

„Hm.“

„Was meintest du, als du sagtest, sie lasse sich ficken?“

Lexi formt eine obszöne Geste mit ihren Fingern. „Was ich gesagt habe. Ficken. Blowjobs. Alles, was dazugehört. Das ganze Programm.“

„Bei Sternbach? Der Nightshine-Firma?“, frage ich.

Lexi zuckt mit den Schultern. „Es geht immer nur um die Kohle, ums Geld. Darum und wer wen fickt, nicht wahr? So läuft das doch immer in dieser Kackwelt.“

Womit sie nicht ganz unrecht hat.

„Angelina hat sich verkauft und ihren süßen kleinen Arsch gleich mit. So sieht’s aus“, sagt Lexi. Dann schweigt sie wieder und starrt aus dem Fenster.

Ihr plötzlicher Ausbruch verwundert mich. Sie zeigt eine Seite, die ich bisher nicht an ihr kannte.

Offenbar brodelt es unter der Oberfläche.

Und ab und an bricht es durch.

Aber ist das nicht normal? Geht es nicht allen so?

Manchmal glaube ich, meine Arbeit macht mich irgendwann paranoid und ich sehe in allen potenzielle Mörder, den Schatten, den wir in uns tragen.

Ich zupfe an meinem Armband. „Weißt du Genaueres über die Verträge? Irgendwelche Klauseln, den Inhalt oder irgendetwas?"

Es ist ein Klammern an Strohhalme, das weiß ich selbst.

„Nein, woher auch? Ich habe ja keinen", antwortet Lexi. „Kannst du dir nicht einfach einen Beschluss oder so etwas besorgen und durch die Vordertür marschieren?"

„Könnte ich. Vielleicht", sage ich. „Aber vielleicht scheucht man damit auch jemanden hoch. Schlafende Hunde und so. Ich nehme an, du kennst das Sprichwort."

„Hmm", macht Lexi und knetet ihre Unterlippe. „Vielleicht kann ich dir trotzdem helfen."

„Und wie?"

„Ich kenne da jemanden."

„Aha, und wen?"

„Meine Mutter", sagt Lexi leise. „Ich könnte meine Mutter fragen. Die arbeitet dort."

Kapitel 16

„Du musst wohl doch durch die Vordertür“, sagt Lexi, als sie sich wieder auf den Beifahrersitz fallen lässt.

Für etwa zehn Minuten hat sie draußen mit ihrer Mutter telefoniert und ist dabei aufgeregt hin und her gelaufen.

Jetzt nagt sie abwesend an ihrer Unterlippe.

„Wieso?“, frage ich. „Was hat deine Mutter gesagt?“

„Nichts.“ Lexi schüttelt den Kopf. „Sorry.“

„Nichts? Ihr habt zehn Minuten geredet.“

„Ich weiß“, sagt Lexi. „Betriebs-Blabla. Sie darf mir nichts sagen. Es wären eben ganz normale Werbeverträge, und es gäbe einige davon. Es wäre auch nicht ihr Job und so weiter.“

„Und das hat zehn Minuten gedauert?“

„Nein“, sagt Lexi. „Sie ist halt auch meine fucking Mutter, und Familie ist manchmal echt scheiße.“

„Amen, Schwester“, antworte ich.

Lexi stutzt kurz, zieht dann eine Strähne aus ihrem Haar und wickelt sie um ihren Zeigefinger. „Warum muss das so scheiße kompliziert sein?“

„Da sagst du was.“

„Willst du tatsächlich zu Sternbach gehen?“, fragt Lexi.

Ich zucke mit den Schultern. „Ich muss dem zumindest einmal nachgehen. Im Moment scheint das eine der wenigen Verbindungen der Mädchen zu sein."

„Der toten Mädchen?"

„Ja, aber eigentlich geht dich das nichts an. Ich darf dir keine Einzelheiten mitteilen, Lexi."

„Ich weiß", sagt Lexi. „Ich meine nur … Du solltest vorsichtig sein."

„Inwiefern?", frage ich.

„Die Sternbachs …" Sie holt tief Luft, ihre Brust hebt und senkt sich. „Ich weiß auch nicht. Ich finde sie creepy."

„Creepy?"

„Ja, jeder hat Angst vor ihnen. Hier im Ort jedenfalls."

„Wieso sollte man Angst vor ihnen haben?"

„Weil sie so mächtig sind? Es ist die größte Firma hier, und es gibt sie länger, als ich denken kann. Meine Mutter arbeitet schon immer dort."

„Wahrscheinlich ist die Firma der größte Arbeitgeber hier in der Gegend, hm? Logisch, dass der Bürgermeister und die Gemeinde sie nicht verärgern wollen."

„Kann schon sein", sagt Lexi. „Ich habe selbst mal für sie gearbeitet. Das war so ein beknackter Nebenjob. Immerhin besser als all die anderen beschissenen Gelegenheitsjobs, die ich gemacht habe."

„Aber?"

„Was meinst du?"

„Lexi, bei dir klingt es, als wäre da noch mehr."

Sie schüttelt den Kopf. „Nein, es ist nur … Sie sind halt creepy. Mächtig. Es ist fast, als wären sie so eine Art Adelsgeschlecht oder so. Aber eigentlich …"

„Eigentlich …“

Lexi sieht mich nur an.

„Was ist los?“, frage ich.

„Ich bin mit ihnen verwandt“, sagt sie dann leise. „Über ein paar Ecken. Irgendein Großonkel, bla, bla. Ich will dich nicht damit langweilen. Davon abgesehen weiß ich es auch nicht so genau.“

„Du langweilst mich nicht“, sage ich. „Im Gegenteil.“

„Diese Stadt ist wie dieses verdammte Inzestnest in diesem Ketchum-Thriller. Hast du den gelesen?“

Ich schüttele den Kopf. „Nein.“

„Ja, egal.“ Sie macht eine wegwerfende Handbewegung und schweigt einige Herzschläge lang. „Alexandra … Von und zu Sternbach. Wie klingt das?“

„Creepy“, sage ich.

„Danke.“ Lexi lacht leise. „Ja, ich weiß. Na ja, immerhin trage ich nicht ihren Namen. So dick ist das Blut wohl nicht. Haha.“

„Nein, du heißt ‚Stardust‘.“

Einen Moment lang lachen wir beide. Dann wird es still im Innenraum meines Audis.

Lexi lehnt den Kopf gegen die Glasscheibe, pustet eine Strähne aus ihrem Gesicht. „Alexandra …“

Ich sage nichts, lasse sie reden. Aus irgendeinem Grund glaube ich, dass es wichtig ist.

„Den Namen hat mir meine Mutter gegeben. Das hat sie jedenfalls gesagt. Es war ihre Idee. Weil sie den Namen mag. Vielleicht mag ich ihn deswegen nicht.“

„Du magst deinen Namen nicht?“

Sie bläst die Wangen auf. „Ich bin mir nicht sicher. Ich meine, Lexi ist irgendwie … cute, oder?“

Ich lächle. „Kann schon sein."

„Aber Alexandra klingt irgendwie edler, distanziert. Das bin nicht ich. Niemand heißt so."

„Worauf willst du hinaus, Lexi?"

„Ich weiß nicht", antwortet sie. „Ich frage mich oft, ob mein Name etwas mit meinem Vater zu tun hat."

„Das weißt du nicht?"

Sie schüttelt übertrieben den Kopf. „Keinen Plan, Nessa. Keinen Schimmer."

„Du kennst deinen Vater nicht?"

„Nein", sagt sie. „Meine Mutter spricht nicht über ihn. Niemand tut das. Es ist, ich weiß nicht, frustrierend."

„Ja."

„Ich meine, er könnte reich sein und was weiß ich. Vielleicht hätte ich ja Anspruch auf … irgendetwas. Etwas, das mir diesen ganzen Grind ersparen würde. Vielleicht ist er auch ein Loser, keine Ahnung. Vielleicht war meine Mutter nur ein schneller Fick für ihn. Oder umgekehrt? Vielleicht war ich nur ein Unfall. Ich weiß es einfach nicht und weiß nicht einmal, ob ich es wissen will."

Lexi wirkt verletzlich. Hilflos. Ein kleines Mädchen, verloren in einem Wald, dessen Bäume so hoch ragen, dass es die Spitzen nicht sieht.

Ein schmerzhafter Anblick. Schmerzhaft, weil er mich an etwas erinnert. An jemanden.

„Ich habe einen kleinen geheimen Ort, unten am See, nur für mich, weißt du? Wenn mir die ganze Scheiße zu viel wird, bin ich dort. Oft. Manchmal den ganzen Tag. Aber das reicht nicht immer. Manchmal … da will ich einfach nur verschwinden", sagt Lexi leise. „Einfach weg hier, weißt du?"

Ich starre aus dem Fenster, kenne alles, was sie fühlt wahrscheinlich viel zu gut. „Ich weiß, wie das ist."

Lexis Stimme klingt leiser, belegt. „Ja?"

Ich sehe sie an. „Ja. Alle, die du kennst, haben Familie. Ein bisschen heile Welt. Und man selbst hat nichts. Nur Scherben. Manchmal nicht mal das."

„Ja."

Einige langsame Herzschläge lang schweigen wir beide.

Dann beugt sich Lexi abrupt nach vorn, über die Mittelkonsole hinweg. Ihr Geruch schießt mir in die Nase.

Jung, mädchenhaft. Irgendwie nach Lavendel.

Sie presst ihre Lippen auf meine.

Weich, warm.

Eine Sekunde lang bin ich verdutzt. Schließlich schiebe ich Lexi von mir weg. Nicht abrupt oder heftig, aber mit Nachdruck.

„Lass das", sage ich. „Tu das nicht."

Sie sieht mich an, wirkt verwirrt. Sie blinzelt mehrfach, fährt sich dann mit den Fingern durch ihr Haar. „Warum …"

Ich ringe mir ein Lächeln ab. „Es gibt nichts, was jämmerlicher wirkt als ein Heteromädchen, das einen auf Lesbe macht."

Sie schüttelt den Kopf. „Wieso … woher willst du wissen, dass ich hetero bin?"

„Ist nur so ein Gefühl", sage ich. „Liege ich falsch?"

Sie zuckt mit den Schultern, starrt vor sich ins Leere. „Keine Ahnung."

„Siehst du?", sage ich. „Genau das ist das Problem."

Eine Weile sitzen wir nur da. Mir gehen eine Menge Gedanken durch den Kopf, und alle drehen sich um den Fall.

Ich fühle mich verloren.

Lexi starrt vor sich hin ins Leere. Worüber sie grübelt, weiß ich nicht, aber auch sie wirkt verloren.

Ich hoffe nur, es geht nicht um diesen Kuss.

„Was ist los?", frage ich schließlich.

Sie starrt weiter.

„Lexi?"

Dann dreht sie langsam den Kopf, sieht mich an, als wäre ich ein Geist.

„Alles okay?"

„Weiß nicht. Die ganze Scheiße …" Sie runzelt die Stirn, neigt den Kopf zur Seite. Flüstert. „Das macht mir Angst."

Kapitel 17

Im Besprechungsraum schlägt mir ein ziemlicher Mief entgegen, eine illustre Mischung aus schlechtem Kaffee, schlechtem Fast Food, schlechtem Deo und Schweiß.

Es gibt kein Fenster, das man öffnen könnte, und die Tür ist geschlossen.

Ich habe es mir auf meinem Stuhl bequem gemacht.

Gegenüber sitzt Lange wie ein Nachrichtensprecher, der auf seinen Einsatz wartet. Zwei Plätze daneben Weiland, die Hände flach auf einem Pappordner abgelegt. Neben mir hockt Strasser und ein paar Plätze weiter, ganz für sich, Ramona Ebel.

Sie sieht flüchtig zu mir und dann wieder weg, starrt auf ein leeres Blatt Papier, das vor ihr auf dem Tisch liegt.

Manchmal möchte ich sie packen und schütteln.

Verdammt, ja, sie ist jung, und es fehlt ihr an Erfahrung. Ich wette, sie ist klüger und besser als ihre älteren Kollegen hier. Sie müsste nur mal ihr Rückgrat finden. Ab und zu blitzt es durch, ebenso wie ihr wacher Verstand. Aber das ist zu wenig, wenn sie auf diesem Weg vorankommen will.

Irgendwie verspüre ich bei ihrem Anblick stets den Impuls, sie an die Hand zu nehmen, ein Stück vorwärtszuschubsen, sodass sie endlich den richtigen Pfad findet.

Lange räuspert sich, und ich erwarte beinahe, dass er die Besprechung beginnt wie eine Messe.

Dass er irgendwelche salbungsvollen Worte spricht. Oder irgendeinen Politiker-Pep-Talk vom Stapel lässt. Wir schaffen das. Zwei Punkt Null.

Aber er tut es nicht. Immerhin etwas.

Er blickt in die Runde, sieht jeden an. „Was haben wir bis jetzt, Leute?"

Weiland ist der Erste, der spricht. „Die Spurensicherung im Haus der Grimms ist durch. Marlene Grimm ist auf freiem Fuß. Wir warten auf die Obduktion des Mannes, aber so weit scheint die Sache klar." Er nickt mir zu. „Frau Grimm hat sich der unterlassenen Hilfeleistung schuldig gemacht, aber sie stand auch unter Schock und kennt offenbar ein paar sehr gute Anwälte."

Ich erwidere das Nicken.

„Was Lea Grimm angeht", fährt Weiland fort, „sind wir mit dem Zimmer des Mädchens durch. Aber dort gibt es nichts, was dort nicht hingehört. Fingerabdrücke von der Familie. Einige konnten wir noch nicht zuordnen. Vielleicht sind die von Freunden. Aber nichts, was auffällig wäre."

Lange nickt.

„Haben Sie einen Vertrag oder etwas Derartiges gefunden, Weiland?", frage ich.

Er runzelt die Stirn. „Was für einen Vertrag?"

„Einen Sponsorenvertrag vielleicht?"

„Nein. Wir haben ein paar Unterlagen gefunden. Aber das war der übliche Kram. Mobilfunk, Rechnungen für ihre Video-Ausrüstung."

Ich atme langsam aus. „Okay. Damit haben wir nach wie vor so gut wie nichts. Weder einen Tatort noch eine Tatwaffe oder auch nur ein Motiv, geschweige denn ernsthafte Verdächtige."

„Die Befragung der Nachbarn der Grimms hat ebenfalls nichts ergeben", wirft Ramona Ebel ein. „Lea war ein nettes Mädchen, höflich. Die Familie lebte zurückgezogen. Ab und zu kam ein Freund vorbei. Ein Honda, der häufiger in der Auffahrt gesehen wurde. Nichts Auffälliges."

„Was ist mit dem Freund?", fragt Lange.

Strasser schießt mir einen verstohlenen Blick zu und schweigt.

„Mit dem habe ich gesprochen", sage ich. „Ein kleiner Versager, aber harmlos. Lea hat sich vor Monaten von ihm getrennt."

„Das wäre doch ein Motiv", sagt Weiland.

„Das schon", antworte ich. „Aber er war es nicht. Der Junge hat nicht die Nerven dazu."

„Aha." Lange zupft an seiner Krawatte. „Und dieses Mädchen, mit dem Sie so viel Zeit verbringen?"

Der Vorwurf, der in seiner Stimme mitschwingt, ist unüberhörbar. Ich fasse mein Armband, lasse es los.

„Lexi? Sie ist eine ASMRtist, genau wie Lea. Es könnte sein, dass sie mir mehr über Lea erzählen könnte, aber ich muss ihr Vertrauen gewinnen. Sie ist recht verschlossen."

„Aha, und davon versprechen Sie sich was genau, Frau Wolf?"

„Erkenntnisse“, antworte ich spitz. „Erkenntnisse über das Opfer. Der Weg vom Opfer zum Täter ist Ihnen sicher ein Begriff.“

Da ist sie wieder, die alte, unverhohlene Feindseligkeit in Langes Blick. Die Krokodilstränen, seine gestammelte Entschuldigung und das Gerede über Professionalität scheinen vergessen.

Zugegeben: Ich bin nicht schlecht darin, Öl ins Feuer zu gießen. Aber, scheiße, verdammt, ich weiß, was ich tue.

„Außerdem steht nach wie vor die Theorie im Raum, dass es sich um einen Serientäter handeln könnte. Wenn es so ist, sucht er vielleicht bereits nach einem neuen Opfer. Lexi ist Teil dieser Szene. Sie kennt die Mädchen. Das könnte ein Zugang sein.“

Es wird still im Raum, bis ich mein Armband schnalzen lasse.

Lange blinzelt. Er räuspert sich umständlich. „Ich habe mit der Presse gesprochen. Zumindest soweit es die lokale Presse angeht, hält man sich zurück. Ich konnte ein paar Gefallen einfordern. Also … das dürfte keine Schwierigkeiten machen. Hoffen wir, dass das Ganze keine größeren Kreise zieht.“

Der Politiker spricht aus ihm.

Fast scheint mir, er ist mehr an der medialen Wirkung interessiert als an der Aufklärung des Falls.

„Was hat denn die Obduktion der Kleinen ergeben?“, fragt Weiland. „Ich meine, da müsste es doch Hinweise geben, falls es sich um einen Serientäter handeln sollte, oder?“

Ich unterdrücke ein genervtes Seufzen, wünsche mir, dass Weiland das Wort *„Kleine“* im Hals steckenbleibt. Aber immerhin scheint er der Einzige im Raum zu sein, der wirkliches Interesse an der Ermittlung zeigt.

Außer mir. Was bitter ist.

Ich ziehe am Bändchen um mein Handgelenk, lasse es dagegenschnappen. Im Moment brauche ich das häufiger, als es mir lieb ist.

Ich weiß nicht, wo der nächste Gedanke herkommt. Er ist einfach da: Leas Begräbnis wird eine traurige Veranstaltung werden.

Sicher, sie hatte Freunde, sogar Fans. Vielleicht kommen ein paar davon zur Beerdigung. Aber was diese Typen aus dem Internet angeht, schätze ich, werden es nur die Spinner und Gaffer sein. Das Leben aller anderen geht weiter. Von Leas Familie wird kaum jemand anwesend sein, außer ihrer Mutter vielleicht.

Ihr Vater ist tot. Es ist ein verdammter Scherbenhaufen.

Nicht genug damit, dass ihr Leben irgendwo in Dreck und Dunkelheit endete und der dafür Verantwortliche sie auf einer jämmerlichen Wiese abgeladen hat wie Abfall. Nein, sie wird noch nicht einmal einen würdigen Abschied von dieser beschissenen Welt bekommen.

Alles, was bleibt, ist, ihren Mörder zu finden.

Ich lasse das Band noch einmal schnappen.

„Frau Wolf?"

Ich räuspere mich.

„Wenn man sich nach den Fakten der Obduktion richtet, gibt es Übereinstimmungen und ein paar Abweichungen. Die Taten sind zu ähnlich, um nicht miteinander in Verbindung zu stehen. Aber diese Unterschiede könnten vieles bedeuten. Zwei oder mehr Täter. Ein Serientäter, der sich ausprobiert.

Ein unerfahrener Mörder auf der Suche nach einer Identität."

„Was denken Sie, Wolf?", fragt Weiland. „Hand aufs Herz. Haben wir es wirklich mit einem Serientäter zu tun?"

Ich blicke ihn an, befeuchte meine Lippen und zögere einen Moment lang. „Ich bin nicht sicher", sage ich, was eine Lüge ist. Ich bin mir sicher. Aber das muss er jetzt nicht wissen. Noch habe ich nichts in der Hand. Nur mein Bauchgefühl – und darauf geben Typen wie Weiland nichts.

„Mhm", macht Weiland. „Also haben wir im Grunde nichts?"

Ich stehe auf, gehe ans Whiteboard und schnappe mir einen schwarzen Stift. Ich ziehe die Kappe ab und beginne zu schreiben. Die Spitze quietscht bei jedem Schwung.

Nur ein einzelnes Wort. Einen Namen.

Sternbach.

„Das ist die Verbindung", sage ich und unterstreiche den Namen auf der Tafel zweimal. „Das Unternehmen. Sternbach hat beide ASMRtists gesponsert. Ich will mit dem Geschäftsführer, diesem Gerhard Sternbach, sprechen. Vielleicht weiß er etwas, was weiterhilft, oder jemand aus seinem Umfeld. Ich glaube nicht genug an Zufälle, um außer acht zu lassen, dass Sternbach irgendwie verwickelt ist. Die Firma selbst oder jemand innerhalb dieses Ladens."

Lange starrt mich mit offenem Mund an.

Strasser fährt sich mit der flachen Hand über sein spärliches Haar. Weiland und Ebel sitzen einfach da, fast so, als ginge sie das Ganze nichts an.

Dann findet Lange seine Sprache wieder und donnert los. „Haben Sie einen Knall, Wolf? Wissen Sie, wer Sternbach ist?"

„Ich habe eine Ahnung, ja."

„Eine Ahnung? Gar nichts wissen Sie. Können Sie überhaupt ermessen, wie wichtig dieses Unternehmen als Arbeitgeber und Wirtschaftskraft für diese Stadt ist?“

„Und?“

Er schüttelt den Kopf. Fassungslos. Wortlos.

„Geht es hier darum, Lea Grimms Mörder zu finden, oder um die Wirtschaftskraft?“, frage ich.

Ich blicke in die Runde. In Schweigen. Verschlossene Gesichter.

Unwillkürlich wippe ich auf meinen Fersen, meine Kiefer verkrampfen sich.

Ein hastiger Griff an mein Handgelenk.

Verdammt. Ich stehe mit dem Rücken zur Wand.

Mir bleibt nicht viel mehr als die Flucht nach vorn.

Ich schlage mit der flachen Hand auf das Whiteboard.

Strasser und Ebel zucken zusammen, Weiland starrt einfach nur, und Lange öffnet den Mund.

Er schnappt nach Luft, wie ein Fisch auf dem Trockenen.

„Ich gehe zu Sternbach“, sage ich. „Sie können gleich noch einmal meine Chefin anrufen und petzen, Lange. Ich gehe hin und stelle den ganzen verdammten Laden auf den Kopf, wenn ich muss. Aber ich finde den Hund, der dort begraben ist.“

Kapitel 18

„Das ist das Gebäude." Lexi sitzt neben mir im Auto, klopft unaufhörlich leise von innen an das Seitenfenster. Sie tut es mit den Fingerkuppen, und es klingt irgendwie wie das feine Trommeln von Regen.

Ich starre auf ihre Finger und versuche den Gedanken, der mir durch den Verstand schießt, zu packen. Aber es gelingt mir nicht, er entrinnt mir.

„Verdammt."

„Was ist?", fragt Lexi. Ich habe sie mitgenommen, weil sie den Weg kennt. Zwar hätte ich die Navigationsapp benutzen können, aber irgendwie war mir nach Gesellschaft.

Nach anderer Gesellschaft als Strasser.

Das und die Tatsache, dass ich Lexi gerade jetzt ungern allein lassen möchte.

Dennoch habe ich eine Sache nicht bedacht: Ich kann sie nicht mit hineinnehmen. Sie ist ohnehin in die Ermittlungen verstrickt, und dass ausgerechnet ich sie noch tiefer in die Sache ziehe, geht eigentlich gar nicht.

Es ist ein bisschen wie der Tanz auf der Felsenklippe.

Am besten, man denkt nur an den Augenblick, den nächsten Schritt, und sieht nicht nach unten.

„Nichts", sage ich. „Du wartest bitte im Wagen, okay."

„Geht klar."

Ich hole Luft, aber zu mehr komme ich nicht, weil mein Telefon klingelt.

Ich seufze, als ich die Nummer auf dem Display sehe, weil ich ahne, was kommt.

„Was ist?", fragt Lexi.

„Meine Chefin", sage ich und nehme den Anruf an.

Helenes Stimme ist ausdruckslos. „Du weißt, weshalb ich anrufe, Nessa?"

„Ich kann es mir denken", antworte ich.

„Lange hat mich angerufen", sagt sie. „Er ist besorgt, weil du mit diesen Sternbachs reden willst."

„Und? Ich will nur meinen Job erledigen."

„Ich verstehe das", entgegnet sie. „Und du weißt das."

„Ja", sage ich. „Und weiter?"

„Nichts. Schau nur, dass du ihnen nicht zu sehr auf die Füße trittst. Das Unternehmen hat wohl viel für die Stadt getan, und niemand will das gefährden, wenn es nicht nötig ist."

„Das weiß ich", sage ich. „Aber ich muss auch meine Aufgabe erledigen und will vor allem keine weiteren Mädchen in Gefahr wissen."

„Ist gut, Nessa. Tu, was du tun musst, aber nicht mehr, in Ordnung?"

„Nicht mehr?", frage ich hektisch. „Helene, was heißt das? Ich tue, was immer nötig ist."

„Nessa, du weißt, dass ich auf deiner Seite bin. Achte nur darauf, dass du nicht wie eine Bombe einschlägst, okay?"

Ich beiße mir auf die Lippe, verstehe die Bemerkung. Wahrscheinlich war mein Ton bissiger, als er sein sollte.

Allerdings komme ich nicht dazu, mich zu erklären.

„Bis dann, Nessa", sagt Helene, und das Gespräch ist beendet.

Ich lasse das Telefon sinken, neben mir zieht Lexi scharf die Luft ein.

„Ärger?", fragt sie.

„Nein, jedenfalls noch nicht", sage ich. „Das Übliche. Sie tut auch nur, was sie tun muss."

„Was willst du jetzt tun?", fragt sie.

„Auch ich tue, was ich tun muss. Meinen Job", antworte ich und werfe die Fahrzeugtür auf. „Es wird wohl niemand etwas gegen ein paar Fragen einzuwenden haben."

Vom Auto ist es nur ein kurzer Fußweg über den Parkplatz, der angefüllt ist mit Autos aller Farben, Formen und Fabrikate.

Sternbach Kosmetik.

Der Schriftzug prangt am Firmengebäude. Ein Werbeplakat neben dem Eingang weist auf „Nightshine" hin, das neueste, hippeste Produkt der Linie.

Ich trete durch sich automatisch öffnende Glasschiebetüren ins Innere des Gebäudes und werde von einem Portier abgefangen, der hinter einer langen Theke aus schwarzem Glas sitzt.

Ich zeige ihm meinen Ausweis, sage ihm, zu wem ich will.

Wenn er besorgt ist, merkt man es ihm nicht an, und er weist mir den Weg in die Chefetage.

Ich bin überrascht, wie leicht sie mich durchlassen. Wenn man mit den Reichen und Mächtigen zu tun hat, ist das immer so eine Sache.

Nach außen hin ist alles schön und glatt. Aber wenn man unter die Oberflächen und hinter die Masken blickt, findet man die gleichen Abgründe, die in jedem von uns lauern.

Unwillkürlich denke ich an Marlene Grimm, schüttle den Gedanken ab und klopfe an die Tür des Vorzimmers von Gerhard Sternbach, dem Chef des ganzen Unternehmens.

Die Frau, die mich empfängt, strahlt die Art natürlicher Autorität aus, die jene Menschen auszeichnet, die es gewohnt sind, den Mächtigeren über ihnen den Rücken freizuhalten.

„Hallo, Frau Wolf, richtig?", fragt sie und zeigt ein strahlend weißes Lächeln.

Ich schätze sie auf Anfang bis Mitte vierzig. Kaum kleiner als ich. Blond, attraktiv. Man kann sehen, dass sie einmal der Typ Ballkönigin gewesen ist. Eine schöne Frau ist sie immer noch und ausgesprochen distanziert – trotz aller Höflichkeit.

„Richtig", sage ich.

„Mein Name ist Klien", sagt sie. „Doris Klien. Herr Sternbach hat mich gebeten, Sie zu empfangen."

„Danke", antworte ich. „Ich denke, ich werde nicht lange brauchen. Ich habe nur ein paar kurze Fragen an ihn."

„Vielleicht kann ich Ihnen derweil helfen?"

„Nein", sage ich. „Ich würde gern mit Herrn Sternbach selbst sprechen."

„Ja, äh, das wird sicher eine Weile dauern. Herr Sternbach ist sehr beschäftigt."

„Ich bin sicher, das ist er."

„Können Sie denn warten?", fragt Klien.

„Das kann ich", erwidere ich.

Warten lässt sie mich tatsächlich. Es vergehen fünf Minuten, dann zehn. Ich sitze da, starre an die Wand, sehe den Zimmerpflanzen beim Wachsen zu.

Aus den Augenwinkeln beobachte ich die Assistentin, die geschäftig wirkt, aber immer wieder zur Tür stiert.

Einige Male legt sie die Hand auf das Telefon auf ihrem Schreibtisch, nur um dann zurückzuzucken.

Die Stille im Raum ist greifbar, bis mein Räuspern sie schließlich zerreißt.

„Darf ich Ihnen etwas anbieten, Frau Wolf?", fragt Doris Klien. „Möchten Sie vielleicht einen Kaffee?"

„Nein", sage ich. Ich entscheide, dass ich lange genug gewartet habe, und greife nach dem sprichwörtlichen Stock, um auf den berühmt-berüchtigten Busch zu klopfen. „Danke. Aber sagen Sie, kannten Sie die Mädchen?"

„Welche Mädchen?"

„Die toten Mädchen", sage ich.

Die Gesichtszüge der Assistentin verändern sich. Nur für die Dauer eines Herzschlags schwindet ihr Lächeln.

Dann hat sie sich wieder im Griff und lächelt wie eh und je. So als wäre der Ausdruck in ihr Gesicht geschnitten.

„Nein", sagt sie. „Furchtbare Geschichte. Aber ich kenne sie nicht. Sie kommen nie hierher."

„Die Mädchen?"

Klien nickt. „Deswegen sind Sie doch hier, nicht? Das Sponsoring. Das ist eine Sache, die Herr Sternbach selbst regelt. Das …"

„Ja? Sie wissen davon?"

„Nein. Nichts", sagt die Assistentin und schüttelt hastig den Kopf.

„Kennen Sie denn die Inhalte der Verträge oder die Abmachungen?“

„Nein. Nein, Frau Wolf. Vielleicht sollten Sie wirklich mit Herrn Sternbach selbst darüber sprechen.“

Jetzt bin ich diejenige, die lächelt wie eine Tausend-Watt-Birne. „Es wird mir ein Vergnügen sein.“

Es dauert fünf weitere Minuten, dann winkt mich die Assistentin an ihren Schreibtisch, eröffnet mir, dass Sternbach nun Zeit für mich habe, und weist auf die schwere Tür zu seinem Büro.

„Danke“, sage ich und zwinkere ihr zu.

Das Lächeln im Gesicht der Dame wirkt ein wenig ermüdet. Vielleicht bekommt sie Muskelkater. „Bitte.“

Fast scheint es, als trete man in Sternbachs kleines Himmelreich, wenn man sein Büro betritt. Durch eine Fensterfront, die bis zum Boden reicht, fällt Sonnenlicht und flutet den Raum.

Gerhard Sternbach steht hinter seinem Schreibtisch, ein wuchtiges Ding aus Eichenholz. Manchmal frage ich mich, ob Männer durch die schiere Größe ihrer Schreibtische etwas kompensieren.

Der Mann selbst wirkt kräftig. Das Hemd spannt leicht um seine Schultern und an seinen Oberarmen. Es ist zweifelsohne maßgeschneidert, also ist der Anblick Absicht.

Interessant.

Er versucht, was er vermutlich meist beim Gegenüber erreichen will: Einschüchterung.

Ich ertappe mich unwillkürlich bei dem Gedanken, dass er keine Schwierigkeiten gehabt hätte, einen toten Körper wie Leas zu bewegen.

Sternbach ist glattrasiert, gebräunt. Sein Haar dunkelblond, durchzogen von der einen oder anderen grauen Strähne. Wenn man auf diesen Typ Kerl steht, ist er attraktiv, schätze ich. Er dürfte jedenfalls keine Probleme haben, bei Frauen zu landen.

Aber das hatte Ted Bundy auch nicht.

Betont lässig schlendert Sternbach um den Schreibtisch herum, hält mir die Hand hin.

Ich ringe mir ein Lächeln ab, beachte die ausgestreckte Hand nicht weiter. „Herr Sternbach, vielen Dank, dass Sie die Zeit finden."

Wenn er überrascht oder gekränkt ist, dass ich die gereichte Hand ausschlage, lässt er es sich nicht anmerken. Er blickt nicht verlegen auf seine Hand oder zur Seite. Er lächelt nicht gekünstelt.

Er sieht mich einfach nur an.

Ein Herzschlag kommt und geht. Stille.

Schließlich zeigt Sternbach auf einen der Stühle vor dem Tisch. „Bitte, Frau Wolf. Möchten Sie vielleicht etwas trinken? Einen Kaffee?"

„Danke", sage ich. „Ich habe nicht vor, Ihre Zeit und Geduld allzu lange zu strapazieren."

Dieses Spiel fällt mir immer noch schwer. Freundlichkeit, Höflichkeit, dieses ganze ätzende Hüpfen um das eigentliche Thema.

„Nun gut", sagt Sternbach und lässt sich auf seinem Stuhl nieder. Er faltet die Hände und lehnt sich leicht zurück. Entspannt, nicht locker. Der Mann ist kein miserabler Schauspieler. Das muss ich ihm lassen.

Und es bereitet mir Sorgen.

„Sie können sich sicher denken, weshalb ich hier bin, oder?"

Sternbach öffnet die Hände kurz. „Ich habe nicht die geringste Ahnung."

„Sie haben sicherlich gehört, dass ein junges Mädchen getötet wurde. Auf ziemlich grausame Art."

„Gehört, ja, das kann sein. Und?"

„Wissen Sie auch von dem toten Mädchen vor ein paar Wochen?"

Er schüttelt den Kopf. „Ich weiß nicht, worauf Sie hinauswollen."

„Wissen Sie, was passiert ist?"

Er presst die Lippen aufeinander. „Ich denke nicht. Vielleicht habe ich es in der Zeitung gelesen."

„In der Zeitung gelesen, hm."

„Ja, und?"

„Kannten Sie die Mädchen?"

Sternbach lächelt und strahlt dabei die typische Souveränität des Geschäftsmannes aus, der seinen inneren Psychopathen umarmt, wenn er muss. „Nicht dass ich wüsste."

„Das ist aber seltsam, Herr Sternbach. Wo Sie die Mädchen doch gesponsort haben. Ihre Assistentin draußen schien davon gewusst zu haben."

Er kratzt sich flüchtig an der Nase. „Liebe Frau Wolf, Sternbach ist ein großes, altes Familienunternehmen, und darauf sind wir sehr stolz. So etwas wird immer seltener, und es ist nicht leicht, wissen Sie. Wir pflegen unsere Tradition und gehen dennoch mit der Zeit."

„Aha", sage ich nur und lasse ihn reden, solange er es tut.

„Haben Sie eine Ahnung, wie viele Sponsorings wir unterhalten? Ich kann nicht jedes einzelne davon im Kopf haben."

„Zeigen Sie mir die Verträge?"

„Sicher", sagt er. „Wenn Sie einen entsprechenden Beschluss vorweisen können. Ansonsten darf ich auf den Datenschutz verweisen."

Jetzt bin ich diejenige, die breit und falsch lächelt. Es ist wie beim Boxen: Wenn die Kämpfer nach einem Treffer lächeln und den Einschlag herunterspielen, dann hat es weh getan.

Sternbach hat mich erwischt. Das muss man ihm lassen.

Aber ich habe noch einen Trumpf und halte die Karten eng an meiner Brust. Noch ist es nicht an der Zeit, meinen Joker auszuspielen. Noch nicht.

„Sie sagten, Sternbach sei ein familiäres Unternehmen, das Traditionen pflegt."

Sternbach öffnet seine Hände, faltet sie. „Nun? Verbirgt sich in Ihrer Feststellung noch eine Frage, Frau Wolf?"

Ich neige meinen Kopf, zupfe an einer Strähne meines Haars. „Ist ASMR da nicht ein etwas … nun, seltsames Feld für Werbezwecke? Zumal es so viele, wie soll ich sagen, Strömungen innerhalb der Szene gibt?"

Sternbach runzelt die Stirn. Nicht besorgt, nein. Er sieht mich einfach nur an. „Ich weiß nicht, worauf Sie hinauswollen, aber ich will Ihre Frage beantworten, so gut ich kann, Frau Wolf. Wir bei Sternbach gehen mit der Zeit, wir geben Menschen Arbeit, wir verdienen Geld. Wir verkaufen Kosmetikartikel, wir …"

„Shampoo", sage ich.

Sternbach stößt einen leisen Ton aus, der beinahe wie ein Knurren klingt. Dann räuspert er sich. „Bitte?"

„Sie verkaufen Shampoo. Nightshine. Ich habe die Plakate gesehen."

„Wie dem auch sei", entgegnet Sternbach. „Die Personen, die für uns werben, haben ein gewisses Niveau, eine gewisse Klasse und sind dennoch jung und frisch für diese entsprechende Zielgruppe. Sie passen zu uns, präsentieren gute Inhalte, und unsere Produkte sind bestens aufgehoben innerhalb dieser Inhalte. Wir sind zwar auch auf unsere Vergangenheit bedacht, ja, aber wir gehen mit der Zeit. ASMR wächst. Es boomt. Wir verkaufen Haarpflege, und diese Damen helfen uns dabei. Ich weiß wirklich nicht, wo es da ein Problem geben sollte."

Ich lasse der Stille, die zwischen uns entsteht, etwas Zeit. Nicht viel. Nur ein paar wenige Herzschläge.

Sternbachs Brust hebt sich langsam, und schließlich stößt er seinen Atem aus.

Ich rücke nach vorn zur Stuhlkante. „Gibt es im Rahmen Ihrer Sponsorings vielleicht irgendwelche, sagen wir mal, Sonderleistungen, die diese Mädchen zu leisten haben, Herr Sternbach? Dinge, die vielleicht nicht in den Verträgen stehen?"

Sternbachs Hand stößt gegen einen Bilderrahmen. Das Bild fällt um, mit dem Gesicht nach oben.

Ich erkenne ihn darauf. Jünger als er jetzt ist, aber unverkennbar. Außerdem eine Frau, älter. Dickes, dunkles Haar.

Vielleicht seine Mutter? Eine Verwandte? Obwohl dort keinerlei Ähnlichkeit zu erkennen ist.

Außerdem noch ein anderer Mann, der etwas abseits steht. So als wollte er nicht auf dem Bild sein.

Eine Narbe verläuft über seiner Stirn. Wulstig, dunkel und unübersehbar.

Ebenfalls erkennbar ist die Ähnlichkeit mit Sternbach, wenngleich der andere Mann jünger, fast jungenhaft wirkt.

Sternbach starrt auf das Bild, dann zu mir. Er begreift, dass ich auf das Foto blicke.

Hastig greift er nach dem Rahmen, dreht das Bild herum, legt es mit der Vorderseite nach unten. „Wie ungeschickt von mir“, sagt er und verhaspelt sich dabei.

Ich stiere weiter auf die Rückseite des Rahmens, auf Sternbachs Hände. Schließlich sehe ich ihn an.

Es ist wie der feine Riss im Antlitz einer Porzellanpuppe, nachdem sie zu Boden gefallen ist.

Sie zerbricht nicht, geht nicht kaputt, aber dennoch ist sie beschädigt, und man erkennt, was darunterliegt.

Nichts.

Innen ist sie hohl.

Sternbachs Antwort ist schmallippig. „Nein, Frau Wolf. Um Ihre Frage zu beantworten, es gibt keine Sonderleistungen, auch wenn ich nicht genau weiß, was Sie damit meinen.“

„Soll ich es Ihnen erklären?“

„Nein, danke, ich verzichte. Kann ich noch etwas für Sie tun, Frau, äh, Wolf?“, fragt Sternbach und holt Luft. Seine Brust hebt und senkt sich. Seine Ellbogen liegen auf dem Tisch. Er dreht sich auf dem Stuhl hin und her.

„Nein“, sage ich. „Für den Augenblick reicht das.“

Sternbach atmet in einem langen Zug aus, erhebt sich schließlich. „Dann auf Wiedersehen, Frau Wolf.“

„Sicher.“ Ich stehe ebenfalls auf, verharre dann in der Bewegung. „Ach, eine Sache noch.“

„Ja?“

„Wer ist das auf dem Foto? Ihr Bruder? Ihre Mutter?“

Sternbachs Porzellangesicht schlägt offenbar noch einmal gegen eine unsichtbare Wand. Weitere Risse werden sichtbar.

Alles, was der Mann nach außen darstellt, ist Maskerade. Wenn auch eine ziemlich gute.

„Wie heißt er?", frage ich. „Ihr Bruder?"

Sternbachs Kiefermuskulatur zuckt unter der Haut. „Olaf", antwortet er schließlich. „Mein Bruder heißt Olaf."

„Und die Frau?"

Sternbach sucht den Blickkontakt, bricht ihn aber sofort wieder ab. Er greift nach einem Kugelschreiber, dreht ihn zwischen Daumen und Zeigefinger hin und her. „Ist das wichtig?", fragt er. „Für Ihren Fall, meine ich."

Ich lächle, und ich tue es auf eine Weise, dass es meine Gesichtsmuskeln beinahe zu unkontrolliertem Zucken zwingt. „Nein. Ich bin nur wissbegierig."

Sternbach nickt mehrfach, weist zur Tür. „Gut, äh, Frau Wolf, wenn Sie dann … Ich habe einen Konzern zu leiten."

„Natürlich", antworte ich. „Und vielen Dank für Ihre Zeit."

Er nickt, und ich schlendere zur Tür, werfe ihm ein „Auf Wiedersehen" über die Schulter zu, ehe ich ins Vorzimmer schlüpfe.

Doris Klien, die Assistentin, lächelt unverbindlich.

„Danke", sage ich.

Sie nickt.

Langsam gehe ich zur Vorzimmertür. Dort bleibe ich noch einmal stehen, wende mich beiläufig um. „Ach …"

Doris Klien sieht mich an. „Ja?"

„Kennen Sie eigentlich seinen Bruder? Diesen Olaf?"

Meine Worte scheinen sie wie Nadelstiche zu treffen. Autorität und Haltung entweichen aus der Assistentin wie heiße Luft aus einem Ballon.

„Ich weiß nicht, worauf Sie hinauswollen", sagt sie schließlich.

„Auf gar nichts", sage ich. „Ich wollte nur wissen, ob Sie ihn kennen."

Die Assistentin legt eine Hand in den Nacken, zupft an ihrem Pferdeschwanz. Nervös. „Nicht wirklich", sagt sie dann. „Er kommt nie her. Also … Er hat nichts mit meinem Job zu tun."

Ich nicke. „Danke", sage ich, und aus irgendeinem Grund glaube ich ihr kein Wort.

Kapitel 19

Nach meinem Besuch bei Sternbach ist Lexi wortkarg, aber das bin ich auch.

Ich fahre sie nach Hause. Unterwegs reden wir nicht miteinander. Das Autoradio bleibt stumm, und einzig die Fahrgeräusche des Audis sind zu hören.

Ich lausche die ganze Zeit über nach meinem Smartphone, kontrolliere beinahe zwanghaft, ob ich es eingesteckt habe, und erwarte fast, dass es klingelt.

Dass es Alarm schlägt.

Meine Finger umklammern das Lenkrad, und nach fünfzehn Minuten kann ich die ersten Anzeichen handfester Verspannungen in den Schultern und meinen Nackenmuskeln spüren.

„Geht's dir gut?", fragt Lexi irgendwann in die Stille hinein.

Ich werfe ihr einen Seitenblick zu. Für die Dauer eines Herzschlags bin ich versucht, ihr zu sagen, wie es mir geht. Wie es mir wirklich geht. Dass ich Angst habe. Dass der Fall mich überfordert. Dass ich dieses Mal zu spät komme. Dass ich es dieses Mal nicht schaffe. Doch ich bringe nur ein knappes Nicken zustande. „Und dir?"

Sie zuckt mit den Schultern. „Okay."

Ich sehe wieder nach vorn. „Okay."

Für den Rest der Fahrt herrscht wieder Schweigen, dann setze ich sie zu Hause ab.

Sie verabschiedet sich einsilbig. Ich sehe ihr nach, verharre in meinem Auto und starre ins Nichts.

Ich sitze einfach nur da, spiele mit den Fingern an meinem Armband herum, lasse es dreimal zuschnappen.

Mein Handy liegt auf meinem Schoß, das Display bleibt dunkel. Das Telefon klingelt nicht.

Schließlich atme ich durch, schmunzle über mich selbst.

Was fürchte ich eigentlich?

Ich greife nach dem Telefon, drücke die Taste, das Display leuchtet auf.

Ich rufe Charly an.

„Japp?", meldet er sich, und ich kann das Lächeln durch die Leitung hören.

„Charly, kannst du mir einen Gefallen tun?"

„Schon wieder?", fragt er mit gespielt genervtem Ton und lacht. „Schieß los."

„Es ist ein bisschen peinlich", sage ich.

„Oh, das ist mein Fachgebiet. Das kannst du glauben."

Jetzt muss auch ich lächeln. „Ich brauche jemanden, der für mich etwas im Internet recherchiert."

„Internet? Gibt es das nicht in diesem kleinen Nest da?"

„Schon", antworte ich. „Aber die Kollegen haben das nicht so drauf, und ich selbst komme nicht dazu."

Ich bin sicher, es ist nicht gelogen. Manchmal wünsche ich mir, Charly wäre bei uns. Im Team. Sofern es ein Team gäbe. Weil er es draufhat. Zumindest alles, was das Thema Internet angeht.

Auch darüber hinaus ist er ein kluger Kopf.

Aber es gibt auch eine Sache, die ich Charly nicht sage.

Lange dreht durch, wenn ich einen aus dem Team auf die Sternbachs ansetze. Wenn ich noch tiefer graben lasse, ohne konkretere Hinweise zu haben. Bis jetzt ist es Hörensagen. Spekulation. Mein Bauchgefühl.

Wie auch immer. Ich habe es im Gespür.

Wenn man bei den Sternbachs tiefer gräbt, wird man auf irgendetwas stoßen. Irgendetwas wird sich finden.

Es ist wie ein Fieber. Meine Ohren glühen, mein Schädel will explodieren.

Aber vorerst muss ich das für mich behalten.

Und die Ressourcen nutzen, die ich habe. Wie Charly. Kurz fühlt es sich irgendwie falsch an. Den Rest heiligt der Zweck.

„Autsch", sagt er. „Worum geht's denn?"

„Die Sternbachs", antworte ich. „Die beiden Brüder."

Kapitel 20

Es wird abends. Ich beschließe, ins Hotel zu fahren. Meine Kleider kleben an meinem Körper. Das T-Shirt fühlt sich an wie eine zweite Haut, aber nicht auf die gute Art, nur staubig, schmutzig. Ich bin müde und brauche Koffein.

Unterwegs halte ich an, kaufe Kaffee und einen Latte zum Mitnehmen.

Im Auto starre ich einen Augenblick lang auf meinen hastig mit schwarzem Filzstift gekritzelten Namen auf dem Thermobecher. Im Augenblick geht es nicht um Genuss. Ich verschwende keinen Gedanken an Vanillearoma. Na ja, kaum einen.

Den Kaffee trinke ich auf ex, obwohl er viel zu heiß ist.

Die Hitze und der Kaffee selbst, das Koffein, ballern in meinen Kopf. Meine Zunge brennt und wird dann taub, aber das ist mir egal.

Wenn ich noch kein Magengeschwür habe, ist das ein sicherer Weg dorthin.

Im Hotel angekommen, überfällt mich kurz die Idee, mit dem Aufzug zu fahren. Aber ich lasse es und gehe zu Fuß.

Im Zimmer stelle ich den Lattebecher auf den Nachttisch und schmeiße mich auf das Bett.

Ich greife nach meinem Laptop, klappe ihn auf. Ich öffne Twitch und finde nach einer kurzen Suche die junge Dame, die sich die Namen ihrer Follower auf die Haut schreibt. Ihrer zahlenden Follower, wohlgemerkt.

Ist das auch ASMR? Vielleicht. Aber die Entspannung bleibt aus.

Der Chat rauscht durch, sie malt diese Namen mit einem schwarzen Edding auf ihre Schenkel, und es kribbelt nichts. Nicht bei mir.

Ich seufze, knalle den Laptopdeckel runter und lasse mich rücklings auf die Matratze fallen.

Mein Kreislauf spielt verrückt.

Der ganze graue, braune und beige Krempel im Zimmer dreht sich um mich, und wenn ich nicht aufpasse, bleibe ich einfach liegen. Mit Jacke, Schuhen, Klamotten und allem anderen liege ich dann da und warte auf das Morgengrauen.

Ich schließe kurz die Augen, was verlockend ist.

Aber nach einer Viertelstunde etwa raffe ich mich doch auf. Ich streife die Schuhe ab, ziehe mich aus und schleppe mich ins Bad.

Ich schalte das Licht ein, das heiße Wasser ebenfalls und trete unter den Strahl.

Es ist ein gutes Gefühl, in der aufsteigenden Hitze zu stehen, im Dampf zu verschwinden und kurz die Hoffnung zu hegen, dass ich mich darin auflösen könnte.

Ich weiß nicht, wie lange ich dusche. Immerhin gibt es mir ein besseres Gefühl.

Sauber und ich spüre fast so etwas wie einen Funken Energie in mir.

Ein Teil meiner Anspannung fällt ab.

Aber die toten Mädchen sind immer da. Selbst unter der Dusche. Sie sehen mir zu, beobachten mich. Sie beäugen alles, was ich tue, aus nächster Nähe. Sie blicken über meine Schulter. Bis es mich fröstelt und ich mich umdrehe. Da ist nichts.

Was bleibt, ist ein kalter Schauer aus Schuld.

Wenn ich zu Hause bin, in meinen eigenen Wänden, die Tür hinter mir verschlossen und die Katzen in meiner Nähe weiß, kann ich abschalten. Wenigstens ab und an. Ich brauche das.

Aber unterwegs, auf der Straße, in immer anderen unpersönlichen Hotelzimmern funktioniert das nicht.

Es geht nicht, und ich frage mich, ob es jemals gehen wird. Ob ich irgendwann so etwas wie Frieden finden werde.

Als ich mit noch immer nassen Haaren und in ein großes Handtuch gewickelt ins Zimmer zurückkehre, blinkt die kleine LED an meinem Smartphone.

Bei näherer Betrachtung ist es nicht nur ein Anruf gewesen. Es waren sogar zwei.

Strasser.

Ich verziehe den Mund, überlege, ob ich ihn zurückrufe.

Aber das erneute Vibrieren des Geräts nimmt mir die Entscheidung ab.

„Ja?"

„Nessa?", fragt Strasser.

„Was gibt es denn?"

„Es ist mir ein bisschen unangenehm", druckst Strasser herum.

„Raus damit", sage ich.

„Lange hat nach Ihnen gesucht, und ich konnte ihm nicht sagen, wo …"

„Er wusste doch, was ich vorhatte."

„Mag sein", antwortet Strasser. „Ich denke, er hat gehofft, Sie überlegen es sich noch einmal."

„Tja", sage ich. „Und?"

„Hat Ihre Begegnung mit Sternbach etwas ergeben?"

Ich zögere. Möglicherweise sollte ich Strasser einweihen. Oder auch nicht. Vielleicht decke ich mein Blatt besser nicht zu früh auf.

Strassers Qualitäten scheinen überschaubar. Aber eines muss man ihm lassen: Er wirkt loyal.

Die Frage ist nur, wem die Loyalität gilt.

Der Bekloppten vom BKA, die verschwindet, wenn der Fall abgeschlossen ist? Oder seinem langjährigen Vorgesetzten, der auch noch da sein wird, wenn der Mörder von Lea Grimm bereits verurteilt und inhaftiert ist. Wer immer es ist.

Lange wird nicht gehen. Ich schon.

„Ich weiß es noch nicht, Strasser."

„Okay", sagt er.

„Noch etwas?"

Ich kann förmlich vor meinem inneren Auge sehen, wie er die Hand in den Nacken legt und sich verlegen kratzt.

„Strasser?"

„Schon", sagt er. „Lange hat uns aufgetragen, Sternbachs Alibi zu prüfen."

Mein Herzschlag beschleunigt. Ich setze mich auf. „Uns?"

„Ramona Ebel und mir."

„Und?"

Strasser holt Luft, seufzt leise ins Telefon. „Sie müssen sich irren, Nessa. Er kann es nicht gewesen sein. Er hat ein Alibi. Tut mir leid."

Die Taubheit kehrt zurück und mit ihr die Schwere.

„Lange meint, Sie sollen Sternbach nun in Ruhe lassen."

Das könnte ihm so passen.

„Wer?", frage ich.

„Bitte?"

„Wer gibt ihm das Alibi?"

Papier raschelt im Hintergrund. „Klien. Doris Klien. Seine …"

„Assistentin. Ja, ich weiß. Danke, Strasser."

„Keine Ursache", sagt er. „Sehen wir uns morgen?"

„Ja", sage ich und lege auf.

Ich starre auf die tote Mattscheibe des Fernsehers, presse die Kante des Smartphones gegen meine Lippen.

Ich sehe Sternbach im Geiste vor mir. Die Art, wie er den Kopf neigt. Sein selbstgefälliges Grinsen.

Lange mit einem ganz ähnlichen Ausdruck im Gesicht.

Und den Worten, die ich nicht hören will.

Ich hab's dir doch gesagt.

Nein, das kann nicht sein.

Sternbach. Das Foto in seinem Büro. Die Reaktion des Mannes. Unsicherheit.

Ich lege die Stirn in Falten, blicke auf das Display meines Telefons, meine Finger huschen darüber.

Kontakte.

Schnellwahl.

Es klingelt genau zweimal. Dann nimmt jemand am anderen Ende ab. „Nessa?"

„Ja. Ich brauche Hintergrundinformationen", sage ich.

„Worum geht es?", fragt Helene.

Ich habe sie auf ihrem Handy angerufen, das stets eingeschaltet ist. Für diese Frau gelten andere Gesetze. Feierabend,

Dienstschluss, Wochenende, Tag oder Nacht. All das existiert für meine Chefin nicht – oder nur sehr bedingt.

Ich schweige einen Moment lang. Schließlich spreche ich es aus. „Sternbach. Olaf Sternbach."

„Wer ist Olaf?", fragt Helene. „Ich habe bislang nur von einem Gerhard gehört."

„Es ist der Bruder."

„Der Bruder?"

„Der Bruder."

„In Ordnung, das dürfte ein bisschen Staub aufwirbeln. Lange hängt mir immer wieder damit in den Ohren."

„Mag sein", antworte ich. „Aber das kann nicht unser Problem sein, oder?"

Jetzt ist es Helene, die einen Augenblick lang still ist. „Nein", sagt sie schließlich. „Nicht, solange du nicht danebenliegst."

Ich lache leise. „Das kann ich noch nicht sagen."

„Ich weiß", sagt Helene. „Ich kümmere mich darum."

„Danke."

Ein kurzes Rauschen fährt durch die Leitung.

„Ist noch etwas?", frage ich. „Helene."

Sie seufzt leise. „Du weißt, was du tust, Nessa?"

„Hm."

„Das hoffe ich. Du musst aufhören, allen auf die Füße zu treten. Ich will nicht noch einmal mit diesem Lange telefonieren müssen. Er fällt mir auf die Nerven, und du weißt, was das bedeutet."

„Verstanden."

Die Verbindung ist beendet.

Ich lege den Kopf in den Nacken, lehne mich gegen die Wand hinter dem Bett und starre an die Decke.

Mein Körper fühlt sich taub an. Fremd.

Ich will nach meinem Armband greifen, halte aber das Handy noch in der Hand, und mir fehlt die Energie, etwas daran zu ändern.

Dann klingelt das Telefon, und das tut es eine ganze Weile.

Mühsam richte ich mich auf und schaffe es gerade so, den Anruf anzunehmen, bevor die Mailbox sich einschaltet.

„Charly? Das ging schnell", sage ich.

Er klingt bedrückt. „Ja, das schon. Aber ich schätze, es wird dir nicht gefallen."

Kapitel 21

Mein Laptop steht auf dem Schreibtisch vor mir, daneben ein Becher Kaffee. Kleine Dampfschwaden steigen daraus auf. Rita war so freundlich, mir den Kaffee zu bringen. Auf dem Papier ist die Frau hier als Schreibkraft angestellt, tatsächlich ist sie die gute Seele der Dienststelle. Es sind Menschen wie Rita, die am Ende des Tages den Laden zusammenhalten.

Es scheint, nicht jeder steht mit mir auf Kriegsfuß.

Aber Rita hatte recht. Ein Büro kann man diesen Abstellraum wirklich nicht nennen.

Es gibt einen klapprigen Tisch und einen Stuhl. Außerdem habe ich die Wahl, ob ich das Sitzmöbel so aufstellen will, dass ich beinahe inmitten eines Regals voller Pappkartons mit Büromaterial sitze, oder mir die Tür in den Rücken ballert, wenn jemand den Raum betritt.

Ich habe mich für das Regal entschieden. Das bewegt sich zumindest nicht. Hoffe ich.

Was sich hingegen bewegt, ist die Tür. Im Türrahmen erscheint Lange. Der Luftzug, den der Mann aus dem Flur mit ins Zimmer bringt, ist kühl. Ganz eintreten kann Lange nicht. Der Raum ist nicht groß genug.

Die Blicke des Ermittlungsleiters wirken ebenfalls unterkühlt. Wobei das untertrieben ist. Der Kerl starrt wie Eis.

Wie heißt es so schön? Irgendwas ist immer, nicht?

Ich habe keine Ahnung, was jetzt wieder nicht stimmt. Oder was ich ausgefressen haben soll.

Aber dem Anschein nach hat der Mann einmal mehr ein Anliegen, das er unter vier Augen klären will.

Irgendwo in meinem Hinterkopf schaltet eine imaginäre Ampel auf Orange.

Tiefe Furchen ziehen sich über Langes Stirn, seine Haut ist gerötet. Dass ihm Dampf aus den Ohren steigt, ist alles, was fehlt.

Vielleicht ist es nicht mal unwahrscheinlich, dass er gleich explodiert, wenn ich ihm erkläre, dass ich noch einmal mit Sternbach sprechen will.

Oder ihn frage, was er über Olaf weiß.

Aber ich komme gar nicht dazu, mir darüber weiter Gedanken zu machen, denn Lange geht bereits an die Decke.

Sein Kopf ist hochrot, glüht wie Jupp Heynckes in seinen besten Tagen. „Was treiben Sie eigentlich, Frau Wolf? Ich sehe Sie immer nur mit diesem Mädchen herumstreunen oder gar nicht. Und wenn Sie doch einmal auftauchen, sorgen Sie für Ärger."

„So ist das nun mal", sage ich. „Ich gehe Hinweisen nach."

„Hinweisen? Vielleicht sollten Sie das Team dann einweihen in Ihre geheimnisvollen Hinweise. Oder wollen Sie nur für Ärger sorgen?"

„Sicher nicht", sage ich. „Aber ich werde niemanden mit halbgaren Informationen versorgen. Ich muss erst ein paar Dinge überprüfen."

„Natürlich. Sicher." Lange senkt seine Stimme, sodass sie beinahe wie ein Knurren klingt. „Übrigens hat mich Gerhard Sternbach angerufen."

„Was wollte er?", frage ich.

„Nichts." Lange lächelt süffisant. „Er wollte nur sichergehen, dass ich weiß, dass er sich und seinen Bruder mit allen Mitteln schützen wird."

„Mit allen Mitteln? Ist das denn nötig?", frage ich. „Braucht er Schutz? Vor mir?"

„Tja", antwortet Lange. „Treten Sie den Sternbachs besser nicht weiter auf die Füße, wenn Sie nicht sicher etwas liefern können, Frau Wolf. Es wird nicht mein Kopf sein, der rollt, klar?"

Das war mir klar, als ich Lange das erste Mal begegnet bin. Er gibt gern Anweisungen. Die Arbeit hingegen erledigen andere.

Verantwortung übernimmt der Mann nur, solange es nicht weh tut.

Ohne ein weiteres Wort zu verlieren, kracht er die Tür hinter sich zu.

Ich lehne mich zurück und meinen Kopf an einen Karton.

Lange ist ein Ärgernis. Nicht mehr.

Was will er machen? Mich hinauswerfen?

Sicher, er könnte mich aus diesem Fall ausschließen. Aber dann steht er mit dem ganzen Mist alleine da und darf dieses mit Scheiße gefüllte Butterbrot, das dieser Fall am Ende darstellt, genüsslich selbst verspeisen.

Ich denke, das ist ihm klar, und weiterhin denke ich, dass er darauf keine Lust verspürt.

Ich hingegen habe keinerlei Lust, mir über diesen Mann länger den Kopf zu zerbrechen. Er sorgt für Stress, aber das ist auch alles.

Worüber ich mir eher Gedanken machen muss, ist, wo jetzt Harrers Drogen hingekommen sind.

Ich weiß, dass ich sie Strasser geben wollte, damit er sie einlagern lässt. Aber ich kann mich nicht erinnern, es auch getan zu haben.

Ich trinke einen Schluck Kaffee, aber auch der bringt mir nicht die Erkenntnis, ob ich Strasser die Drogen von Harrer gegeben habe.

Aber ich kann ihn nicht fragen. Nicht jetzt.

Denn ich brauche etwas Zeit für mich.

Ich stelle den Kaffeebecher ab, ziehe an meinem Gummibändchen, lasse es gegen mein Handgelenk schnappen.

„Verdammt."

Meine Gedanken geraten aus den Fugen. Ein Stress-Symptom. Genauso wie die Zerstreuung wegen der Drogen.

Es ist der Fall.

Ich brauche ein wenig Abstand, muss einen gedanklichen Schritt zurückmachen. Auf das große Ganze schauen.

Ich schließe die Augen, atme tief ein und in langen Zügen aus.

Ich gebe mir zwanzig Atemzüge.

Dann weiß ich zwar nicht, was mit den Drogen ist, aber ich weiß, was ich tue. Mein nächster Schritt liegt vor mir.

Ich ziehe mein Smartphone aus der Tasche, werfe einen Blick auf die Nachricht von Charly.

Die Adresse, die er mir geschickt hat, gebe ich auf dem Laptop in meinen Browser ein. Es dauert einen Moment, bis die Karte in Google Maps aufgebaut ist.

Schöne Gegend, im Grünen, etwas außerhalb. Die Fahrt wird eine Weile dauern. Und Strasser will ich heute nicht dabeihaben. Ich will mich ganz auf Olaf konzentrieren.

Ob die Adresse stimmt, weiß ich nicht. Aber einen Versuch ist es wert. Viel mehr konnte Charly nicht herausfinden.

Dieser Sternbach lebt offenbar äußerst zurückgezogen. Vielleicht ist er gern allein, legt keinen Wert auf Gesellschaft. Wer weiß. Entweder das – oder er hat etwas zu verbergen.

Ich scrolle durch meine Kontaktdaten, wähle Helenes Nummer, um zu erfragen, was sie wollte.

Es klingelt. Zweimal, dreimal.

Nichts.

Mein Herz pocht. Einmal, zweimal. Schließlich meldet sich die Mailbox, und ich lege auf.

Ich starre auf das dunkle Display des Telefons und presse meine Lippen zusammen.

Dass sie nicht abnimmt, ist ungewöhnlich, aber es kommt vor, wenn auch selten.

Schließlich lasse ich die Route zu Olaf Sternbachs Anwesen auf mein Smartphone schicken und trinke den Kaffee aus.

Ich weiß nicht, ob es Anspannung oder das Koffein ist, aber ich spüre ein leises Kribbeln in allen Sinnen.

Ohne weitere Umstände mache ich mich auf den Weg.

Es ist nicht die schlechteste Idee, aus der Enge dieses Abstellraums zu entkommen. Das spüre ich, als ich auf dem Weg zum Parkplatz tief durchatme.

Selbst wenn ich Sternbach nicht finde, wenn das Ganze nur ein Ausflug ist, sorgt es vielleicht für frische Ansätze, neue Ideen, eine andere Perspektive. Wer weiß das schon, wenn man es nicht versucht?

Unterwegs verliert die Navigations-App meines Smartphones zweimal den Weg und dreimal den Empfang.

Ansonsten ist es eine gute Fahrt. Die Sonne scheint, und der Audi liegt gut auf der von Bäumen gesäumten Straße.

Aus den Boxen ballert *Nowhere* von Therapy?.

Ich fische meine Sonnenbrille aus dem Handschuhfach, setze sie auf, und für eine knappe Dreiviertelstunde fühlt es sich fast wie Urlaub an. Fast.

Dann wird die Straße enger, kurviger, und ich nehme die Brille ab, um den sich rasch vermehrenden Schlaglöchern auszuweichen.

Die App leitet mich auf einen Feldweg, der mehr aus Schotter besteht als aus allem anderen.

Im Schritttempo rolle ich einem alten Vierseithof entgegen, der inmitten von Feldern liegt und auf der Rückseite fast unmittelbar an einen Wald grenzt.

Idyllisch, abgelegen.

Es ist ein fast perfekter Ort für das fast perfekte Verbrechen.

Es gibt weder das eine noch das andere, aber das hier kommt verdammt nah ran.

Fragt sich nur, ob Olaf Sternbach das ebenfalls bewusst ist.

Auf einer kleinen Freifläche vor einer Mauer stelle ich das Auto ab.

Augenblicklich beschleicht mich ein mulmiges Gefühl. In meinem Magen ballt sich eine Faust, und Härchen an meinem Nacken und an den Armen richten sich auf.

Unwillkürlich lege ich die Hand auf die Waffe. Ich trage sie eigentlich nur der Form halber. Ich bin Polizistin, aber vor allem bin ich Fallanalystin. Die Dienstwaffe gehört dazu, aber meine Freundin ist sie nicht.

Abgefeuert habe ich sie noch nie, und ich will auch nicht in diese Lage kommen. Nicht hier, nicht heute und an keinem anderen Tag.

Der Wind rauscht in den Blättern der Bäume auf der anderen Seite des Hofes, und von jenseits der Mauer dringen typische Geräusche des Lebens auf einem Bauernhof zu mir durch. Schweine, gackernde Hühner.

Abgesehen davon ist es merkwürdig still. Fast, als läge alles unter einer Käseglocke. Eingesperrt.

Meine eigenen Schritte dringen überlaut an meine Ohren, und ich höre sogar meine eigenen Atemzüge und das Schlagen meines Herzens.

Es ist unheimlich, sich selbst so wahrzunehmen, und augenblicklich zwingen sich Lexis Worte in meinen Verstand.

Die Sternbachs sind creepy.

Allerdings.

Abrupt bleibe ich stehen, runzle die Stirn. Da ist ein Gedanke. Er taucht einfach auf und schließlich wieder ab, ohne dass ich ihn zu fassen bekäme.

Ich atme durch und gehe dem offenen Holztor entgegen, das den Eingang zum Hof markiert.

An den einzelnen Gebäuden blitzt hier und da das alte Fachwerk durch, ansonsten sind sie weiß gestrichen. An manchen Stellen blättert die Farbe ab. Sonst ist alles einigermaßen gepflegt und gut in Schuss.

Weiter hinten auf dem Innenhof parkt ein brauner Mercedes 280 SEL. Ein älteres Modell aus den Achtzigern. Mehr ein Schlachtschiff als ein Auto, aber gut gepflegt.

Daneben, etwas verdeckt in einem Unterstand, parkt ein Lieferwagen. Ein ziemlich unspektakuläres Gefährt neben dem alten Benz.

Olaf Sternbach erkenne ich sofort. Er steht mitten auf dem Innenhof, hat weniger Haare als auf dem Foto, beinahe eine Glatze. Die Narbe hingegen ist unverkennbar. Etwas blasser als auf dem Bild. Aber es ist das gleiche wulstige Gebilde an Schläfe und Stirn.

Er sieht nicht auf, gleichwohl er mich bemerkt haben muss.

Sternbach ist beschäftigt.

Er hält ein Huhn fest. Es zappelt in seiner Hand, bis der Mann auch beide Flügel gefasst hat.

Die andere Hand hebt einen etwa daumendicken Stab an.

Sternbach holt aus. Ein dumpfer Laut.

Das Tier erschlafft.

Der Mann tauscht den Stock gegen ein Handbeil aus, platziert den Kopf des Huhns auf dem Hauklotz.

Wieder holt Sternbach aus.

Dieses Mal ist das Geräusch anders. Schärfer. Metall auf Holz.

Der Hühnerkopf kullert zu Boden. Der kopflose Körper zuckt noch einige schnelle Herzschläge lang.

Blut tropft auf die Steinplatten.

Dann hört das Zucken auf.

Sternbach hebt das tote Tier an, dreht sich um und hängt es kopfüber neben den fünf Artgenossen, die zuvor ihr Leben lassen mussten, an einer Wäscheleine auf.

Blut sammelt sich unterhalb der toten Körper zu einer Pfütze an.

Sternbach nickt zufrieden, wischt seine Hände an der blutbefleckten Schürze um seine Hüften ab.

Dann sieht er mich an. „Wer sind Sie denn?“

Kapitel 22

„Herr Sternbach?“ Ich zeige meinen Ausweis vor. „Wolf, BKA, hätten Sie einen Moment?“

„Was wollen Sie von mir?“ Seine Stimme klingt leise und passt nicht recht zu seinem eher grobschlächtigen Äußeren. Sternbachs Gesichtszüge sind kantiger als die seines Bruders, wenn die Verwandtschaft auch erkennbar ist. Aber der Geschäftsmann ist der attraktivere der Brüder.

Ich frage mich, wer nach der Mutter und wer von den beiden nach dem Vater geraten ist.

Und außerdem: ob das die Rollenverteilung der Brüder ist.

Der eine regelt das Geschäftliche, der andere ist der Schlachter. Der Mann fürs Grobe, der sich die Hände blutig macht.

„Sie sind Olaf Sternbach, oder?“

Er nickt, macht aber keine Anstalten, von seinem Tun abzulassen.

Man mag kaum glauben, dass sie Brüder sind, wenn man den Auftritt der Männer vergleicht. Olaf Sternbach versucht, anders als sein Bruder, keinen Anschein zu erwecken. Er tut einfach, was er tut.

„Schlachten Sie immer selbst?“

„Ja.“

Ich seufze leise.

„Ich jage auch“, sagt Sternbach dann. „Es ist mir eine große Freude, und man will ja wissen, was man isst, nicht?“

Da bin ich sicher.

„Du bist, was du isst.“ Sternbach lächelt versonnen. „Da ist viel Wahrheit dran, wissen Sie.“

Ich nicke.

Ein Zucken huscht über das Gesicht des Mannes, und er klopft sich gegen die Schulter, bis das Zucken aufhört. Dann lächelt er mich an, aber es wirkt eher schräg als freundlich.

Irgendetwas stimmt nicht mit dem Mann. Hat das etwas mit seiner Narbe zu tun?

Sternbach packt das nächste Huhn, zerrt es aus einem kleinen Käfig. Er hält es fest.

Gackern. Flattern und Flügelschlagen.

Der Schlag mit dem Stab.

Das dumpfe Geräusch.

Das Tier verstummt.

Der Schlag mit dem Beil.

Das Zucken und dann die gespenstische Stille und das Blut.

„Könnten Sie das Beil bitte weglegen? Ich habe ein paar Fragen an Sie, Herr Sternbach.“

Olaf Sternbach sieht mich an. Seine rechte Schulter und sein linkes Auge zucken mehrfach. Er blinzelt hektisch.

Auf ironische Weise ähnelt er für einen kurzen Augenblick den armen Hühnern, denen er den Garaus gemacht hat.

Einerseits ein komischer Anblick, ungeachtet der Kadaver und des Bluts, das überall zu sein scheint.

Andererseits gehen mir Lexis Worte durch den Kopf.

Creepy.

Immer noch hält Olaf Sternbach das Handbeil fest.

„Herr Sternbach, geht es Ihnen gut?“

„Ja. Wollen Sie ein Huhn kaufen?“ Er klingt wie ein zu groß geratener, trotziger Junge.

Ich runzle die Stirn. „Nein, Herr Sternbach. Ist das Ihr Anwesen? Es ist hübsch hier.“

„Ja. Das heißt, es gehört der Familie. Mein Bruder.“

„Was ist mit Ihrem Bruder?“, frage ich.

Sternbach kratzt sich am Kopf, streift die Narbe. Dann fängt er wieder an zu zittern, bis der Spuk nach drei Herzschlägen vorbei ist. „Nichts.“

Allmählich kommen mir Zweifel. Vielleicht verschwende ich hier tatsächlich meine Zeit.

Hat Olaf Sternbach das Zeug dazu, ein gerissener Mörder zu sein? Ich weiß es nicht.

Andererseits ist er in jedem Fall geschickt, was die armen Hühner bezeugen könnten. Wenn sie nicht tot wären.

„Was jagen Sie denn?“

„Alles.“

Ich blicke auf das Beil in seiner Hand. „Alles?“

„Ja“, sagt Sternbach, legt das Beil und seine Schürze weg. Er taucht die Hände in einen Eimer mit Wasser, wäscht sie. Anschließend schüttelt er sie aus und wischt sie an seiner Jeans ab. Er zieht eine Armbanduhr aus seiner Hosentasche, legt sie umständlich am linken Handgelenk an. „Rehe, Wildschweine. Was hier in den Wäldern so kreucht und fleucht.“

„Aha“, sage ich. Er ist wirklich ein seltsamer Typ. Manchmal zittert er, zuckt unkontrolliert und spricht abgehackt.

Und in der nächsten Sekunde ist davon nichts zu bemerken, und seine Sprache ist völlig unauffällig. Leise, artikuliert.

Er hält mir die Hand hin.

„Danke“, sage ich und lächle. Mein Blick bleibt an seiner Uhr kleben. Ein sportliches Modell, das eher zu einem jüngeren Mann zu passen scheint.

Olaf Sternbach schaut verdutzt auf seine Hand, dann zu mir und erwidert das Lächeln.

Er greift in eine Brusttasche seines Hemds, zieht eine Brille hervor. Umständlich faltet er die Bügel auseinander und schiebt die Sehhilfe auf seine Nase. „Die Augen … Sie lassen nach mit der Zeit. Ah, besser.“

„Sie haben gehört, dass hier in der Gegend ein junges Mädchen zu Tode gekommen ist?“

Sternbach weicht meinem Blick aus, starrt zu Boden, schließlich zu den Hühnern. „Ja, traurig.“

Olaf Sternbach zwingt mir ein unwillkürliches Stirnrunzeln auf. Ich habe keine Ahnung, was mit dem Mann nicht stimmt.

Schließlich überfällt ihn erneut das Zucken. Er klopft gegen seine Schulter. Augenblicke später wirkt er wieder völlig normal und lächelt.

„Mein Bruder kommt ab und an her“, sagt Sternbach, ohne dass ich ihn danach gefragt hätte. „Es ist schön hier.“

„Ja“, sage ich, weil mir nichts Besseres einfällt. Ich weiß nicht, was ich von Olaf Sternbachs zeitweiligen Aussetzern halten soll. Entweder ist das eine großartige Masche, um mich und alle anderen zu verwirren, oder der Mann hat wirklich das eine oder andere Problem.

„Kannten Sie die Mädchen?“, frage ich.

Sternbach blinzelt hinter den Brillengläsern, zeigt mit dem Daumen auf seine Brust. „Ich? Nein. Woher denn?“

Ich bemühe mich um ein beiläufiges Schulterzucken. „Es hätte ja sein können. Ihr Bruder unterstützt diese Mädchen finanziell. Wussten Sie das?“

Sternbach sieht mich verdutzt und aus großen Augen an. „Wieso sollte er das tun?“

„Nun, diese Mädchen machen Werbung für die Produkte Ihrer Kosmetikfirma. Im Internet.“

„Internet ...“ Sternbach murmelt vor sich hin, spricht das Wort aus, als ginge es um die geheime Existenz von Leben auf dem Mars. Schließlich schüttelt er den Kopf. „Keine Ahnung. Mit der Firma habe ich nichts zu tun.“

Ich nicke. „Sagt Ihnen ASMR etwas?“

„Ey... Bitte was?“

Ich neige den Kopf, betrachte den Mann, dessen Augenlid ab und an zuckt. Dann fasst er sich verlegen an die Brille, schiebt sie zurecht.

Ob er diese ganze Nummer nur spielt?

Dann wäre er allerdings ein brillanter Schauspieler und seine Fähigkeiten hier auf dem Hof schlicht vergeudet.

Oder irgendetwas stimmt wirklich nicht mit ihm.

Es ist nur ein Gefühl. Ein Zupfen am Verstand, wie ein schüchternes Kind, das an Papas Ärmel hängt und sich nicht traut, seinen Namen zu nennen.

„Ich weiß, es ist unhöflich“, sage ich. „Aber darf ich fragen, woher Sie diese Narbe haben, Herr Sternbach?“

Er fasst sich an den Kopf, fährt mit dem Zeigefinger das wulstige Narbengewebe entlang. Fast wirkt es, als fühle er sie zum ersten Mal. So als wisse er selbst nicht genau, woher sie stammt. „Das ist lange her. Wir … Ich war noch ein Junge. Jungs machen dumme Sachen. Manchmal."

„So?"

Er nickt und schweigt.

Vielleicht will er meine Frage nicht beantworten. Oder er kann nicht. In gewisser Hinsicht scheint er immer noch ein Junge zu sein. Ein Junge, der zu schnell alt geworden und zu groß für sein Schuhwerk ist.

Oder er ist ein gerissener Bastard.

Ich zupfe an meinen Haarspitzen. „Haben Sie Kontakt zu Ihrem Bruder, Herr Sternbach?"

Er nickt. „Ab und an. Manchmal kommt er her."

Es ist die gleiche Antwort, die gleiche Aussage wie zuvor. Wie jede Aussage von Olaf Sternbach sagt sie alles und nichts.

„Leben Sie hier allein?"

„Ja."

„Ist das nicht bisweilen etwas einsam?"

Er wackelt mit dem Kopf. „Ich bin gern allein. Gehe jagen, kümmere mich um die Tiere, um den Hof."

„Ja", sage ich. Ich habe gesehen, wie er sich um die Tiere kümmert. Sicher, es mag Teil des Ganzen sein. Wenn man auf solch einem Hof lebt, gehört es wahrscheinlich dazu. Für mich ist das nichts. Vielleicht bin ich zu sehr Stadtkind.

Oder zu empathisch. Oder beides.

Der Anblick des Schlachtens wirkt barbarisch auf mich. An der Stelle bin ich vermutlich empfindlich, was angesichts meiner Berufswahl seltsam erscheinen mag.

Aber wir tragen alle unsere kleinen Widersprüche mit uns herum.

„Haben Sie Freunde?"

Er schüttelt den Kopf. „Ich bin gern allein."

„Wann war Ihr Bruder denn das letzte Mal hier?"

Sternbach tippt sich an die Brille. „Vor zwei, drei Wochen vielleicht."

Mein Herz macht einen kleinen Satz. „Wissen Sie es genauer?"

„Nein, tut mir leid. Ist das schlimm?"

Ich lächle. „Nein, Herr Sternbach, ist es nicht. War Ihr Bruder allein hier?"

„Ja, allein. Oder, nein, warten Sie. Er hatte eine Freundin dabei. Eine junge Frau."

Ich halte beinahe den Atem an. „Sind Sie sicher?"

Er nickt.

„Wie sah sie aus? Können Sie sie beschreiben?"

„Hübsch, jung", sagt er und kratzt sich an der Stirn. „So recht weiß ich es nicht mehr."

Ich greife in die Tasche, ziehe mein Smartphone hervor und suche in der entsprechenden App nach einem Foto von Helena, ASMR-Helena, dem ersten Opfer.

Ich zeige Sternbach das Bild. „Diese hier vielleicht? Erkennen Sie sie?"

Sternbach starrt auf das Display, seine Lippen bewegen sich lautlos. Dann nickt er.

Ich friere beinahe völlig ein.

Bisher war dieser Trip ein Reinfall. Jetzt nimmt das Ganze eine unerwartete Wendung.

Ich wische Helenas Bild vom Display, zaubere ein zweites Foto hervor, zeige auch dieses Olaf Sternbach.

Er nickt und lächelt. „Das ist das Mädchen. Hübsch."

„Ist diese junge Frau auch hier gewesen?“

Sternbach nickt. „Dieses Mädchen, ja. Wie auf dem anderen Foto.“

Ich lasse die Hand sinken. Das zweite Bild zeigt Lea.

Kapitel 23

Strasser muss auf mich gewartet haben, denn kaum stelle ich den Audi auf dem Parkplatz und den Motor ab, steht er neben meinem Fahrzeug.

Seine Ohren glühen, ein dünner Schweißfilm zeigt sich auf seiner Stirn und dunkle Flecken unter den Armen.

Ich steige aus, stecke mein Smartphone ein.

Eigentlich will ich ihn endlich fragen, ob er weiß, was aus Harrers Drogen geworden ist.

Aber ich komme nicht dazu.

„Nessa, gut dass Sie da sind."

„Was gibt's?", frage ich. In meiner Magengegend ballt sich etwas zusammen. Es ist fast, als hätte ich einen Fliegenschwarm verschluckt, der sich langsam, aber sicher durch meine Eingeweide arbeitet. „Was ist denn los?"

„Es hat eine Wendung gegeben. In den Ermittlungen."

„Was für eine Wendung?", frage ich.

„Reifenspuren", sagt Strasser. „Sie wurden am Rande des Tatorts gefunden und konnten nun einem Fahrzeug zugeordnet werden."

„Aha", sage ich zögerlich und runzle die Stirn. „Und weiter."

„Ah ja“, sagt Strasser und befeuchtet seine Lippen. „Es ist ein Honda. Ein Civic. Ziemlich breite Reifen.“

„Und?“

„Raten Sie, wem das Fahrzeug gehört hat.“

„Ich habe keine Ahnung, Strasser. Mann, reden Sie schon. Ich habe keine Nerven für diese Spielchen.“

„Harrer“, sagt Strasser. „Philipp Harrer.“

„Der Ex-Freund von Lea? Der Junge?“

Strasser nickt. „Er ist schon hier. Lange will ihn vernehmen lassen.“

„Verdammte Scheiße“, fluche ich und eile an Strasser vorbei.

„Was ist denn?“, ruft er mir nach. Dann höre ich seine raschen, kurzen Schritte hinter mir. „Es ist doch gut. Endlich ein Fortschritt.“

„Verdammte Scheiße ist das“, sage ich erneut und lasse Strasser stehen.

Auf dem Weg zum Besprechungsraum besorge ich mir einen Kaffee. Unmittelbar hinter der Glastür passt Lange mich ab.

„Schön, dass Sie es einrichten konnten, Frau Wolf. Vielleicht möchten Sie an der Befragung von Harrer teilnehmen? Obwohl, Sie hatten ja schon mit dem Herrn gesprochen, nicht wahr?“

„Was soll das?“, frage ich. „Sie wissen, dass er es nicht gewesen ist.“

„Das ist Ihre Meinung, Wolf. Wir halten uns an die Fakten.“

Ich zupfe an meinem Armband herum. „Fakten? Was für Fakten sollen das sein?“

„Reifenspuren“, sagt Lange. „In der Nähe des Fundorts. Und sie können seinem Auto zugeordnet werden.“

„Das Auto, das er verkauft hat?“

„Das hat er Ihnen erzählt, nicht wahr?“

Ich presse die Lippen aufeinander. Leider hat Lange recht. Ich habe es nicht überprüft.

Dennoch bleibe ich dabei.

Lange liegt falsch.

Es wird eine Erklärung geben. Eine, die zeigt, dass Harrer nicht Leas Mörder ist.

Aber das kann Lange im Augenblick nicht sehen. Er ist so versessen auf den Erfolg. Wahrscheinlich ist er erleichtert, dass er den Haien von der Presse etwas vor die hungrigen Mäuler werfen kann. Außerdem dürfte ihm beinahe einer abgehen, weil er mir einen reinwürgen kann.

„Ich will bei der Befragung dabei sein.“

„Wie Sie wünschen“, sagt Lange. Ein hässliches Grinsen zuckt um seinen Mund. „Kein Problem. Weiland wird Ihnen zur Hand gehen.“

Der Kollege sitzt bereits im Besprechungsraum am Tisch, sieht demonstrativ auf die Uhr, als ich das Zimmer betrete.

Auch Philipp Harrer hockt ihm gegenüber auf seinem Stuhl. Harrer knetet seine Hände, sein Blick zuckt hektisch hin und her, ehe er sich auf mich fixiert.

In seinen Augen lese ich stummes Flehen, genauso wie die unausgesprochene Anklage.

Wieso bin ich hier?

„Die Kollegin Wolf vom BKA kennen Sie ja bereits, nicht wahr?“, fragt Weiland.

Harrer nickt nervös, senkt den Blick.

„Gut“, sagt Weiland. „Dann können wir anfangen. Sind Sie so weit, Frau Wolf?“

Ich nehme Platz. Mein Hals ist trocken, meine Stimme rau. „Ja."

Weiland schaltet den Rekorder ein. Er lässt sich Zeit, liest in einem Pappordner, den er auf den Tisch gelegt hat. Er blättert in der Mappe, würdigt Harrer keines Blickes.

Bis er es doch tut.

Er sieht ihn an, starrt.

Bis Harrer schließlich wegschaut. Er sucht den Blickkontakt mit mir. Ich sehe ihn ausdruckslos an.

Harrer hat Angst. Zweifelsohne. Aber nichts an ihm ändert meinen Eindruck, den ich hatte, als ich ihm zum ersten Mal begegnet bin.

„Hast du Lea getötet?", fragt Weiland ohne Umschweife. Er fixiert Harrer. „Hast du sie umgebracht, Philipp?"

Harrer befeuchtet seine Lippen, sein Kehlkopf zuckt. „Nein."

„Ich glaube dir nicht", sagt Weiland. „Und weißt du auch wieso?"

Harrer schüttelt den Kopf.

Weiland grinst. „Sicher? Ich denke, du weißt wieso?"

„Nein, keine Ahnung."

„Wir haben Reifenspuren entdeckt. Ganz in der Nähe des Fundorts der Leiche deiner toten Freundin. Was kannst du mir dazu sagen?"

Harrer zuckt mit den Schultern.

Ich gebe es ungern zu, aber Weiland hat da in etwas hineingestochen. Harrer wirkt nicht mehr so unschuldig, wie er tut. Er war da. Er hat gelogen. Er hat seinen Wagen nicht verkauft. Zumindest nicht schon vor ein paar Monaten.

Ich räuspere mich leise. „Philipp?"

Er sieht mich an.
„Du warst dort, oder?“
Seine Augenbrauen zucken. Was immer er sich aufgebaut hat, sein Gebäude aus Lügen und Ausreden bricht hier und jetzt zusammen. Die Maske fällt ihm vom Gesicht. Seine Stimme ist leise, klingt zerbrechlich, fast hohl. „Ja.“
Das Wort scheint in dem kleinen Raum nachzuhallen, dabei ist es kaum zu hören.
Weiland hält sich zurück. Zumindest für den Moment.
„Was hast du dort gemacht?“, frage ich.
Harrers Blick irrt durch den Raum, dann starrt er die Tischplatte an, seine Finger, die flach darauf liegen und leicht zittern. „Ich war dort.“
„Warum?“
„Lea …“, sagt er, schluckt und hält einen Augenblick inne. „Ich habe … Ich habe sie manchmal beobachtet.“
„Weshalb?“, frage ich.
Er zuckt mit den Schultern.
„Hast du sie umgebracht?“, frage ich.
Harrer ist kaum zu verstehen. „Nein.“
„Lauter, bitte“, fordert Weiland. „Hast du Lea getötet?“
Harrer schüttelt den Kopf und presst die Lippen aufeinander.
Weiland legt ein Foto aus der Mappe auf den Tisch. Lea. Tot. Die Strangmarken an ihrem Hals zeichnen sich deutlich gegen die bleiche Haut ab.
„Ich war das nicht“, sagt Harrer. Tränen schießen ihm in die Augen. Er klingt jetzt wie ein kleiner Junge.
„Deine Reifenspuren waren am Fundort der Leiche, Philipp“, sage ich. „Du hast mir gesagt, dass du das Auto verkauft hast.“

„Das habe ich“, antwortet er. Sein Kopf läuft hochrot an. „Aber gerade erst. Danach.“

„Wonach?“, fragt Weiland. „Nach der Tat?“

Harrer nickt. „Aber ich war es nicht. Ich war dort. Aber ich habe sie nicht …“

„Dennoch hast du gelogen“, sage ich.

Er nickt erneut. „Tut mir leid.“

Ich schüttle den Kopf. Lache freudlos auf. Dann schlage ich mit der flachen Hand auf den Tisch. „Verdammt, Philipp. Du bist ein Idiot. Wie soll ich dir noch etwas glauben?“

„An wen hast du das Auto verkauft?“, fragt Weiland.

„An irgendeinen Typen. Das lief übers Internet.“

„Großartig“, sagt Weiland. Ironie tropft von seinen Lippen. „Hast du vielleicht auch einen Namen?“

„Ich war nur dort, um Lea zu sehen“, sagt Harrer. „Mehr nicht. Ich habe ihr nichts getan.“

„Hast du denn gesehen, wer es getan hat?“, frage ich.

Harrer schweigt, stiert auf seine Hände.

„Philipp, ich glaube, dir ist nicht klar, wie tief du dich in die Scheiße geritten hast“, sage ich. Und mich ebenfalls. Aber das sage ich nicht. Ich weiß es. Weiland weiß es. Alle wissen es.

Mein Kopf liegt genauso in der Schlinge wie Harrers. Ebenso wie er bin ich selbst schuld an der Misere.

„Noch einmal, Philipp …“, sagt Harrer.

Die Befragung zieht sich hin, dreht sich im Kreis. Weiland stellt Harrer immer wieder die gleichen Fragen. Hier und da ändert er ein Wort, aber es geht stets um dasselbe Thema.

„Warum warst du dort, Philipp?“

Er will Harrer zermürben, will ihn verwirren, in Widersprüche verwickeln. Unsicherheit säen.

Mich hat Harrer getäuscht, zumindest für einen Moment. Als ich Harrer in seiner Wohnung begegnet bin, war ich sicher, dass er Lea nicht getötet hat.

Die Befragung wirft ein anderes Licht auf ihn.

Kurz habe ich gezweifelt. An ihm. An mir.

Inzwischen bin ich sicher.

Harrer mag nicht nur ein harmloser Nerd sein. Er ist ein Stalker. Unter Umständen kann auch er töten.

Aber so geht es uns allen.

Bei der richtigen Temperatur kochen wir über.

Allerdings hat Harrer das nicht getan.

Hat er gelogen? Zweifellos. Aber hat er Lea getötet?

Ich denke nicht.

Er hat ihn nicht getan, diesen Schritt aus dem Schatten. Vom Stalker zum Mörder ist es zugegebenermaßen nicht mehr weit. Und doch: Für Typen wie Harrer ist es eine Welt.

„Warum bist du Lea gefolgt?“, fragt Weiland zum x-ten Male.

Harrer starrt auf seine Hände, die verkrampft zitternd und zu Fäusten geballt auf dem Tisch liegen. Seine Stimme ist nur noch ein Flüstern. „Ich war da. Ich wollte Lea nur nahe sein.“

„Aha“, sagt Weiland. „Und dann?“

Harrer hebt den Kopf ein wenig. „Ich habe sie nicht umgebracht.“

„Und das soll ich glauben?“, fragt Weiland.

„Ich habe sie manchmal beobachtet“, sagt Harrer erneut. „Dann habe ich sie aus den Augen verloren.“

Weiland fixiert den jungen Mann. „Um dann rein zufällig am Schwimmbad über ihre Leiche zu stolpern. Natürlich. Willst du mich verarschen?“

„Ja, verdammt", sagt Harrer. „Also, ich will Sie nicht verarschen, aber ich habe sie zufällig gefunden, als ich zum Freibad bin."

„Warum?", fragt Weiland. „Das Bad hatte doch geschlossen."

Harrers Kehlkopf zuckt. „Wir … wir hatten da eine gute Zeit. Das war unser Platz, verstehen Sie? Es ist einfach … gute Erinnerungen."

Weiland starrt Harrer an. „Gute Erinnerungen."

Harrer legt seine Hände flach auf den Tisch. „Ich habe angerufen. Als sie so dalag. Ich habe nichts angefasst. Aber ich habe angerufen."

Ich beuge mich vor. „Du hast angerufen?"

„Du warst der anonyme Anrufer?", fragt Weiland.

Harrer nickt. „Ja."

Mein Telefon vibriert. „Sorry."

Auf dem Display scheint Lexis Nummer auf. Kaum dass ich den Anruf annehme, fängt Lexi an, hastig zu sprechen.

Ich verstehe kaum ein Wort. Nur irgendetwas von einem Video und immer wieder ein „Das musst du dir ansehen, Nessa".

„Lexi, stopp!"

„Was denn?" Ihre Stimme klingt eingeschnappt. Wie die eines Kindes, dem man sagt, es solle die Finger aus der Tüte mit den Gummibärchen lassen.

„Es tut mir leid", sage ich. „Aber ich habe jetzt keine Zeit für irgendwelche Videos."

„Aber es ist wichtig, verdammt."

Ich seufze. „Hör zu, Lexi. Ich kann jetzt nicht reden. Ich hole dich später ab. Dann können wir sprechen, okay?"

Ich kann nicht sagen, ob Lexi nachdenkt und deshalb schweigt oder ob sie tatsächlich eingeschnappt ist.

Eine Antwort erhalte ich jedenfalls nicht.

Das Telefon meldet einen anklopfenden Anrufer.

Charly.

„Warte bitte kurz, Lexi", sage ich und wechsle auf die andere Leitung. „Charly?"

„Ja", sagt er und klingt ein wenig atemlos.

Augenblicklich schlägt mein Herz schneller. „Alles okay bei dir? Geht's euch gut?"

„Ja", antwortet er. „Alles okay. Mir geht's gut und den Katzen auch."

Ich atme aus, und ein Lächeln blitzt über mein Gesicht. „Was ist denn los?"

„Du musst dir das ansehen, Nessa."

„Was denn?"

„Dieses Video", sagt er. „Ich schicke dir den Link."

Kapitel 24

Der Bildschirm bleibt lange schwarz. Das übliche Intro, das jedem Video von ASMR-Angelina vorangestellt ist, fehlt.

Es ist kein leises Klopfen zu hören, kein vorsichtiges Kratzen auf Papier, kein Flüstern.

Nur ein kaum hörbares Schluchzen.

Dann erhellt sich der Bildschirm allmählich.

Schwaches Licht. Angelinas Gesicht, angestrahlt von einer Lampe, so als hielte man ihr eine Taschenlampe entgegen.

Ihre Schminke ist zerlaufen. Tränen ziehen dunkle Schlieren über ihre Wangen.

„Ich muss euch etwas sagen", stammelt Angelina.

Sie beugt sich vor, näher an die Kamera.

So nah, dass man beinahe glaubt, ihre tränennassen Wangen oder sogar die einzelnen Tränen berühren zu können.

Ihr Mund bewegt sich. Doch die Worte sind nicht zu verstehen.

Abrupt reißt sie ihren Kopf nach hinten. Ihre Augen sind geweitet und starr. Sie blickt irgendwo in den Bereich hinter der Kamera, außerhalb des Bilds.

Schließlich schaut sie wieder unmittelbar in die Kameralinse, fährt sich mit dem Handrücken über die Nase.

„Ich habe gelogen“, sagt sie. „Ich habe immer nur gelogen. Schlimmer noch: Ich habe euch angelogen.“

Ein kurzer Moment des Schweigens.

„Ich kann das nicht länger. Jetzt nicht mehr. Ich muss die Wahrheit sagen. Ich muss es jetzt tun.“ Sie zieht leise die Nase hoch. „Die Dinge, die passiert sind. Lea …“

Wieder vergehen zwei, drei Herzschläge, in denen nicht mehr zu hören ist als Angelinas Atmen, unterbrochen von leisen Schluchzern.

„Es tut mir leid“, sagt sie schließlich.

Sie sagt es ein zweites, drittes und einige Male mehr.

Es wirkt beinahe wie ein Mantra. Ein zerstörerisches, dunkles Mantra.

„Es tut mir so leid. Ich habe immer nur gelogen. Ihr alle seid mir scheißegal. Es ging immer nur um mich.“

Sie hebt eine Hand, spielt hektisch mit ihren Haaren.

„Ich kann es nicht … Ich weiß nicht. Lea … Ich habe Angst. Wirklich eine Scheißangst. Es tut mir leid. Ich hätte …“ Angelina starrt direkt in die Kamera. Das schwache Licht spiegelt sich in ihren Augen. „Die Angst frisst mich auf. Diese Scheißangst …“

Die nächsten Worte versinken in ersticktem Weinen. Angelina presst eine Hand auf ihren Mund.

Dann sitzt sie einfach nur da, starrt in die Kamera, ehe sie noch einen Satz sagt, bevor der Bildschirm wieder schwarz wird und das Video endet. „Sie sind hinter mir her.“

Ich starre auf das Standbild. Angelinas Gesicht. Die zerlaufene Schminke. Die feucht glänzende Angst in ihren Augen. Ihre Stimme hallt in meinem Verstand nach.

Sie sind hinter mir her.

Kapitel 25

Ich sehe das Video ein zweites und ein drittes Mal. Dann versuche ich, Lexi zu erreichen.

Sie hatte mich angerufen, wollte mir von dem Video erzählen, mich offenbar warnen.

Aber ich habe sie nicht zu Wort kommen lassen.

Sie meldet sich erst beim zweiten Versuch.

Ihre Stimme klingt seltsam. Jung, jünger als sonst, und verängstigt.

„Waren wir das?“, fragt Lexi.

„Was?“

„Haben wir ihn … den Kerl auf ihre Spur gebracht? Ist das unsere Schuld?“

„Schuld? Woran denn? Lexi, was ist los? Du redest ziemlich wirres Zeug.“ Ich stelle mich dumm, weiß, wovon sie spricht, aber ein Teil von mir will es nicht sehen, will nicht in den Spiegel schauen. Meine Finger tippen einen unsteten Takt, immer gegen die eigenen Fingerspitzen. Ich atme flach, schwitze – und ich weiß viel zu gut, was Lexi meint.

„Ich weiß nicht“, antwortet sie. „Das Video und … Shit, ich weiß doch auch nicht. Haben wir sie in Gefahr gebracht?“

Ich atme tief ein und in einem langen Zug aus. Die Wahrheit ist: Ich weiß es nicht. Was ich tue, ist keine exakte Wissenschaft, aber das kann ich ihr nicht sagen. „Nein."

„Ich fühle mich schuldig", sagt Lexi.

„Ich weiß."

Ich weiß es nur zu gut, weil genau in diesem Augenblick Zweifel und das Gefühl von Schuld nach mir greifen.

Ich habe gesehen, was anderen widerfahren ist. Ihr Leid. Das Unrecht. Schmerz, Angst und Tod. Ich habe ihre verstümmelten Körper betrachtet, die entstellten Leichen.

Und ich habe gelernt, wie man es ausblendet, wie man sich wegdreht. Man sperrt die Bilder aus seinem Kopf, schaltet die Gefühle ab, sitzt zu Hause auf der Couch, kuschelt mit den Katzen und schaut sich Tiervideos im Internet an, um alles andere auszublenden.

Ganz so, als spielten das Leid und der Schmerz der Opfer keine Rolle. Als würden sie nicht mehr existieren, wenn man die Haustür hinter sich schließt. Das mag herzlos klingen, ist es aber nicht. Es ist notwendig. Zumindest ab und an.

Aber das Gefühl der Schuld schwingt trotzdem mit. Es ist da. Immer.

Genauso geht es Lexi auch.

Zweifel und Schuld fressen uns auf, nagen sich durch unseren Verstand, bis nur noch ein irrationaler Sumpf aus Fragen und Selbstvorwürfen zurückbleibt.

„Nein", sage ich erneut – und ich weiß nicht, wen ich überzeugen will. Sie oder mich?

Unwillkürlich zupfe ich an meinem Armband.

„Du hast recht", sagt Lexi abrupt. „Wir waren das nicht. Wie sollte das auch funktionieren?"

Okay, das war ein sehr plötzlicher Sinneswandel.

Aber im Augenblick habe ich keine Zeit und – offen gestanden – auch keine große Lust, mich mit Lexis Befindlichkeiten auseinanderzusetzen.

„Was weißt du über das Video, Lexi?"

„Ich? Gar nichts, verdammt. Ich weiß nichts darüber."

„Schon gut, Lexi. Es war nur eine Frage."

Lexis Stimme gewinnt an Schärfe. „Weißt du, was ich denke? Was ich wirklich über diese ganze Scheiße denke?"

„Nein, was denkst du?"

„Das ist ein Work." Lexi lacht. Aber ihr Lachen klingt anders als sonst. Dunkler, irgendwie zynisch. Schrill. „Am Ende hat die Tussi das noch nur für den Fame gemacht."

„Was meinst du?", frage ich und bemühe mich, ruhig zu sprechen.

„Weißt du, was ihr das bringt? All die Klicks, die Aufmerksamkeit. All das."

„Inwiefern?"

„Weißt du, wie alle um sie herum springen werden, wenn sie das arme, arme Opfer spielt? Diese Scheißleute. Das Scheißinternet. All die Spinner, die Fußfetischisten, die Idioten. Die ganzen notgeilen Böcke, diese … Wichser."

Ich presse das Ohr an mein Telefon.

Sie atmet schnell, hektisch. „Wichser … Wie Wichser mit drei X, you know?"

Ich lege die Stirn in Falten, verstehe nicht recht, was hier passiert. „Alles okay?"

Keine Antwort. Nur rasches Atmen.

Ich wünschte, ich stünde ihr gegenüber. Wünschte, sie wäre nicht nur am anderen Ende der Leitung, nicht nur am

Telefon. Ich wünschte, ich könnte sie sehen. Ihre Gestik, ihre Mimik. Sie.

Aber alles, was ich habe, ist ihr hektisches Atmen.

Es ist, als hätte Lexi für einen Augenblick die Beherrschung verloren.

Als hätte ich einen kurzen Blick hinter eine Maske erhascht, von der mir nicht klar war, dass sie existiert.

Auf eine andere Version von Lexi. Dunkler, voller Neid und Wut. Vielleicht sogar Hass.

Ein hässlicher Gedanke regt sich irgendwo in meinem Verstand, aber er verschwindet wieder, bevor er wirklich greifbar wird.

Schweigen.

Ich höre Lexi atmen und auch wie ihre Atmung langsam ruhiger wird. Leiser.

Dann hat sie sich wieder im Griff, und die dunkle Lexi ist verschwunden, wie eine Gewitterwolke nach einem kurzen, aber heftigen Gewitterschauer.

Lexi ist wieder die, die sie vorher gewesen ist. Ich kann sie in Gedanken vor mir sehen.

Lexi. Stardust. Lächeln und Glitter. Glänzende Augen, der Nasenring.

Aber es ist ein dunkler Schatten darauf gefallen.

Unheimlich. Creepy, wie sie es nennen würde.

Kapitel 26

„Diese Angelina ist nicht erreichbar“, sagt Strasser, als ich ihm auf dem Flur des Dienstgebäudes begegne. „Wir haben eine Streife losgeschickt, aber es macht niemand auf. Wir haben ihre Agentur kontaktiert, aber da weiß man auch nichts.“

Zum Telefonieren hatte ich mich in mein Abstellzimmer zurückgezogen. Strasser scheint auf dem Gang auf mich gewartet zu haben.

„Haben wir eine Möglichkeit in ihre Wohnung zu gelangen?“, frage ich.

Strasser lässt die Mundwinkel hängen. „Ein Beschluss wird sicher dauern. Aber es ist ja nun Anlass zur Sorge, nicht?“

„Gefahr im Verzug“, sage ich. „Denken Sie nicht?“

Strasser sieht mich skeptisch an. Das letzte Mal, als ich Gefahr im Verzug witterte, ist ihm offenbar noch zu frisch im Gedächtnis geblieben. Mein Beugen der Regeln, was zum Auffinden des toten Vaters von Lea Grimm geführt hat. Und der Ärger, den die ganze Angelegenheit nach sich gezogen hat.

Ich bin mir sicher, dass Lange Strasser hinter verschlossener Tür zusammengefaltet hat.

Aber, verdammte Scheiße, man kommt nicht weiter, wenn man nur nach dem Regelbuch spielt. Das machen die anderen schließlich auch nicht.

Mit dem Internet ist ein neuer Spielplatz hinzugekommen. Serienmörder sind Jäger. Prädatoren. Anders als die Dinosaurier passen sie sich an.

Also müssen wir das Gleiche tun.

Das Internet ist eine Waffe. Was man allein mit wenigen Minuten Einsatz und ein paar frei verfügbaren Werkzeugen herausfinden kann, ist erschreckend.

Und faszinierend. Das Netz kann zur Falle werden – und es vergisst nicht.

Ich weiß nicht, ob Strasser das versteht, aber es scheint, er überwindet diese ängstlich-vermeidende Version seiner selbst allmählich.

Strasser reibt sein Kinn. „Vielleicht haben Sie recht, Nessa."

„Auf jeden Fall. Wir fahren hin. Vielleicht kann uns ein Nachbar oder ein Hausmeister etwas sagen. Jemand verständigt die Hausverwaltung oder wer auch immer zuständig ist. Und wenn nichts anderes bleibt, treten wir die Tür ein. Aber wir müssen uns vergewissern, was los ist. Daran führt kein Weg vorbei."

Strasser runzelt die Stirn. „Sie denken, dass …"

„Ich habe keine Ahnung, Strasser. Aber sehen wir lieber nach."

Kapitel 27

Strasser und ich haben uns nicht die Zeit genommen oder die Mühe gemacht, einen Durchsuchungsbeschluss zu besorgen.

Stattdessen haben wir den Hausmeister, der im unteren Stockwerk wohnt, abgefangen, mit unseren Marken vor seiner Nase herumgewedelt und ihm mit knappen Worten die Lage geschildert.

Offenbar haben ihn das und die unterschwellige Androhung von verdammt viel Ärger überzeugt.

Jedenfalls hat er uns mit einem Generalschlüssel die Tür geöffnet und in die Wohnung gelassen.

Ich bin froh, dass ich sie nicht eintreten oder aufbrechen musste, und einigermaßen überrascht, dass Strasser keine Einwände mehr zu haben scheint.

Vielleicht hat er den Ernst der Lage erkannt. Oder er hat sich einfach in sein Schicksal gefügt.

Es spielt keine Rolle.

Der Hausverwalter schenkt uns ein knappes Nicken, als er die Wohnung aufschließt, und tritt einen Schritt zurück.

Ich tausche einen Blick mit Strasser, dann trete ich über die Schwelle.

Die Luft in Angelinas Wohnung schmeckt schal und abgestanden.

Ich hätte das Prozedere einhalten und darauf warten können, was die Streife herausfindet. Aber es war mir ein Bedürfnis, selbst nachzusehen. Irgendwo in meiner Magengrube schwelt das leise Gefühl, jemand könnte etwas übersehen.

Ich muss dem nachgehen.

Ich muss mich einfach umsehen.

Allein.

Ich muss die Erste sein, die hier ist. Alles so erfahren, wie es hinterlassen wurde.

Dieses Bedürfnis ist ein Kratzen auf der Haut. Ein Wespenstock in meinem Magen.

Ich kann nicht anders.

Falls niemand etwas übersieht, ist es gut. Falls ich etwas übersehe, verzeihe ich mir das nicht. Niemals.

Strasser bleibt am Wohnungseingang stehen, zieht ein paar Latexhandschuhe über und reicht mir ebenfalls ein Paar.

„Danke."

Ich weiß nicht, weshalb ich beinahe flüstere. Vielleicht, weil ich mich wie ein Eindringling fühle.

Und das bin ich ja auch.

Aber es ändert nichts an der Sache.

„Keine Einbruchsspuren", bemerkt Strasser. „Die Tür ist völlig unversehrt."

Ich nicke. „Sie kannten sich offenbar. Jedenfalls gut genug, dass Angelina sie hereingelassen hat."

„Sie?"

„Die Person", sage ich. „Die Person, die hier gewesen ist."

Strasser bläst seine Wangen auf. „Puh … das ist …"

Ich zeige auf die Tür zum Badezimmer, während ich den kurzen Flur durchquere. „Sehen Sie dort nach, Strasser."

Er nickt.

Durch das Fenster im Wohnzimmer und die offene Tür zum Flur fällt das orange Strahlen des sich ankündigenden Sonnenuntergangs.

Ich gehe in den Wohnbereich, und es ist offensichtlich, dass hier etwas geschehen ist. Als ich zum ersten Mal hier gewesen bin, war die Wohnung recht ordentlich. Nicht so penibel oder steril wie im Haus der Grimms. Aber alles war an seinem Platz.

Jetzt liegen verschiedene Papiere auf dem Schreibtisch und dem Boden darunter verstreut. Ein Stativ für eine Kamera und ein Ständer für die Beleuchtung sind umgefallen.

Ich darf nichts anrühren, um keine Spuren zu vernichten, und hoffe, Strasser ist so geistesgegenwärtig, ebenfalls daran zu denken.

Das Betreten der Wohnung ist schlimm genug. Wir müssen es nicht noch schlimmer machen.

Ich könnte nach ihm rufen, aber tatsächlich kann ich es nicht, denn ich atme mit offenem Mund.

Mein Herz pocht in meinem Hals, sodass es mir fast die Luft abschnürt.

Vorsichtig setze ich einen Fuß vor den anderen, darauf bedacht, nichts zu berühren. Nichts zu verändern.

Ich werfe einen Blick in jede Ecke des Wohnraums, der Schlafecke und auch der Kochnische.

Es ist niemand hier. Niemand außer mir und dem Kollegen.

Ich höre leise Schritte.

Strasser.

Er bleibt unter dem Türbogen stehen, schüttelt den Kopf und hebt seine Hände. „Nichts. Nur dieses Glitterzeug klebt einfach überall. Selbst an den Handschuhen."

„Ja", antworte ich leise.

Dann sieht er die verstreuten Papiere und pfeift. „Was ist denn hier passiert?"

Ich nicke. „Verständigen Sie die Kollegen und die Spurensicherung?"

„Geht klar."

Strasser wendet sich ab, fünf Sekunden später schließt er die Wohnungstür hinter sich.

Ich bin allein.

Langsam gehe ich in die Hocke. Etwas fällt mir ins Auge.

Ein schwaches Leuchten. Eine rote LED.

Die Kamera, die zu dem umgestürzten Stativ gehört.

Das Gerät ist unter die Couch gerutscht. Das Lämpchen leuchtet, und wenn mich nicht alles täuscht, heißt das, sie zeichnet auf.

Ich halte die Luft an, kauere auf den Knien.

In meinem Kopf pulsieren die Worte.

Du darfst nichts verändern.

Andererseits könnte jede Minute wertvoll sein.

Ich blicke auf meine Hände, dann zu dem Stativ.

Und ich treffe eine Entscheidung.

Fünf Minuten später habe ich die Kamera mit Hilfe des Stativs unter dem Sofa hervorgeholt. Ich weiß, ich werde mir damit Ärger einhandeln. Aber davon habe ich ohnehin genug.

Allerdings bringt die Kamera mich nicht weiter.

Es ist nicht viel mehr daran zu sehen als die immer noch leuchtende rote LED.

Inmitten des Zimmers hockend, drehe ich mich um mich selbst. Dann sehe ich den Laptop auf dem Tisch.

Auf den ersten Blick sah er geschlossen aus, aber durch die veränderte Perspektive erkenne ich den schmalen Spalt – und das schwache Glimmen des Monitors.

Als Strasser zurückkehrt, sieht er mich auf dem Stuhl vor dem Schreibtisch sitzend, wie ich gerade dabei bin, den Deckel des Rechners hochzuklappen.

Der Kollege bleibt an der Tür stehen, schluckt hart und wird schlagartig weiß im Gesicht. So weiß, dass er als Nippesfigur ins Haus der Grimms gepasst hätte.

„Was ist?", frage ich und bemühe mich, unbeteiligt zu klingen.

Er zeigt auf den Computer. „Was ist mit … Spuren?"

„Ich verändere nichts", sage ich, hebe meine Hände und drehe sie hin und her. „Sie haben mir ja glücklicherweise die Handschuhe gegeben."

Dennoch schüttelt Strasser hilflos den Kopf und murmelt etwas Unverständliches.

„Kriegen Sie sich ein, Strasser", sage ich. „Der Stress wird sich lohnen. Ich habe etwas gefunden."

Kapitel 28

Die Luft schmeckt feucht und abgestanden auf ihren rissigen Lippen. Schmerz durchfährt ihren Körper, wie ein dunkles Pulsieren, das sich aus weiter Ferne zu ihr durchfrisst.

Ein grober Holzbalken drückt sich in ihren Rücken. Irgendwo draußen, in einiger Entfernung, schreit eine Krähe.

Sie reißt die Augen auf, nur um ganz sicherzugehen, dass sie offen sind.

Dass sie nicht träumt.

Da ist ein penetrantes Pochen. Direkt hinter ihren Augen, in ihren Schläfen.

Schmerz bindet sie an die Wirklichkeit, verrät ihr, dass es echt ist.

Wie die weißen, unnachgiebigen Kabelbinder, die ihre Hände fesseln.

Was ist passiert?

Und wo ist sie überhaupt?

Das scheinen die Fragen zu sein, die alles entscheiden.

Nein, nicht alles. Denn eine Frage ist fast noch wichtiger: Was wird als Nächstes geschehen?

Was wird mit ihr geschehen?

Was hat man mit ihr vor?

Eine leise, bösartige Stimme meldet sich in einer dunklen Ecke ihres Verstandes, flüstert ihr zu.

Das weißt du schon.

Sie presst die Zähne aufeinander, schüttelt den Kopf, versucht, den Gedanken, die Stimme loszuwerden.

Es ist nur ihre Angst. Ihre eigene Angst.

Aber die Frage bleibt dennoch: Was wird man ihr antun?

Von draußen klingen Schritte zu ihr durch. Leises Knarren von Holzdielen. Eine Tür wird geöffnet.

Der Lichtkegel einer Taschenlampe frisst sich durch das Zwielicht, scheint ihr ins Gesicht und blendet sie.

Die Stimme klingt dunkel zu ihr durch. Wie ein Flüstern im Nebel, der alles bedeckt und jedes Geräusch abdämpft. Aber die Worte sind schmerzhaft klar.

„Du wirst sterben. Nicht sofort, aber du wirst sterben, Angelina, und vor allem wirst du leiden.“

Kapitel 29

Zunächst scheint das Video genauso zu beginnen wie das letzte, das Angelina hochgeladen hat. Der Bildschirm ist schwarz. Kein Geräusch zu hören, abgesehen von einem leisen, kaum wahrnehmbaren Rauschen.

Dann jedoch ändert sich das Bild.

Das Video zeigt Angelinas Wohnung. Es dauert einen Moment, dann habe ich mich an den Winkel gewöhnt.

Die Tür ist nicht auszumachen, außerdem ist die Aufnahme etwas verwackelt, so als läge die Kamera irgendwo, hastig abgelegt oder nachlässig auf das Stativ geklemmt vielleicht, aber ein Teil des Wohnbereichs ist im Bildausschnitt zu sehen.

Irgendwo außerhalb des Bilds sind Geräusche zu vernehmen. Stimmen. Aber sie sind so leise und verwaschen, dass es nicht einmal hilft, die Lautstärke aufzudrehen.

Es vergehen zwei, drei Minuten, in denen nichts geschieht.

Ich lasse das Video ein Stück vorlaufen.

Dann tritt Angelina ins Bild. Ich verstehe nicht, was sie sagt, aber ihre Körpersprache wechselt von einem neutralen Ausdruck zu einem, der ihrem Gegenüber Abwehr signalisiert.

Sie hebt eine Hand. Kurz erhasche ich einen Blick auf ihre Augen. Geweitet.

Außerhalb des Bildes rumpelt etwas. Dinge werden umgestoßen.

Das Chaos bricht los.

Angelina tut ein, zwei Schritte zurück, hebt jetzt beide Hände weiter an und streckt sie nach vorn.

Sie sendet uns eine Nachricht, schaut kurz in die Kamera. Ihre Lippen bewegen sich, aber ich kann nichts darin erkennen.

Sie bemüht sich, in dem Bereich zu bleiben, den die Kamera erfasst.

„Gott, ist das gespenstisch", murmelt Strasser.

Er steht hinter mir. Ich kann seinen Atem hören, und wenn er sich noch ein wenig weiter nach vorn beugt, spüre ich ihn warm in meinem Nacken.

Ich schieße ihm einen Blick zu, und der Mann hat offenbar verstanden, denn er richtet sich auf.

„Ja, das ist es", antworte ich.

Angelina starrt ihr Gegenüber an. Aber die Person steht gerade außerhalb des Bilds, sodass sie nicht zu sehen ist.

Wieder tobt Lärm durch die Wohnung.

Angelina schreit auf.

Dann greift eine Hand nach ihr, zerrt an ihrer Kleidung und zerreißt ihre Bluse.

Der Stoff hängt in Fetzen an ihr. Nur ein schwarzer BH verdeckt ihre Nacktheit.

Ich rücke näher an den Bildschirm.

Die Person packt Angelina, zerrt sie außerhalb des Bildausschnitts.

Kampfgeräusche branden auf.

Das Kamerastativ kippt um.

Schreie.

Aber wir sehen nichts mehr. Nur den Ausschnitt, den die Kamera erfasst hat, seit sie unter die Couch gefallen ist.

Dann wird es still.

Die Tür wird zugeschlagen. Ein Knall.

Stille, die an Endgültigkeit erinnert.

Ich starre auf den Bildschirm. Nichts. Ich spule vor, bis ich mich irgendwann selbst auf dem Video erkenne.

Mein Herz schlägt in schnellem Takt in meiner Brust. „Das ist alles", sage ich. „Mehr ist nicht drauf."

Ich wende mich zu Strasser um.

Sein Gesicht ist fahl, noch bleicher als zuvor. Er spricht das Offensichtliche aus. „Sie wurde entführt."

Ich spule ein Stück zurück, zu einem Moment, als Angelina gerade in die Kamera blickt und die ersten Anzeichen von Abwehr auftauchen.

„Etwas Gutes hat das Video", sage ich.

„Und was?"

„Wir wissen, wann es passiert ist." Mit dem Finger zeige ich auf die Anzeige für Datum und Uhrzeit und sehe Strasser an. „Zu diesem Zeitpunkt saß Philipp Harrer noch in unserem Befragungsraum. Er kann nicht unser Mann sein. Nicht, wenn wir nur von einem Täter ausgehen."

Kapitel 30

Inzwischen hat ein neuer Tag begonnen, aber ich bin mir nicht sicher, ob das zählt, weil weder ich noch irgendwer sonst hier in der Zwischenzeit geschlafen hat.

Wir sitzen vor der Tafel, den Bildern, den Kärtchen und eingekreisten Stichwörtern, geschrieben mit schwarzen, roten und blauen Markerstiften. Es wirkt zusammenhanglos, fast chaotisch. Wie Puzzlestücke, die aus der Schachtel auf den Teppich gekippt wurden. Jeder stiert auf das Chaos darauf und kramt in seinem Verstand nach den passenden Teilen.

Das Ganze dient nur einem Zweck. Am Ende zeigt das Puzzle immer das Gleiche: ein Gesicht, im besten Fall den Namen dazu.

Aber uns läuft die Zeit davon.

Jeder, der im Besprechungsraum sitzt und an die Tafel starrt, hat das Video gesehen.

Jeder weiß, worum es geht.

Angelina ist in Gefahr. Ohne jeden Zweifel.

Sie wurde entführt.

Bei Helena und Lea kamen wir zu spät. Niemand wusste von ihrem Verschwinden.

Bei Angelina ist es anders, aber das war nicht zwingend eine Entscheidung des Täters.

Es ist eine Abweichung von den bisherigen Fällen, sicher. Aber das haben wir Angelina zu verdanken. Sie hat uns die Chance gegeben, sie zu retten. Rechtzeitig zu sein.

Jedenfalls nehmen wir das an.

In jedem Fall, bei jedem Täter findet sich eine Spur von Wahnsinn in der Methode. Das erklärt oft die nicht nachvollziehbaren Fehler, die auf den ersten Blick keinen Sinn ergeben. Abweichungen, die man nicht verstehen kann, weil sie den Täter in Bedrängnis bringen können.

Das Berühren eines Opfers ohne Handschuh, das Hinterlassen von DNS-Spuren. Die Rückkehr an den Tatort.

Die Liste geht weiter und weiter.

Die meisten haben keine Gründe, keine Antwort auf die Frage, warum sie es getan haben. Nur die eine: Ich musste es tun. Das ist etwas, was ich verstehe und gleichzeitig nicht begreifen kann. Den Zwang, etwas zu tun, kenne ich nur zu gut. In meinem Fall wird er nur übertroffen von dem Drang, etwas zu verstehen. Nicht immer, aber meistens.

Für den Moment steht die Frage nach dem Warum zurück. Im Moment geht es um das Wo und vor allem: Wie viel Zeit bleibt uns – und Angelina?

„Was machen wir mit diesem Video?“, frage ich und blicke in ratlose Gesichter.

„Es gibt keinerlei Anhaltspunkte“, sagt Weiland.

„Auf dem Video … das könnte jeder sein“, meint Ebel.

„Ich weiß, ich weiß“, sage ich. Aber wir müssen etwas tun. Ich muss etwas tun. „Uns läuft die Zeit davon.“

Alle sind müde. Alle sind erschöpft.

Aber das ist Angelina auch, und sie hat Todesangst.

Ich weiß nicht, wie das ist. Selbst wenn ich versuche, nachzuempfinden, was sie fühlt, bin ich auf Empathie und die Erfahrungen aus Gesprächen mit Überlebenden angewiesen.

Das ist einfach nicht das Gleiche.

„Vielleicht hat es gar nicht mit unserem Fall zu tun“, entgegnet Lange.

„Und das macht es besser?“, frage ich. „Glauben Sie das wirklich?“

Er zieht eine Grimasse.

„Jedenfalls sind Streifenwagen und alle verfügbaren Kräfte informiert“, sagt Weiland. „Es wird mit allen Mitteln, die wir haben, nach ihr gesucht.“

„Das ist alles schön und gut“, sage ich. „Aber …“

Lange ballt auf dem Tisch die Hand zur Faust. Eine verräterische kleine Geste. „Was wollen Sie denn noch, Frau Wolf?“

Ich mustere ihn einen Moment, ehe ich etwas sage. „Das kann doch nicht alles sein, was wir tun, oder?“

Langes Stimme klingt zunehmend gereizt. „Was schlägt die Vertreterin unseres heißgeliebten BKA denn vor?“

Ich winke ab, schnappe mir meinen Laptop, spiele das Video noch einmal ab. „Wir übersehen etwas.“

Ich übersehe etwas.

Das Bild ist verwaschen, die Bewegung ist zu schnell.

Immer wieder spiele ich es vor und zurück.

Die eine Stelle, die mir Kopfschmerzen verursacht.

„Wonach suchen Sie eigentlich?“, fragt Ebel.

Ich zeige auf den Bildschirm. „Hier“, sage ich und tippe auf den Bildschirm. „Sehen Sie das, dieses Glänzende?“

Sie nickt. „Ja, was ist das?“

„Ich denke, es ist ein Armband oder eine Uhr."
„Ja, sicher. Und?"
„Ich habe dieses Ding schon einmal gesehen."
Alle blicken mich an. Ich sitze auf dem Stuhl, beuge mich nach vorn. Die rechte Hand bedient den Laptop. Die andere massiert meine Schläfe und Stirn.
„Und wo?", fragt Ebel.
„Ich bin mir nicht sicher." Ich forsche in meinem Gedächtnis. Das Video hüpft vor und zurück. Der Film in meinem Inneren ebenfalls.
Dann wird das Bild klar. Ich sehe es vor mir.
Die Szene auf dem Hof. Die toten Hühner.
Blutbefleckte Hände, die in den Eimer mit dem Wasser tauchen. Dann die Uhr, die er sich über das Handgelenk streift. Sie war mir aufgefallen, weil sie nicht passte. Nicht zu ihm.
„Sternbach", sage ich. „Olaf Sternbach. Er hat so eine Uhr."

Kapitel 31

In der Hoffnung, dass sie den längeren Hebel hat, rufe ich meine Chefin an. „Ich brauche deine Hilfe, Helene."

„Was ist los, Nessa?"

„Sternbach."

Der Moment des Schweigens, der auf das Aussprechen des Namens folgt, ist ein wenig zu lang und etwas zu unangenehm.

Ich ahne, was Helene sagen wird. Ich weiß es.

Aber sie weiß auch, dass sie mir vertrauen kann.

Dass sie mir vertrauen muss.

„Worum geht es genau?", fragt sie.

„Ich muss mit ihm reden. Mit Olaf. Es gibt Hinweise."

„Was für Hinweise?"

„Eine Uhr. Auf dem Video, das Angelinas Kamera aufgezeichnet hat, als sie entführt wurde."

„Wie eindeutig ist der Hinweis?"

Ich weiß, worauf Helene hinauswill, und wahrscheinlich hat sie recht. Aber das ist die Chance, die wir haben.

Die wahrscheinlich einzige Chance, die Angelina hat. Die Chance, für die sie selbst gesorgt hat.

„Ich weiß, was du sagen willst“, sage ich. „Aber …“

„Wie eindeutig ist dieser Hinweis, Nessa?“

„Eindeutig genug. Jedenfalls für mich.“

„Was sagt Lange dazu?“

„Was soll der schon sagen?“, frage ich. „Begeistert ist er nicht.“

„Das weiß ich bereits.“

„Ach ja?“

„Ja.“ Helene atmet leise in ihr Telefon. „Vergiss nicht, mit wem du sprichst.“

„Mach ich nicht“, entgegne ich. „Aber es ist dringend.“

„Das weiß ich, Nessa. Aber du kannst nicht einfach mit der Brechstange zum Vordereingang laufen, die Scheiben einschlagen und erwarten, dass sie dich mit offenen Armen empfangen.“

„Was heißt das?“

„Gib mir etwas Zeit, Nessa. Das heißt es.“

„Zeit? Helene, wir haben keine Zeit. Angelina hat keine Zeit.“

„Das weiß ich, Nessa. Beruhig dich, bitte. Es ist mir klar. Es ist mir absolut klar. Trotzdem gibt es Regeln.“

„Okay“, sage ich, auch wenn ich das Gegenteil meine.

„Gib mir etwas Zeit. Bleib dran, und ich schaue, was ich tun kann.“

Ich hole Luft und atme in einem langen Zug aus. „Was bleibt mir anderes übrig?“

„Nichts“, sagt Helene. „Finde weitere Hinweise. Bleib dran, Nessa. Ich melde mich.“

„Okay“, sage ich. „Und, Helene?“

„Ja?“

„Stehst du hinter mir?“

Ein Augenblick der Stille verstreicht. Ich presse mein Ohr ans Telefon, höre sogar das leise Schmatzen ihrer Lippen, als Helene ihren Mund öffnet und antwortet.

„Immer, Nessa. Das weißt du. Aber du musst bei der Sache bleiben. Mach nicht alles noch schwieriger, als es eh bereits ist.“

Nachdem Helene aufgelegt hat, atme ich durch, zupfe an meinem Gummiarmband.

Ich habe nicht die Zeit, mir über die Wortwahl meiner Chefin Gedanken zu machen.

Ich bin müde, habe nicht geschlafen und bräuchte Koffein und eine Dusche. In beliebiger Reihenfolge.

In meinem Magen herrscht Aufruhr, dass es sich anfühlt, als errichte ein Bienenschwarm sein Nest.

Und ich folge diesem Bauchgefühl, als ich Lexis Nummer wähle. Ich muss sowieso auf mein Zeichen von Helene warten, mir Sternbach zu schnappen.

Aber Lexi nimmt nicht ab, nur die Mailbox, und so ist es auch beim zweiten Versuch, sie anzurufen, nachdem ich mir in der Zwischenzeit einen Kaffee auf dem Flur besorgt habe.

„Verdammt“, fluche ich leise und ein bisschen lauter, als ich mir mit dem ersten Schluck aus der Tasse die Zunge an dem heißen Getränk verbrenne. „Verdammt nochmal.“

„Alles in Ordnung?“

Es ist Strasser, der hinter mir aufgetaucht ist und unschlüssig im Türrahmen steht.

Ich winke ab. „Ja, es ist nur … Ich erreiche Lexi nicht.“

„Und?“

Vorsichtig massiere ich mit Daumen und Zeigefinger meine Stirn. Ein dumpfes Pochen in meinem Schädel erinnert mich daran, warum es wichtig ist, regelmäßig zu schlafen. „Ich weiß auch nicht. Irgendwie mache ich mir Sorgen um sie. Sie schien so durch den Wind, als ich kurz mit ihr gesprochen habe, nachdem das Video von Angelina aufgetaucht ist. Seither habe ich sie nicht wirklich gesehen."

„Glauben Sie, dass sie mit der ganzen Sache zu tun hat?"

„Nein", sage ich. „Aber sie kennen sich. Sie sind nicht gerade Freundinnen, aber eben Kolleginnen."

„Mhm." Strasser zuckt wieder mit den Schultern. „Wenn Sie möchten, fahren Sie bei ihr vorbei. Ich bleibe hier und rufe an, wenn sich etwas ergibt."

„Ist das okay?"

„Wieso nicht? Ob Sie hier sind oder nicht, spielt im Augenblick keine Rolle, Nessa. Sobald es losgeht, melde ich mich, und wir treffen uns unterwegs."

Ich nicke langsam. „Was halten Sie von der Sache mit Sternbach?" Die Frage fällt mir spontan ein. Ich kann nicht sagen, wieso. Bisher habe ich auf Strassers Meinung wenig gegeben. Aber vielleicht habe ich ihm unrecht getan. Er kommt mir nicht wie der schärfste Ermittler vor, aber – offen gesagt – er ist auch ziemlich unerfahren, was die Größenordnung Serienmord angeht. Inzwischen scheint er in die Sache hineinzuwachsen. Das hoffe ich jedenfalls. „Glauben Sie, er ist der Richtige?"

„Ich bin nicht sicher", antwortet Strasser. „Schätze, ich vertraue auf Ihre Intuition, Nessa."

„Ja", sage ich. Und was ich meine, ist, dass ich keinen Mist bauen darf. Wenn ich Fehler mache, hört das Töten nicht auf.

„Fahren Sie ruhig zu dieser Lexi und sehen nach ihr. Ich melde mich. Versprochen."

Auf dem Weg zu Lexi halte ich bei einem Kaffeeshop, besorge mir einen großen Kaffee mit Sahne und einen Latte macchiato zum Mitnehmen. Die Hoffnung, dieses Starbucks zu finden oder auch nur irgendeinen Laden, der Vanillesirup hat, habe ich aufgegeben, aber der Latte ist in Ordnung. Ich lege einen Zwischenstopp im Hotel ein. Es dauert kaum acht Minuten, und diese Dusche sowie frische Klamotten waren einfach notwendig.

Kurze Zeit später stehe ich vor Lexis Haustür, und beim Blick auf das Klingelfeld kommen unliebsame Erinnerungen an unsere erste Begegnung wieder hoch. Sogar mein Steißbein erinnert sich offenbar daran, denn ein kurzer Schmerzimpuls fährt hindurch und die Wirbelsäule hinauf.

Ich halte einige Atemzüge lang inne, überlege, dass es ziemlich früh ist. Es könnte sein, dass Lexi noch schläft. Aber andererseits hatte ich auch nicht den Luxus, Schlaf zu finden in der letzten Nacht. Ein verfrühtes Aufwecken durch mich wird Lexi überleben.

Ich betätige die Klingel und warte, aber nichts geschieht.

Dann sehe ich an der Hausfront entlang nach oben.

Nichts.

Ich drücke die Klingel noch einmal.

Keine Reaktion.

Schließlich ziehe ich mein Smartphone hervor, wähle erneut ihre Nummer, aber es passiert nichts.

Lexi scheint ausgeflogen.

Inzwischen spüre ich das Energieloch, das durch den Schlafmangel entstanden ist, überdeutlich.

Darüber kann auch das Koffein nicht mehr hinwegtäuschen.

Ich setze mich auf die Stufe vor der Haustür, lehne den Kopf gegen das Glas.

„Verdammt", flüstere ich.

In Gedanken gehe ich unsere letzten Gespräche durch, rufe mir Lexis Worte, ihre Körpersprache ins Gedächtnis.

Ich sehe sie vor meinem geistigen Auge lachen. Aber ich sehe auch ihr zweites Gesicht. Der Moment in meinem Auto, als sie sich über Angelina aufgeregt und gemutmaßt hat, dass alles nur eine Show sei.

Wobei das untertrieben ist.

Sie ist beinahe ausgerastet, hat die Beherrschung verloren.

Dann fällt mir eines unserer Gespräche wieder ein, in dem Lexi von ihrem geheimen Zufluchtsort sprach. Der Ort, den sie aufsucht, wenn ihr alles zu viel wird. Der Ort, an dem sie Ruhe findet.

Kapitel 32

Unterwegs rufe ich Strasser an, der mir nur mitteilt, dass sich noch nichts getan hat.

Die Warterei ist furchtbar.

Manchmal geht mir diese Bürokratie auf die Nerven. Oder besser gesagt: An manchen Tagen fällt sie mir mehr auf den Wecker als an anderen.

Es gibt Länder auf dieser Welt, da wären wir schon dreimal mit dem Panzer durch die Vordertür gebrochen und hätten jede Gegenwehr im Keim erstickt, ohne zu fragen.

Allerdings ist fraglich, ob das der richtige Weg ist und ich in einem solchen System glücklich wäre.

Wahrscheinlich nicht.

Frustration ist ein scharfes Schwert mit zwei Schneiden, und selbst mit dem Griff muss man vorsichtig umgehen.

Ich stelle den Audi auf dem kleinen Parkplatz ab, steige aus. Die Luft riecht anders hier draußen. Frischer.

Wind fährt mir durchs Haar, ich schließe kurz die Augen.

Dieser Ort wirkt so friedlich, wie ein Ort in diesem Land auf dieser Welt nur sein kann.

Ich kann Lexi verstehen. Zumindest was diesen Platz angeht.

Ein schmaler Pfad schlängelt sich nach unten.

Hier und da schmiegen sich Anglerhütten ans Ufer, das ansonsten weitgehend unbebaut ist. Wenigstens auf dieser Seite des Sees.

Die Oberfläche des Gewässers liegt ruhig da. Silbrig glänzend. Die Sonne lässt es glitzern.

Der Anblick wirkt romantisch, aber ohne Kitsch. Ein gutes Motiv für ein Posting auf Instagram. Hashtag: Melancholie.

Ich finde Lexi, die auf einem Stein nah am Wasser sitzt und Kiesel in den See wirft.

Sie wendet mir den Rücken zu, hat eine Kapuze über den Kopf gezogen.

„Ich habe mir gedacht, dass ich dich hier finde", sage ich.

Lexi wirft einen kleinen Stein ins Wasser, der einmal auf der Wasseroberfläche hüpft, bevor er in der Tiefe versinkt. „Und ich habe mir gedacht, dass du herkommst."

„Warum hast du dich nicht gemeldet?"

„Du hattest ja keine Zeit", entgegnet Lexi.

Das stimmt allerdings. Und eigentlich habe ich die auch jetzt nicht. Trotzdem muss ich sie mir nehmen.

Lexi rückt an den Rand des Steins, auf dem sie sitzt, klopft auf die freie Fläche.

Ich komme der Einladung nach, setze mich neben sie.

Lexi dreht sich zu mir um, lächelt verzerrt und streift die Kapuze ab.

Ihr Anblick versetzt mir einen Schlag. Da ist kein Glitter mehr, kein Stardust. Ihre Kleidung ist schmutzig. Ihre Fingernägel sind abgekaut. Aber die auffälligste Veränderung zeigt sich auf ihrem Kopf: Lexi hat ihr Haar rasiert. Ihre Kopfhaut scheint bleich zwischen den raspelkurzen Stoppeln hervor.

„Was hast du getan?“, frage ich leise.

Sie fährt mit unruhigen Fingern über ihren Kopf, weiß offenbar sofort, was ich meine.

Fast bin ich versucht, meine Hand nach ihr auszustrecken, als müsste ich sehen und fühlen, ob sie echt ist.

Ich verschränke meine Hände ineinander. Knöchel krampft um Knöchel. „Warum hast du das gemacht, Lexi?“

Sie zuckt mit den Schultern, es braucht keine Worte. Auch ohne dass sie etwas sagt, bin ich mir sicher, die Antwort zu kennen.

Das, was uns alle antreibt. Uns zu unsinnigen Entscheidungen treibt und bisweilen auf Irrwege zwingt.

Angst.

Schiere, nackte Angst.

„Ich bin sicher, du weißt es.“

Ich nicke. „Aber du bist nicht in Gefahr.“

„Das sagst du, Nessa. Aber bist du dir sicher?“

Ich presse die Lippen aufeinander. Niemand ist sicher. Nie. Nirgendwo. Das kann ich Lexi nicht sagen. Nicht jetzt. Nicht hier. Nicht in diesem Zustand.

Ich kann ihr auch nicht sagen, dass sie nicht ins Profil passt, dass sie für den Täter nicht interessant ist, weil sie die falsche Haarfarbe hat. Sie ist nicht empfänglich für Argumente, Fakten, Logik.

Also halte ich die Klappe.

Aber das macht die Sache nicht besser.

Offenbar fasst Lexi mein Schweigen auf, wie es ihr in den Kram passt.

„Siehst du?“, sagt sie und wirft einen weiteren Stein ins Wasser.

Ich tue es ihr gleich, suche einen Kiesel aus, nehme ihn auf und schleudere ihn hinaus auf den verfluchten See, wo er im Wasser versinkt, wie der verdammte Stein, der er nun einmal ist.

„Müsstest du nicht eigentlich nach Angelina suchen, oder so?", fragt Lexi.

„Ich bin Fallanalystin, keine Ermittlerin in dem Sinne, Lexi. Ich trage nur meinen Teil zum Ganzen bei, und das mache ich weiterhin. Aber es geht auch ohne mich weiter. Die Suche läuft. Sie setzen alles ein, was sie haben. Hundertschaft, Suchhunde, Wärmebildkamera. Sie finden sie. Ganz sicher. Mir geht es mehr darum, weshalb jemand etwas tut. Vor allem das Warum interessiert mich." Ich hebe mein Smartphone hoch. „Außerdem bin ich ständig erreichbar."

Sie nickt langsam.

„Was machst du hier draußen?", frage ich leise.

„Ich versuche, Ruhe zu finden", antwortet sie und mustert mich mit einer hochgezogenen Augenbraue. „Offenbar mit zweifelhaftem Erfolg."

„Muss mir das leidtun?", frage ich.

Sie sieht mich an, starrt auf meinen Mund, meine Lippen. Einige Herzschläge vergehen, während ich das Gefühl habe, dass die Distanz zwischen uns schmilzt.

Ich halte die Luft an. Fast befürchte ich, dass sie einen erneuten Versuch unternimmt, mich zu küssen.

Aber es geschieht nicht.

Lexi blickt mir in die Augen, schüttelt den Kopf. „Vielleicht ein bisschen."

Ich nicke, sie lächelt.

Ein paar Minuten sitzen wir nur da. In der Sonne ist es angenehm. Nicht warm, nicht kalt. Die frische Luft am Wasser tut ihr Übriges.

„Das alles dort drüben am Ufer", sagt Lexi und zeigt über die ruhige Oberfläche des Sees hinweg auf die andere Seite, „all das gehört den Sternbachs. Krass, oder?"

„Ja", sage ich. „Das ist krass."

Lexi kichert. „Sie könnten ihren eigenen Hafen bauen, wenn sie wollten."

„Allerdings."

„Aber ich schätze, deshalb bist du nicht hier."

„Nein", sage ich. „Schätze nicht."

„Weshalb dann, Nessa?"

Ich zucke mit den Schultern. Es gibt keine wirkliche Antwort auf die Frage. „Ich habe mir Sorgen gemacht."

„Um mich?"

„Auch."

Lexi zieht erneut eine Augenbraue hoch. „Okay."

„Du musst dich nicht fürchten", sage ich.

„Und wieso das?"

„Es ist bald vorbei, Lexi", sage ich.

Sie blinzelt mich an. „Wie meinst du das?"

„Wir finden Angelina und den, der das getan hat."

„Sicher?"

„Ja, ich denke, ich weiß, wer dahintersteckt."

Lexi zupft an ihrem Nasenring. „Okay."

„Mach dir keine Sorgen, Lexi. Es ist bald vorbei."

„Das ist nicht so leicht."

„Ich weiß. Sag mal, wie genau kennst du Olaf Sternbach?"

Sie zuckt mit den Schultern. „Kaum, eigentlich. Wieso?"

„Nur so“, antworte ich. „Ich dachte, du kennst ihn vielleicht.“

Lexi lacht leise. „Er ist mal auf einer Betriebsfeier aufgetaucht. Ich war mit meiner Mutter dort. Er wirkte ganz nett, aber auch verwirrt. Ich glaube, er wollte im Swimmingpool fischen oder so. Schräg, oder?“

Ich lächle. „Ja, das ist schräg.“

„Moment“, sagt Lexi dann. „Du denkst, dass er …“

„Ich kann dir das nicht sagen“, entgegne ich. Aber eigentlich habe ich damit alles gesagt, und das wissen wir beide.

„Olaf? Ein Mörder?“ Sie schüttelt den Kopf wie ein trotziges Kind. „Er ist seltsam, ja. Aber eigentlich ist er harmlos. Außerdem ist er nicht immer so gewesen.“

Ich lege die Stirn in Falten. „Nicht immer so gewesen? Was heißt das?“

Lexis Blick schweift in die Ferne, scheint in Gedanken abzudriften, dann besinnt sie sich offenbar wieder auf das Hier und Jetzt. „Es muss etwas passiert sein. Meine Mutter hat mal etwas in der Richtung erwähnt, aber keine Ahnung. Niemand redet darüber. Es ist lange her. Kaum jemand weiß davon.“

„Kaum jemand weiß davon“, echoe ich, hole Luft und atme in einem langen Zug aus. „Aber irgendjemand weiß etwas. Wer?“

Kapitel 33

Lexi hat mich zu ihrer Mutter gebracht. Diese Frau neben Lexi zu sehen ist, wie einen Blick in eine Kristallkugel zu erhaschen. Lexi ist ihr wie aus dem Gesicht geschnitten.

Ihr Haar fällt offen über die Schultern. Sie muss jung Mutter geworden sein.

Die Frau ist etwa zwanzig Jahre älter als Lexi, etwas kleiner, aber weist die gleiche Art natürlicher Schönheit auf wie ihre Tochter.

„Sag's ihr", fordert Lexi.

Und dann gibt es einiges Zieren, Herumdrucksen, ehe sie den Namen herausgerückt.

„Josefine Herget. Sie war als Kindermädchen angestellt, hat die beiden Sternbachbrüder großgezogen", sagt Lexis Mutter. „Sie weiß mehr über sie als irgendwer sonst."

„Woher wissen Sie das alles?", frage ich.

Sie lächelt, aber in ihrem Lächeln liegt eine leise Spur von Schmerz verborgen, kaum wahrnehmbar, aber sie ist da. „Ich arbeite seit über zwanzig Jahren für Sternbach. Auch wenn es niemand zugibt und sie alles unter Verschluss halten wollen, reden die Leute trotzdem."

„Ja“, antworte ich und stelle mich dumm. „Die Leute reden. Das tun sie immer. Aber was ist dran an dieser Firma? Ich meine, sie stellen nur Shampoo her, oder nicht?“

„Es ist nicht das Produkt, das die Firma ausmacht oder das Firmenschild“, entgegnet Lexis Mutter. „Nicht einmal der Name. Es sind die Menschen, verstehen Sie?“

Ich nicke. „Ja und nein. Können Sie etwas genauer werden?“

Lexis Mutter blinzelt. Mehrfach. Erst in rascher Folge, dann noch einmal langsam, bevor sie ihre Lippen aufeinanderpresst. Sie holt Luft, zieht sie so tief in ihre Lunge, dass ich das Weiten des Brustkorbs unter ihrer Kleidung erkenne. „Sprechen Sie mit Frau Herget. Reden Sie mit dem ehemaligen Kindermädchen. Ich denke, dann werden Sie es verstehen.“

Das Gespräch mit Lexis Mutter wirft mehr Fragen auf, als es beantwortet. Aber es hat auch etwas anderes geschafft.

Ich spüre das Kribbeln in meinem Nacken, auf meiner Haut. Wie ein Hai, der das Blut im Wasser wittert und nur noch dieses Ziel kennt, den Weg dorthin.

In meinem Fall: vom Opfer zum Täter.

Aber ich muss meine Gedanken ordnen und fahre zurück zur Dienststelle.

Unterwegs wird es deutlich. Da ist etwas in meinem Verstand, das kratzt und klopft. Ich bekomme es nur nicht zu fassen.

Vielleicht ist es das tiefsitzende Bedürfnis, das Warum zu verstehen.

Doch was, wenn es kein Warum gibt? Wenn die einzige Antwort darauf schlichter Wahnsinn ist?

Kapitel 34

Zurück im Büro sitze ich an meinem Schreibtisch, meine Stuhllehne klappert jedes Mal, wenn ich versuche, mich auf dem Stuhl zurechtzurücken, und dabei unweigerlich gegen das verdammte Regal stoße.

Ich starre auf das Etwas, das vor mir auf der Tischplatte liegt, eingepackt in eine durchsichtige Plastiktüte.

Es hat mich einige Mühe gekostet, Lexi zu überzeugen, ihre Haare nicht länger zu behalten.

Sie hatte einige wüste Ideen, wollte sie verstecken, vergraben, und an einem Punkt war Lexi so weit, sie zu verbrennen.

Ich weiß nicht, weshalb ich sie mitgenommen habe. Irgendwie erschien es mir falsch, sie einfach wegzuwerfen.

Was eigentlich albern ist. Friseure tun nichts anderes mit abgeschnittenen Haaren.

Aber es sind Lexis Haare, und das Abschneiden ihrer Haare ist mehr als nur ein mechanischer Akt.

Es ist ein Symbol.

Dass ich jetzt auf die Haare fixiert scheine, ist vielleicht ein Anzeichen dessen, dass ich inzwischen tiefer in die Gedankengänge des Täters dringe.

Es ist der dunkle Punkt in mir. Der Drang, das Verstehen zu vertiefen, führt meinen Geist an dunkle Orte. Ein mehr oder weniger kontrollierter Abstieg in den Wahnsinn – ohne selbst wahnsinnig zu werden.

Diese Trennlinie zu finden, den schmalen Grat nicht zu verlassen, und nicht am Wissen um das Böse zu ersticken, das ist die Herausforderung. Manchmal steckt man zu tief drin, manchmal ist es so, dass das Verstehenwollen den eigenen Verstand zu kontrollieren versucht. Dann zucke ich zusammen und ermahne mich, das Hier und Jetzt nicht auszublenden.

Manches ist mir nicht bewusst. Es dauert eine Weile, bis es sich zeigt. Aber ich bin näher am Warum.

Das erleichtert mich genauso, wie es mich ängstigt.

Es ist ein dunkler Ort in meinem Verstand, und manchmal fürchte ich, dass es keinen Ausweg mehr von dort gibt.

Dass ich irgendwann in einem solchen Loch gefangen bin.

Ich betrachte die durchsichtige Plastiktüte vor mir auf dem Tisch. Haare. Lange Haare. Lexis Haare.

Es ist das, worauf der Täter aus ist. Die Trophäe.

Aber es ist die falsche Farbe.

Wenn es um die Farbe geht, was ich nicht weiß, aber anzunehmen ist.

Ich krame in meinem Gedächtnis, frage mich, ob Volker Eckert Wert auf die Farbe gelegt hat.

Volker Eckert war ein Serienmörder. Aufgewachsen in der damaligen DDR, fing er dort bereits als Jugendlicher das Töten an. Später wurde er Fernfahrer und hat in ganz Europa eine Spur aus Blut und Tod hinterlassen.

Seine bevorzugten Opfer waren junge Frauen. Prostituierte. Geringes Risiko.

Eine Überwachungskamera in Spanien wurde Eckert zum Verhängnis. Die Zeiten ändern sich, und Eckert war ein Relikt seiner Zeit. Ein Jäger, der es nicht schaffte, sich anzupassen, und das hat ihm seinen Strick gedreht. Wortwörtlich, denn Eckert hat sich in seiner Zelle aufgehängt.

Unser Täter ist anders. Er sucht seine Opfer aus, wählt junge Frauen, die einen gewissen Bekanntheitsgrad haben.

Das ist etwas anderes, als Prostituierte zu töten, die illegal arbeiten, die oft kaum jemand vermisst – so traurig der Umstand auch ist.

Lexi hat Angst gehabt. Deshalb hat sie sich die Haare abrasiert. Diese Angst war deutlich zu lesen, in ihrem Gesicht, ihrem Ausdruck, und ich bin mir nicht sicher, aber irgendwie schien diese Angst stärker zu werden, als wir von Sternbach sprachen.

Sie fürchtet ihn. Gerhard, nicht Olaf. Ob berechtigt oder nicht. Was weiß ich über den Mann?

Und vor allem: Was weiß ich nicht?

Kaum etwas scheint Sinn zu ergeben. Aber Lexis Angst wirkte real. Das war nicht gespielt. Es war echt.

Ich schüttle den Kopf.

So komme ich jedenfalls nicht weiter.

Unschlüssig starre ich auf mein Smartphone. Vielleicht weiß mein geschätzter temporärer Kollege mehr. Immerhin hat er einen besseren Draht nach oben. Zu Lange, nicht zu Gott.

Und er hat seine Wurzeln hier, an diesem Ort, in dieser Stadt.

Als Zweiergespann hatten wir einen rauen Start, langsam und mit ordentlichem Knarzen im Getriebe. Inzwischen haben wir aber zu laufen gelernt. Zumindest kommen wir uns nicht mehr in die Quere. Meistens jedenfalls.

Ich greife nach meinem Telefon, wähle Strassers Nummer.

Ich höre das Klingeln. Hinter mir. Unmittelbar.

Strasser steht in der offenen Tür, sieht aus wie ein erfolgloser Versicherungsvertreter.

Ich überspiele meine Überraschung ob seines Erscheinens, das fast ein bisschen zu sehr wie auf Bestellung erfolgt ist.

„Was gibt's Neues?", frage ich.

Strasser schüttelt den Kopf.

Ich seufze frustriert. „Das gibt es doch nicht. Es muss doch hier irgendjemanden geben, der einen Beschluss unterzeichnet, den Sternbachs auf die Pelle zu rücken. Uns läuft die Zeit davon."

Was ich meine, ist: Angelina läuft die Zeit davon.

Aber das ist Strasser genauso klar wie mir. Es tut nicht not, es laut auszusprechen.

„Sie leben schon immer hier, oder?", frage ich.

Strasser zuckt mit den Schultern. „Schon, ja, wieso?"

„Dann kennen Sie doch die Leute?"

Strassers Augenbrauen zucken. Er winkt ab. „Wenn Sie glauben, dass ich irgendetwas …"

„Nein", meine ich. „Aber wie sind die so?"

„Wer?"

„Die Sternbachs", antworte ich, um einen lockeren Plauderton bemüht.

„Reich", sagt er. „Sie besitzen ziemlich viel im Ort. Nicht nur die Firmengelände, auch am See und … Aber das wollen Sie gar nicht wissen, oder?"

„Ich weiß nicht", sage ich. „Kennen Sie die Familie?"

Strasser wackelt mit dem Kopf. „Nicht wirklich."

„Aber?"

„Meine Frau", gibt Strasser lapidar zurück.

„Was ist mit ihr?"

„Sie hat mal für die Firma gearbeitet. Nur ganz kurz. Das war noch, bevor unser erstes Kind geboren wurde. Mehr eine Art Gelegenheitsjob über den Sommer. Man bekommt ein bisschen was mit. Je nachdem, was man macht, hat man ziemlich freie Hand."

Ich unterdrücke ein Seufzen. „Und?"

Strasser schüttelt den Kopf, verschränkt die Finger ineinander. Fest. „Nichts. Wie gesagt: Ich kenne sie nicht."

„Aber Ihre Frau?"

„Ich denke nicht", antwortet Strasser. „Ich will sie nicht danach fragen. Wir reden in letzter Zeit nicht viel."

„Aha."

Strasser lächelt verlegen. „Ich weiß auch nicht. In letzter Zeit … Ich frage mich, ob ich …"

Strassers Gestammel fängt an, mich zu nerven. „Glauben Sie denn, Ihre Frau weiß irgendetwas?"

„Nein", sagt er.

„Nein, sicher?"

Er nickt. „Wir sind schon lange verheiratet. Ewig. Direkt nach der Schule. Die Kinder sind langsam aus dem Gröbsten heraus und …" Strasser befeuchtet seine Lippen. „Aber da ist nichts mehr zwischen ihr und mir, Nessa. Verstehen Sie? Es ist nicht so … Es prickelt nicht mehr. Nicht so …"

Mir gefällt die Richtung, die das Gespräch nimmt, nicht.

Strasser sieht mich an. Der ohnehin enge Raum scheint kleiner zu werden. Ich atme nicht. Sekunden dehnen sich aus, während der Abstand zwischen uns schmilzt. Zwar nur gefühlt, aber ich kenne dieses Gefühl zu gut.

„Ja, schön, Strasser“, entgegne ich und setze mich abrupt auf meinem Stuhl auf, bringe so viel Raum zwischen Strasser und mich, wie es in dieser Abstellkammer nur möglich ist. „Das tut mir ja alles leid und so, aber es ist nicht unsere Baustelle, nicht?“

Der Kollege wirkt wie ein Hund, den man erst geschlagen und dann in den Regen geschickt hat.

Seine Augen glänzen, starren aber durch mich hindurch ins Nichts. Fast scheint es, als wollte der Mann ohnmächtig werden.

Herr Jesus, was ist das für ein Teenager-Drama, in das ich offenbar geraten bin.

„Strasser?“

Er blinzelt, sieht mich an und an mir vorbei. „Hmm?“

„Alles okay?“

Er verzieht die Lippen. Enttäuschung tanzt über seine Gesichtszüge. Dann rafft der Mann die Splitter zusammen, die irgendwo in seiner Brust stecken, und besinnt sich darauf, was er ist. Ein verheirateter Mann und vor allem: Polizist.

„Ja, klar. Es …“ Er holt Luft.

Ich hebe die Hand, unterbreche ihn, bevor er zu irgendeiner langatmigen Erklärung ansetzen kann. „Schon gut. Vergessen wir das, okay?“

„Okay.“ Strasser steht immer noch da wie ein Versicherungsvertreter, nur dass er inzwischen weiß, dass das Paket, das er anzubieten hat, nicht zu begeistern weiß.

Irgendwo in mir gibt es einen Platz, an dem der Kerl mir leidtut. Aber es ist nur dieser eine kleine Punkt und nur für einen vergänglichen Moment.

Leidenschaft ist ein kurzlebiges Wesen.

Ich greife nach meinem Smartphone. „Ich muss …“, sage ich und wedele mit dem Gerät in der Luft.

Strasser lächelt verlegen, nickt übereifrig und zeigt zur Tür. „Okay, ich bin dann mal …“

„Danke“, antworte ich. „Schließen Sie bitte die Tür auf dem Weg nach draußen.“

Immerhin tut er, was man ihm sagt. Er erfindet keine Gründe, meine Nähe zu suchen, wird nicht aufdringlich.

Er ist ein Kerl, aber ein netter Kerl. Auf seine Art.

Strasser zieht die Tür hinter sich zu.

Ich atme in einem langen Zug aus und wähle Charlys Nummer.

Es dauert nur halb so lange, dann nimmt er den Anruf entgegen.

„Charly?“

„Ja?“

„Warum sind Männer so einfach gestrickt und dennoch so … kompliziert?“

Charly lacht leise. „Ist das so?“

„Manchmal“, antworte ich. „Aber …“

„Deswegen rufst du nicht an.“

„Nein, nicht wirklich.“

„Was ist los, Nessa?“

„Kannst du mir noch einmal einen Gefallen tun?“

„Schieß los.“

Ich erkläre ihm in kurzen Worten, was ich brauche und worauf er sich konzentrieren soll. Viel verspreche ich mir nicht davon, aber einen Versuch ist es wert. Auch wenn es mir erneut ein schlechtes Gewissen beschert, Charly in die ganze Geschichte hineinzuziehen.

Nach dem kurzen Gespräch mit Charly greife ich noch einmal zum Telefon, wähle Helenes Nummer.

Es klingelt zweimal, dann meldet sie sich.

„Was brauchst du, Nessa?"

„Abgesehen von der Erlaubnis, den Sternbachs so richtig auf den Wecker zu fallen?"

„Ja, abgesehen davon, weil das kann ich dir nicht erlauben. Jedenfalls nicht jetzt."

Manchmal liebe ich meine Chefin, bei allem Respekt.

Auch ihr erkläre ich, was ich denke und welche Fragen zu Sternbach aufgetaucht sind. Seine Vergangenheit, dass es irgendwo Dreck gibt, den irgendwer sorgfältig unter einen dicken, großen Teppich gekehrt haben muss.

Helene hört zu, schreibt mit. Ich höre das Kratzen eines Kugelschreibers auf Papier.

Als ich fertig bin, herrscht für einen kurzen Moment Stille.

„Noch etwas?", fragt Helene schließlich.

„Ja", sage ich zögerlich.

„Nur heraus damit", fordert mich Helene auf.

„Ich brauche ein Team. Ein richtiges Team, ein festes. Ich kann nicht alles allein machen. Das …"

Helene unterbricht mich. Sanft, aber mit Nachdruck. „Nessa, wir reden darüber, wenn du zurück bist, in Ordnung?"

„Ich …"

„Jetzt ist einfach nicht der Zeitpunkt, Nessa. Bring diese Sache zu Ende. Dann reden wir wieder darüber."

Kapitel 35

Wir sind unterwegs zu Josefine Herget, dem ehemaligen Kindermädchen der Sternbachs, und meine Finger tanzen einen hektischen Takt auf dem Lenkrad, wenn ich es nicht gerade krampfhaft umklammere.

Ich schwitze, obgleich es kühl ist, und der Stoff meines Shirts klebt an meinem Rücken. Die Wölfin in mir erwacht, und sie hat Witterung aufgenommen.

Ich kann es nicht leugnen und will es auch gar nicht.

Aber die Aufregung ist nicht von der Art, die ein Kind verspürt, das man in der Süßwarenabteilung allein lässt.

Nein, es ist eher die angespannte Vorfreude des Raubtiers, das zum Sprung auf die Beute ansetzt.

Ich weiß nicht, weshalb ich will, dass Lexi mich begleitet. Es sollte Strasser sein, aber der ist anderweitig beschäftigt und hält die Stellung im Dienstgebäude. Irgendwo beschleicht mich das Gefühl, es hat mit unserem etwas schrägen Gespräch in der Besenkammer zu tun. Vielleicht bilde ich mir das nur ein.

Alles in allem vertraue ich ihm eher als den übrigen Leuten im Team. Also ist es wichtiger für mich, dass Strasser dort ist, als hier an meinem Schatten zu kleben.

Lexi hingegen will ich lieber in meiner Nähe wissen.

Eine große Hilfe wird sie nicht sein.

Aber der Hinweis ging von ihr aus. Manchmal ist der unverbrauchte Blick von außen mehr wert als alles Gold, das irgendwo vergraben liegt.

Vielleicht schulde ich ihr etwas.

Oder ich verspüre den irrationalen Zwang, sie beschützen zu müssen.

Sie ist allein. Sie hat Angst. Ich muss sichergehen, dass sie keinen Mist baut.

Ausnahmsweise leitet uns die Navigationsapp nicht fehl, und wir erreichen die eingegebene Adresse. Ich stelle den Audi auf einem Parkplatz ab, nicke Lexi zu. „Alles okay?"

Sie nickt, antwortet aber nicht.

Josefine Herget wohnt in einem Wohnheim für betreutes Wohnen. Lexis Mutter hat die Frau vorgewarnt, und sie hat sich tatsächlich bereit erklärt, mit mir zu sprechen.

Wir finden sie auf einer Bank im großzügigen Vorgarten des Heims, der eher einem kleinen Park ähnelt.

Blumenbeete mit Frühblühern, akkurat angelegt, säumen den Weg. Feiner Kies knirscht leise unter meinen Sohlen.

„Frau Herget?" Ich zeige meinen Ausweis. „Ich bin Nessa Wolf vom BKA. Sie wurden informiert, dass ich mit Ihnen reden möchte?"

Sie sieht auf und mir direkt in die Augen. Grau, wie alles andere an der Frau. Dennoch wach.

Ihr Rücken ist gebeugt, die Hände zittern leicht. Altersflecken zeigen sich auf faltiger Haut.

Aber in den Augen lässt sich erkennen, was Josefine Herget in jüngeren Jahren gewesen sein muss.

Eine resolute Frau, streng, aber fair.

„Und Sie sind?“, fragt Frau Herget an Lexi gerichtet.

Lexi öffnet den Mund, aber ich komme ihr zuvor. „Die junge Dame begleitet mich heute. Aber sie ist keine Beamtin.“

„Also die Praktikantin, wie?“ Frau Herget schmunzelt still in sich hinein. „Man hat mich vorgewarnt. Worum geht es denn?“

„Sternbach“, sage ich. „Gerhard und Olaf, die beiden Brüder.“

Der Blick der alten Frau verfinstert sich für einen flüchtigen Moment. Ihre zittrigen Finger verkrampfen sich zu knöchernen Fäusten. Nur für einen Augenblick. Die Macht der Erinnerung, schätze ich. „Das ist nicht gerade mein Lieblingsthema. Manchmal glaube ich, es verfolgt mich noch bis ins Grab. Nein, ich bin sicher, das tut es.“

„Das tut mir leid“, sage ich. „Aber es ist wichtig.“

Frau Herget winkt ab. „Machen Sie sich keine Mühe. Davon, dass es Ihnen leidtut, wird es auch nicht besser. Bringen wir es hinter uns. Aber Sie müssen schon mit der Sprache herausrücken, was Sie genau wollen. Denn wenn ich einmal über diese Familie ins Plaudern gerate … Nun ja, ich habe Zeit. Aber ich schätze, Sie eher nicht.“

Ich lächle die Frau an, gebe Lexi ein Zeichen.

Lexi räuspert sich leise. „Meine Mutter arbeitet bei Sternbach. Schon solange ich lebe, denke ich, wenn nicht länger. Maybe, keine Ahnung. Sie hat Geschichten gehört, über das, was Olaf Sternbach passiert sein soll. Aber ich weiß nicht, was stimmt und was nicht.“

„Danke, Lexi“, sage ich.

„Und was hat das mit dem BKA zu tun? Sie sind doch nicht hier, um alte Familiengeschichten zu hören." Man kann der alten Dame offensichtlich nichts vormachen.

„Vielleicht nichts", antworte ich.

„Wegen nichts kommen Sie aber nicht hier raus, oder?"

„Ich schätze nicht", sage ich. „Es könnte mit einem Fall zu tun haben, an dem ich arbeite."

„Es geht um die Narbe, richtig? Olafs Narbe."

„Ja", antworte ich. „Aber es könnte alles hilfreich sein, was Sie über die Brüder zu sagen haben."

Die Frau starrt in die Ferne. „Ich wusste, dass das eines Tages passiert. Jahrzehntelang habe ich es gewusst. Es ist ja alles wunderbar vertuscht worden, und fast schien es, es wäre doch nichts geschehen, nicht?"

„Ich kann Ihnen nicht folgen, fürchte ich."

„Setzen Sie sich", antwortet Frau Herget. „Das dauert ein bisschen."

Ich lasse mich mit Respektabstand neben Frau Herget auf der Bank nieder. Lexi setzt sich in Hörweite auf die Wiese.

Sie fängt sich einen skeptischen Blick der alten Dame ein, aber entweder bemerkt sie ihn nicht, oder es ist ihr egal.

„Ich hatte gehofft", sagt Frau Herget, „dass es niemals zu einem Tag wie diesem kommt. Es hat lange gedauert. Aber offenbar ist etwas passiert."

„Dazu kann ich nicht viel sagen, fürchte ich", antworte ich. „Im Moment sammle ich Informationen über Gerhard und Olaf, weil sie beide gewissermaßen unbeschriebene Blätter sind."

„Für Olaf mag das zutreffen", sagt Frau Herget. „Er war ein guter Junge. Immer höflich, freundlich. Und geschickt.

Gerhard hingegen …“ Sie schüttelt langsam den Kopf. „Er ist klug, intelligent. Das muss ich ihm zugestehen. Aber er ist auch gerissen und verschlagen.“

„Wie meinen Sie das?“

Sie zeichnet eine Linie an ihrer Stirn und ihrer Schläfe nach, die ziemlich genau den Narben von Olaf Sternbach entsprechen. „Wissen Sie, wie das passiert ist?“

„Olafs Narbe? Nein.“

„Es war ein Unfall. So hat es geheißen. Das war die offizielle Version“, sagt Frau Herget. „Aber ich war dabei. Ich habe gesehen, was der Junge gemacht hat.“

„Gerhard?“

Sie nickt. „Es war ein schöner Tag. Blauer Himmel. So wie heute in etwa. Aber wärmer. Gerade Ende Mai, Anfang Juni vielleicht. Die Jungs haben draußen gespielt.“

„Und was ist dann geschehen?“

„Sie haben Jäger gespielt. Oder irgendetwas in der Art. Räuber und Gendarm. Jedenfalls irgendein Kinderspiel.“

Frau Herget legt eine Pause ein, atmet tief ein und aus.

Ich schweige, lasse ihr die Zeit, die sie braucht.

„Ich weiß nicht, woher sie das Messer hatten. Vielleicht hätte ich besser aufpassen müssen. Na, wie auch immer. Gerhard hatte dieses Jagdmesser.“

Jetzt halte ich die Luft an.

Frau Herget zeigt mit den Händen die ungefähren Maße des Messers an. Gut zwanzig Zentimeter. „Sie hatten immer diesen Fimmel mit dem Jagen, schon als Jungs. Aber Gerhard hatte es vor allem mit Messern. Schlitzen und Würgen. Das war seins. Einmal hat er den Olaf gewürgt, bis der arme Kerl bewusstlos war. Danach war er schon nicht mehr der Alte.

Still, nicht ganz bei sich, wissen Sie? Aber richtig schlimm war der Gerhard mit Messern. Wie ein Wahnsinniger war er da oft hinterher. Hat sie in der Küche gestohlen.“

In meinem Magen ballt sich etwas zusammen. Ein Knäuel aus Anspannung und Ekel. „Und wozu?“

Frau Herget sieht mich direkt an. „Er hat damit herumgespielt. Mit Tieren, verstehen Sie? Eichhörnchen, Mäuse und Maulwürfe. Einfach alles. Fallen haben sie gebaut, die Jungs. Darin haben sie die Tiere gefangen. Einmal hatten sie eine Katze. Olaf hat die Tiere immer laufen lassen. Aber Gerhard war gnadenlos.“

„Was hat er getan?“

Frau Herget fast sich an die Kehle. Ihre Hand zittert leicht. „Abgemurkst hat er sie. Immer.“

Mir läuft es kalt den Rücken hinunter.

„Der Olaf war stets dagegen, aber Gerhard war der, der sich durchgesetzt hat. Bis zu dem Tag mit der Katze.“

„Was ist passiert?“

„Sie hatten das arme Ding in der Falle, und Olaf wollte sie freilassen. Ich hatte es den Jungs aufgetragen, weil, nun ja, Eichhörnchen sind eine Sache. Aber Katzen?“

Ich nicke.

„Nun ja, der Gerhard war dagegen. Er hat den Olaf ausgetrickst, das arme Ding ausgeweidet, und dann haben sie sich gestritten.“

Ich blinzle, sitze vorn auf der Kante der Sitzbank.

„Ich weiß nicht, ob's am Würgen gelegen hat oder ob der Olaf einfach naiv gewesen ist. Gerhard war jedenfalls stärker, gerissener. Ich kam gerade noch dazu, als er mit dem Messer an Olafs Kopf zugange war.“

„Zugange war?“

Sie nickt langsam. „Am Schädel herumgeschnitten hat er ihm. Er hatte ihn vorher schon geschlagen. Und als Olaf zu bluten anfing, ist Gerhard ausgerastet. Er hat ihm an den Haaren herumgezerrt und wollte ihn skalpieren wie die Indianer. Das hat er damals gesagt.“

Ich sitze da. Äußerlich ruhig, spüre ich, wie mein Verstand zu vibrieren beginnt wie ein Wespennest, in das jemand hineinsticht. „Er hat versucht, ihn zu skalpieren?“

Die Frau nickt. „So hat er es gesagt.“

Ich blinzle, zwinge mich, zu atmen. „Und was ist dann passiert?“

„Nichts“, sagt Frau Herget. „Der alte Sternbach hat die Jungs verhauen und ihnen gesagt, sie sollen die ganze Sache vergessen. Es wurde ein Arzt geholt, ein Freund der Familie, Sie verstehen?“

Ich nicke.

„Die ganze Sache ist im Sande verlaufen. Mir wurde verboten, darüber zu sprechen. Ich brauchte meine Arbeit. Also habe ich geschwiegen. Irgendwann haben sie mich ausbezahlt, als die Jungs groß genug fürs Internat wurden. Ich musste etwas unterschreiben. Stellen Sie sich das vor. Das Gerissene hat der Gerhard von seinem alten Vater, denke ich. Der hat auch immer auf jeden herabgesehen, vor allem Frauen. Aber ich hatte auch nie den Mut, über die Sache zu reden, wenn ich ehrlich bin.“

„Bis heute.“

„So ist es. Es tut auch gut, den ganzen Mist einmal auszusprechen“, sagt Frau Herget. „Wie gesagt, ich bin nicht überrascht, dass Sie hier sind. Ich will gar nicht wissen, was der Junge angestellt hat.“

„Vielleicht ist es besser so", sage ich und werfe einen Seitenblick zu Lexi, die unbeteiligt wirkend auf der Wiese sitzt.

„Das kann doch alles gar nicht sein", sagt sie unvermittelt und blickt die alte Frau an.

„Was denkst du?", fragt Frau Herget. „Dass ich Geschichten erzähle?"

„Nein." Lexi wirkt sichtlich irritiert. Sie schüttelt den Kopf, als könne sie so den Gedanken abschütteln. „Ich kann mir das nicht vorstellen. Diese Brutalität. Es ist doch sein Bruder."

Ich verspüre das Bedürfnis, eine Hand auf ihre zu legen, bleibe aber sitzen. „Du glaubst nicht, was Menschen einander antun. Für manche ist Familie nur ein leeres Wort."

Josefine Herget mustert Lexi, runzelt die Stirn.

Ich sehe Lexi an, dann wieder die ehemalige Angestellte der Sternbachs. In mir regt sich etwas. Aber ich bekomme die Gedanken nicht zu fassen.

„Aber ich lese auch die Zeitung", sagt Frau Herget. „Sie sind wegen des Mädchens hier, richtig?"

„Tut mir leid", entgegne ich. „Dazu kann ich nichts sagen."

Frau Herget winkt ab. „Ich weiß auch so Bescheid. Olaf war ein guter Junge. Das ist er immer gewesen. Es ist traurig, dass er so gelitten hat."

„Trauen Sie ihm so etwas zu?", frage ich. „Die Dinge, die Sie in der Zeitung lesen. Nur mal rein hypothetisch gefragt?"

„Überhaupt nicht. Sie liegen falsch. Sie müssen sich irren, Frau Wolf."

„Und Gerhard?"

„Gerhard Sternbach …" Die alte Frau starrt in die Ferne, scheint in Gedanken durch die Zeit zu reisen. Schließlich seufzt sie, als sie wieder in die Gegenwart zurückkehrt. „Ich weiß nicht, was für ein Mann er geworden ist. Aber ein guter Junge war er nicht. Überhaupt nicht. Dem traue ich so ziemlich alles zu, wenn ich ehrlich bin."

Kapitel 36

Während der Autofahrt zurück schweige ich genauso wie Lexi. Nicht einmal meine recht sportliche Fahrweise auf den engen, sich schlängelnden Landstraßen entlockt ihr einen Kommentar. Ich setze sie an ihrer Wohnung ab, dann fahre ich zur Dienststelle.

„Nessa!“ Strasser wirkt aufgeregt, als er mich am Kaffeeautomaten abfängt. „Ich habe versucht, Sie zu erreichen. Es ist etwas passiert.“

In knappen Worten erklärt der Kollege mir, dass neue, möglicherweise belastende Hinweise aufgetaucht sind.

Nachdem der zuständige Richter bislang abgelehnt hatte, Sternbach zur Befragung einzubestellen, hat sich die Lage jetzt möglicherweise geändert.

„Was für Hinweise?“, frage ich.

„Sein Auto“, antwortet Strasser.

„Sein Auto? Ich verstehe nicht.“

„Dieser Transporter. Er ist auf der Aufzeichnung einer Überwachungskamera aufgetaucht. In der Nähe des Fundorts der Leiche von Lea Grimm.“

„Wann?“

„In der Nacht vor dem Auffinden der Leiche.

„Verdammt", sage ich. „Warum erfahren wir erst jetzt davon?"

Strasser zuckt mit den Schultern. „Keine Ahnung. Die Kamera gehört zu einem Juweliergeschäft. Der Besitzer hat sich erst jetzt gemeldet. Hat wohl nicht früher die Aufnahmen kontrolliert. Und er will anonym bleiben."

„Natürlich", antworte ich ausdruckslos. Stellt sich mir nur die Frage, wie anonym ein Juwelier in einem Kaff wie diesem überhaupt bleiben kann. Aber ich behalte das für mich, und außerdem ist das nicht mein Problem. Das trägt einen anderen Namen. „Wo ist Lange?"

Strasser zeigt auf die Glastür und den Gang hinunter. „Im Besprechungsraum. Sie sollten zu ihm gehen. Er wartet ohnehin schon."

Ich seufze leise. „Klar."

Im Besprechungsraum finde ich Lange vor, der an einem der Tische sitzt, mit seinem Telefon herumspielt und dabei fast gelangweilt wirkt.

Er gibt sich Mühe, seine Maskerade aufrechtzuerhalten, und mich kostet es Kraft, meine instinktiv aufkeimende Wut unter Kontrolle zu halten.

In meinem Magen ballt sich inzwischen etwas zur Faust, wenn ich den Mann nur ansehe.

„Was läuft hier eigentlich?", frage ich.

Lange legt sein Smartphone beiseite, beäugt mich.

„Wann hatten Sie vor, mich in die Entwicklungen einzuweihen?", frage ich. „Hatten Sie es überhaupt vor?"

Lange lehnt sich zurück. „Was ist denn das Problem, Frau Wolf?"

„Das Problem? Das Problem ist, dass ich nicht weiß, was hier läuft."

„Ermittlungen", entgegnet Lange lapidar und schiebt sein Smartphone auf dem Tisch beiseite. „Sie hätten ja Anteil daran, aber dazu müssten Sie anwesend sein."

„Anwesend, ja?" Ich zeige auf sein Telefon. „Sie könnten auch einfach dieses Ding dort benutzen, um mich anzurufen."

Lange zuckt mit den Schultern. „Jetzt sind Sie ja im Bilde."

„Allerdings", sage ich. „Woher der plötzliche Sinneswandel? Wieso taucht Olaf Sternbach jetzt doch auf Ihrem Radar auf, Lange? Ist er das Bauernopfer?"

„Bauernopfer? Was für ein Quatsch! Dafür, dass Sie die Expertin sein sollten, reden Sie eine Menge Unsinn, Frau Wolf."

„Ist das so?", frage ich.

„Ich verstehe Sie einfach nicht. Erst wollen Sie mich überzeugen, dass Olaf Sternbach zur Befragung hierhergebracht werden soll. Dann setze ich das aufgrund neuer Hinweise durch, und es ist auch wieder nicht gut. Kann man Ihnen auch irgendetwas recht machen?"

Atmen, Nessa.

„Sie setzen es durch? Sie? Sie haben doch gar nichts getan. Hier ist den ganzen Tag gar nichts passiert wegen irgendwelcher bürokratischen und politischen Spielchen, und Sie wollen mir sagen, Sie setzen irgendetwas durch? Während diese ganze Scheiße hier abläuft, sitzt Angelina in irgendeinem Loch und verrottet dort. Sofern sie noch lebt."

Atmen, Nessa.

„Es reicht, Frau Wolf."

„Es reicht? Es reicht noch lange nicht. Sie können gar nicht mehr anders, weil diese Aufnahmen Ihnen keine Wahl lassen."

„Es reicht." Lange zerrt an seiner Krawatte. „Sternbach wird hergebracht. Entweder sind Sie bei der Befragung dabei oder fahren nach Hause, den ganzen Weg zu Ihrem heißgeliebten BKA. Dort können Sie dann schmollen, wenn Sie mögen. Aber hier bestimme ich, was passiert und wie."

„Ach, Sie spielen jetzt die Chefkarte aus?"

„Oh ja, Frau Wolf, das tue ich. Und schicken Sie dieses Mädchen nach Hause. Die sitzt immer noch draußen. Ich frage mich ohnehin, was die mit dem Fall zu tun hat. Immerhin hängen Sie oft genug mit ihr herum." Sein Grinsen nimmt einen hässlichen Zug an. „Aber vielleicht ist sie ja einer Ihrer Liebschaften. Nach dem, was man so hört …"

„Nein", sage ich.

Lange starrt mich verblüfft und mit hochrotem Kopf an. „Nein? Was denn nein?"

„Nein. Ich bringe Olaf Sternbach hierher."

„Sie wollen allein losziehen und ihn verhaften?" Lange lacht leise. „Was, wenn er tatsächlich der Täter ist und sich gegen Sie wendet?"

„Das wird nicht passieren."

„Oh. Sie sind sich Ihrer Sache ja verflucht sicher", antwortet Lange und schüttelt den Kopf. „Aber gut. Dann mal los. Sie machen ja ohnehin, was Sie wollen."

Ich habe die Beherrschung verloren. Ganz klar.

Richtig bewusst wird es mir auf dem Weg nach draußen und auf der Fahrt zum Anwesen von Olaf Sternbach.

Immer wieder schiele ich auf das Display meines Handys, rechne mit dem Anruf von Helene.

Sie hat noch nie die Beherrschung verloren. Wütend wird sie. Aber sie ist die Art von Person, die kalt glimmt.

Wenn sie wütend wird, ist sie leise.

Das sind die Menschen, vor denen man sich hüten muss.

Helene ist so eine Person – und ich beneide sie darum.

Manchmal wird mir allzu bewusst, dass ich die Tochter meiner Mutter bin. Egal, wie sehr ich dagegen ankämpfe. Ich schwimme gegen den Strom meines Erbpools an.

Aber wenn ich nicht aufpasse, ertrinke ich irgendwann darin.

Der Anruf bleibt aus. Vorerst.

Ich fahre allein, ohne Verstärkung. Kein Netz, kein doppelter Boden. Mit dem Ellbogen presse ich die Waffe im Holster gegen meine Hüfte. Nur zur Versicherung, dass ich sie auch mitgenommen habe.

Wenn es stimmt, was mein Bauchgefühl sagt, brauche ich meine Pistole nicht. Aber das wird sich noch herausstellen.

Kurz zwängt sich mir das Bild von Angelina auf. Sie ist allein, in einem dunklen Raum. An einem dunklen Ort.

Das sind wir beide. Aber sie ist in Gefahr.

Das Bild überlagert sich mit den Fotografien der toten Helena, dann die tote Lea. Ihre kahlen, blutigen Schädel, die zerschnittenen Körper. Blinde, tote Augen.

Der Gerhard, der hatte es mit Messern.

Das hat Frau Herget gesagt, es geht mir nicht aus dem Kopf – genauso wenig wie die toten Mädchen.

Angelina lebt noch. Das ist meine Hoffnung.

Man sagt Hoffnung stirbt zuletzt.

Aber am Ende stirbt sie doch. Schreiend.

Ich betätige den Knopf, um das Seitenfenster herunterzulassen. Der Wind bläst mir ins Gesicht, das Radio brüllt mich an. Der Audi fegt über die Fahrbahn.

Unterwegs kommen mir unentwegt verschiedene Gedanken, die ich nicht einordnen kann. Verschiedene Fälle, verschiedene Ansätze.

Die Spahalski-Brüder, ein mörderisches Paar von Zwillingen, kommen mir in den Sinn.

Sie waren kein Hannibal, nicht einmal ein Buffalo Bill, aber eine gute These für die Frage, ob es bösartige Gene geben kann.

Oder die Brileys: drei Brüder, die gemeinsam vergewaltigten, raubten und mordeten. Ihnen gelang es sogar, ausgelöst durch einen von ihnen angezettelten Gefängnisaufstand, aus dem Todestrakt zu fliehen. Wenn auch nicht für lange Zeit. Zwei wurden hingerichtet, ein Briley lebt immer noch in Haft.

Jede dieser Geschichten für sich ist verdreht und absurd. So absurd, dass jedem Schriftsteller oder jeder Drehbuchautorin erst der Vogel, dann die Tür gezeigt würde, wenn sie eine solche Geschichte ablieferten.

Ob man an Zufall glauben will oder nicht. Die Realität ist verdreht, verrückt, verschroben. Sie kennt keine Moral, kein Gut, kein Böse. Sie passiert.

Die Idee, dass es hier nicht zwingend um einen Serienmörder geht, setzt sich fest. Was, wenn es mehr als einen Täter gibt? Aber wie stehen sie zueinander? Kennen sie sich? Arbeiten sie zusammen? Oder konkurrieren sie?

Sind es die Brüder? Und was, wenn es noch jemanden gibt?

Ich denke einmal mehr an die Spahalski-Brüder, die nicht gemeinsam töteten, die in einem Wettstreit miteinander standen. Ein späterer Mord des älteren Spahalski ähnelte dem ersten Mord seines jüngeren Bruders Stephen so frappant, als hätte er ihn kopiert.

Die Brileys hingegen taten alles gemeinsam.

Geschwister sind oft die besten Verbündeten – und die ersten Gegner.

Zu viele Ideen, zu viele Möglichkeiten. Ich muss mir noch einmal die Obduktionsberichte ansehen, aber das kann ich unterwegs nicht.

Vielleicht bin ich auch auf der völlig falschen Spur.

Im Moment sind das alles nur Theorien, und mir fällt es schwer, mich zu konzentrieren.

Ich brauche einen klaren Kopf. Sonst drehe ich noch durch.

Dieses Mal benötige ich für die Fahrt nur kaum mehr als fünfunddreißig Minuten.

Es ist ein kleines Déjà-vu, als ich Sternbachs Hof betrete. Olaf kniet auf dem Boden. Überall ist Blut.

Ein toter Körper.

Immerhin ist es nicht Angelina, schießt mir ein Gedanke in den Kopf und wieder hinaus.

Ich ziehe an dem Bändchen an meinem Handgelenk und lasse es gegen meine Haut schnappen.

Das sachte Brennen danach bindet mich ans Hier, ans Jetzt. An meine Aufgabe.

„Herr Sternbach?"

Er hebt das Kinn und sieht mich an.

Ist es Verschlagenheit in seinem Blick oder Verwunderung?

Ich muss mich konzentrieren.

Auf das, was ich zu tun habe.

Angelina retten. Alles andere zählt jetzt nicht.

Olaf Sternbachs Hände und Unterarme sind bis knapp zu den Ellbogen blutverschmiert. Er trägt eine schmutzige Schürze.

Vor ihm liegt ein Reh.

Der Anblick der toten Augen des Tieres macht mich traurig und wütend zugleich. Alles andere ist ekelerregend.

Der Bauch ist aufgetrennt. Eingeweide quellen aus dem geöffneten Bauchraum hervor. Ein Rinnsal Blut fließt über den groben Stein des Hofs.

Der Geruch, eine Mischung aus Blut und Exkrementen, sollte mir nichts ausmachen, bringt mich aber dazu, mit offenem Mund einzuatmen.

Für Olaf Sternbach scheint das alles normal zu sein.

Olaf lächelt mich an, in seiner rechten Hand hält er ein Messer.

Es dauert eine Weile, bis er meinen Blick bemerkt und das Ding weglegt. Immerhin scheint er seit dem letzten Mal dazugelernt zu haben.

„Danke", sage ich.

„Ich war jagen", sagt er, und ich frage mich unwillkürlich, ob die Doppeldeutigkeit, die in seinen Worten liegt, Absicht ist oder ob er tatsächlich der Naivling ist, der er vorgibt, zu sein. „Es war ein wundervoller Morgen."

„Nicht für alle", sage ich. „Wissen Sie, weshalb ich hier bin?"

„Ich habe keinen blassen Schimmer", sagt er und zeigt auf das tote Tier. „Wahrscheinlich nicht wegen des Wildbrets."

„Nein", sage ich und zwinge mich zu lächeln. „Angelina ist verschwunden."

Er blinzelt und wirkt ernsthaft überrascht. „Wer ist Angelina?"

„Eine ASMRtist“, sage ich.

Er zuckt mit den Schultern. „Sagt mir nichts. Klingt wie eine Krankheit.“

„Sie ist eine junge Frau, Herr Sternbach. Wie die anderen. Sie passt ins Profil.“

Wieder zuckt Sternbach mit den Schultern.

Entweder ist er wirklich überrascht, naiv und hat tatsächlich keine Ahnung. Oder er ist ein überragender Lügner. Ein Psycho- oder Soziopath, wie er im Lehrbuch steht.

Mir fallen die Worte von Josefine Herget ein.

Olaf ist ein guter Junge.

Irgendwann waren sie das alle mal. Die meisten jedenfalls. Vielleicht ist er auch nur ein Opfer. Irgendwann ist er eines gewesen. Das Opfer seines Bruders. Aber oft genug werden Opfer selbst zu Tätern.

Oder Mittätern.

Wie die Spahalskis.

„Ich muss Ihnen ein paar Fragen stellen, Olaf.“

Er blickt auf, sieht mir in die Augen. In seinen erkenne ich keine Regung. Nur ein spontanes Zucken seiner Mundwinkel in seinem Gesicht, und ich frage mich, ob das einfach nur seine Nerven sind.

„In Ordnung“, sagt er. „Kommen Sie.“

Sternbach führt mich durch eine Seitentür in einen kleinen Raum. In einer Ecke ist ein Waschbecken.

Olaf dreht das Wasser auf, hält die Hände unter den rauschenden Wasserstrahl. Blut fließt in den Ausguss.

Der Raum ist holzvertäfelt. Ein leicht muffiger Geruch schwebt in der Luft, und von den Wänden glotzen mich tote Tiere aus Glasaugen an.

Rehe, Hirsche. Wildschweine. Fuchs und Dachs. Sogar ein Wolf starrt von der Wand aus ins Nichts.

Trophäen.

Der Raum ist der Trophäenraum des Jägers Olaf Sternbach.

Schlagartig wird mir klar, was an Olaf anders ist als an seinem Bruder. Ihm fehlt das Gerissene, das Verschlagene.

Er hält mit seinen Leidenschaften nicht hinter dem Berg.

Wenn er etwas zu verbergen hat, tut er es nicht oder auf großartige Weise. Es ist fast wie in den großen Verschwörungstheorien, die jeden Tag durch das Internet geistern. Alles ist da. Das Versteckte sichtbar, wenn man nur hinschaut, was aber nur die wenigsten tatsächlich tun. *Hidden in plain sight*, heißt das Prinzip. Versteckt im Offensichtlichen. Und das Konzept funktioniert, weil man nicht nach etwas sucht, das nicht versteckt ist.

Aber da ist auch etwas anderes.

Von Olaf Sternbach geht etwas Seltsames aus. Er strahlt etwas Verdrehtes, Sonderbares aus.

Was er mit Tieren tut, widert mich an.

Abgesehen davon wirkt er weder brutal noch bedrohlich.

Anders als sein Bruder, den eine Aura der Bedrohung umgibt. Feinstofflich, nicht zu fassen.

Olaf ist wie ein harmloser Welpe, der aus großen, verwunderten Augen auf die Welt blickt – und dabei vergisst, dass er selbst Zähne hat.

Trotzdem ist die Videoaufzeichnung mit seinem Auto ein Hinweis, den ich nicht vernachlässigen kann.

Ich weiß nicht, wie Olaf Sternbach wirklich tickt, kann nur seine vernarbte Stirn sehen. Was dahinter vor sich geht, weiß nur er selbst.

Auf der Fahrt hierher hatte ich überlegt, Sternbach hier zu befragen, ihm die Schmach und das Ungemach, mich auf die Dienststelle zu begleiten, zu ersparen.

Aber offen gesagt: Ich will nicht hier in diesem Raum sein. Mit all den toten Augen, den Trophäen. Und dem Geruch.

„Sie erinnern sich an mich, Herr Sternbach?"

Er lächelt schmal, zeigt auf seine Stirn. „Ich habe einmal etwas gegen den Kopf gekriegt. Aber ich bin nicht dumm."

Ich nehme den Ball auf, den er mir zuspielt. „Wie ist das eigentlich passiert?"

Ein eigentümliches Blitzen spielt in seinen Augen.

Nein, der Mann ist nicht dumm. Er weiß, was geschehen ist. Er weiß, dass ich es weiß. Und er weiß, dass man nicht darüber spricht.

„Ein Unfall", sagt er und winkt ab. „Lange her."

„Ja", sage ich. „Herr Sternbach, ich habe den Transporter auf Ihrem Hof gesehen. Ist das Ihrer?"

Er nickt. „Gehört der Familie. Aber ich fahre ihn. Die meiste Zeit. Das Ding ist praktisch. Nicht mehr, nicht weniger. Es ist billiger. Die Steuern, Sie verstehen? Gerd ist es recht, wenn ich ihn benutze."

Da ist es wieder. Die Familie. Er könnte sagen, dass es ein Firmenwagen ist. Aber er sagt, er gehöre der Familie. „Was heißt das, Sie fahren ihn die meiste Zeit. Fährt ihn auch sonst jemand?"

„Ab und zu."

„Wann zum letzten Mal?"

Er zuckt die Schultern. „Ich kann mich nicht erinnern."

„Herr Sternbach, wann waren Sie zum letzten Mal in der Stadt?"

Olaf Sternbach blickt an mir vorbei. Seine Augen starr ins Nichts gerichtet. „Keine Ahnung."

„Ich denke schon", antworte ich.

Er sieht mich an, sein Blick weitet sich auf sonderbare Weise. Ich kann nicht sagen, ob vor Schreck, Verwunderung oder ob er sich über mich lustig macht. Es scheint, als habe die Narbe einen Einfluss auf seine Mimik.

„So?"

Ich nicke. „Ihr Auto wurde gesehen. Vor ein paar Tagen. Es ist auf den Aufnahmen einer Überwachungskamera aufgetaucht. In der Nacht, als Lea Grimms Leiche auf der Wiese beim Freibad abgelegt wurde."

„Ist das so?"

„Ja, Herr Sternbach. Es tut mir leid, aber ich muss Sie fragen, ob Sie in der Nacht mit dem Auto unterwegs waren."

Er streicht mit einem Finger über seine Narbe. „Weiß ich nicht."

Ich blinzle, ein Gedanke schießt mir in den Sinn. „Oder war das Ihr Bruder?"

Sternbach stößt in einem langen Zug den Atem aus. „Nein, denke nicht."

„Sie denken oder Sie wissen?"

„Ich weiß es nicht mehr."

„Haben Sie ein Alibi für die fragliche Nacht?"

„Ich war hier", sagt er.

„Allein?"

Er nickt. „Das bin ich immer."

„Also kann das niemand bezeugen?"

„Nein", antwortet Sternbach.

„Herr Sternbach, Sie wissen, wie das aussieht?"

„Ich weiß. Aber ich habe kein Alibi", sagt Olaf Sternbach. Er zuckt heftig mit den Schultern. „Wer sollte mir eins geben? Ich bin allein. Ich bin immer allein."

Es liegt eine gewisse Traurigkeit in seinen Worten. Ich kann sie spüren. Vielleicht ist es sogar Trauer.

Trauer um eine Gemeinsamkeit, die vor langer Zeit gestorben ist.

Vielleicht ist es aber doch Verschlagenheit.

Auch ein Ted Bundy wirkte freundlich, charmant, harmlos. Manchmal hilflos.

Serienmörder. Mimikry. Das haben die meisten von ihnen gemeinsam.

„Es tut mir leid, Herr Sternbach", sage ich. „Aber ich muss Sie bitten, mich zu begleiten."

Er sieht mich verblüfft aus großen, zu alten Jungenaugen an. „Sie verhaften mich?"

Kapitel 37

Inzwischen ist es Abend, und im grellen Licht des Vernehmungszimmers fühlt Olaf Sternbach sich offensichtlich unwohl.

Mein Mitleid für ihn hält sich in Grenzen.

Ich ertappe mich gar bei dem gemeinen Gedanken, ob er nun vielleicht nachvollziehen kann, wie sich die Tiere an seiner Wand gefühlt haben mögen, kurz bevor er sie erlegt hat.

Ich jage.

Seine Worte hallen in meinem Verstand nach.

Vielleicht hat er bei den Tieren nicht aufgehört.

Er wäre nicht der Erste und der Letzte sicher auch nicht.

Ich muss mich zusammenreißen. Olaf Sternbach kann nichts dafür, dass ich ihn nicht leiden kann.

Das allein macht ihn nicht zum Täter. Nur zu einem Arschloch. Leider ist das nicht strafbar.

Ich beiße mir auf die Lippe, stelle ein Glas Wasser vor ihm auf dem Tisch ab.

Weiland ist bei mir. Eine Auflage von Lange. Er will, dass man mir auf die Finger schaut.

So sehr ich Weiland verabscheue, eine Sache eint uns. Wir wollen diesen Fall abschließen und hier verschwinden.

Also konzentrieren wir uns beide auf die Sache – und auf Sternbach.

„Danke", sagt Olaf Sternbach und nippt am Wasserglas. Ein dünner Schweißfilm bildet sich auf seiner Stirn. Die Narbe tritt durch das helle Licht noch stärker hervor.

Ich setze mich und lehne mich auf dem Stuhl zurück. Weiland blättert in einer Akte. Das scheint seine Masche zu sein: die zu Befragenden mit Fakten konfrontieren. Egal, ob es nun welche gibt oder nicht.

Was mein Bauchgefühl angeht, ist Sternbach ein schwarzes Loch. Einerseits wirkt er wie ein herrenloser Welpe, der zu hässlich ist, als dass ihn jemand adoptieren würde.

Auf der anderen Seite hat er etwas Hartes an sich. Eine Art Phlegma, das wie ein Schutzpanzer wirkt.

Die Frage ist, ob er das Außenleben von seinem Inneren fernhält oder verhindern will, dass sein Inneres ans Licht tritt.

Das ist oftmals die Frage, und nicht selten gibt es einen Punkt, an dem sich die Dinge umkehren.

Wenn die äußeren Umstände ins Innere eindringen, den Panzer durchdringen und das Wesen verderben.

Dann gilt es das Innere einzuschließen, nicht an die Oberfläche gelangen zu lassen.

Das kostet Kraft – und manche haben diese irgendwann nicht mehr.

„Sie wissen, weshalb Sie hier sind?", fragt Weiland.

Sternbach nickt, trinkt einen Schluck Wasser und stellt das Glas ab. „Nein, eigentlich nicht."

Weiland blinzelt. „Wie meinen Sie das, Herr Sternbach?"

Olaf Sternbach wirft mir einen Blick zu. „Irgendetwas wegen meines Autos und einer Kamera."

„Richtig", antwortet Weiland. „Ihr Wagen wurde von einer Sicherheitskamera erfasst. In der Nähe des Fundorts der getöteten Lea Grimm, und zwar in der Nacht, bevor ihr Leichnam entdeckt wurde. Seltsamer Zufall, nicht wahr?"

„Das war ich nicht", sagt Sternbach hastig.

„Was genau waren Sie nicht?", fragt Weiland.

Ich mag den Kerl nicht. Das gebe ich zu, und wahrscheinlich beruht das auf Gegenseitigkeit. Er ist nicht die hellste Kerze auf der Torte. Sicher nicht. Aber dämlich ist er auch nicht. Seine größte Stärke scheint seine Hartnäckigkeit zu sein. Wenn er etwas wittert, verbeißt er sich wie ein Bluthund in die Sache. Er lässt nicht locker.

Eine gute Sache, wenn man auf der richtigen Spur ist.

Verschwendung, wenn man sich irrt.

Ob ich mich irre, was Olaf Sternbach angeht?

„Wo waren Sie in der fraglichen Nacht?", fragt Weiland.

Sternbach zuckt mit den Schultern. „Zu Hause. Allein. Ich bin immer allein. Ich habe das bereits Ihrer Kollegin gesagt."

Beide Männer sehen mich flüchtig an.

„Eine andere Frage, Herr Sternbach", fährt Weiland fort. „Wo waren Sie gestern Nacht?"

Sternbachs Kehlkopf zuckt unter der Haut. „Ich weiß es nicht."

„Sie wissen nicht, wo Sie gestern Nacht waren?"

Sternbach greift nach dem Wasserglas, trinkt, schluckt. Er stellt das Glas ab und legt die Hände auf den Tisch.

Unter seinen Fingernägeln kleben Reste von Blut.

Wahrscheinlich von dem Reh. Aber wer weiß.

Das wird die Spurensicherung klären.

Was ebenfalls zu klären sein wird, ist Sternbachs Geisteszustand. Der Mann wirkt seltsam. Benebelt. So als wäre er nicht hier. Betrunken oder eher wie auf Drogen.

Allerdings fällt es mir schwer, mir Olaf Sternbach auf Stoff vorzustellen.

Vielleicht nimmt er Medikamente ein. Vielleicht ist es der Stress.

Sternbach wirkt nicht eben sozial kompetent. Er ist ein Eigenbrötler, der für sich bleibt.

Aber vielleicht hat es auch etwas mit seiner Narbe zu tun. Verdammt, ich weiß zu wenig über diesen Mann.

„Nein", antwortet Sternbach. Er schwitzt stärker. „Doch."

Weiland klappt den Ordner zu, lehnt sich zurück und verschränkt die Arme. „Was denn jetzt?"

Olaf Sternbachs Stimme klingt heiser. „Zu Hause. Ich bin immer zu Hause. Allein."

„Wo ist Ihre Armbanduhr?", frage ich.

Olafs Blick zuckt zu mir, dann zu der etwas helleren Stelle an seinem Handgelenk, die sich wie ein Band auf der Haut um das Gelenk zieht. Er runzelt die Stirn, starrt die helle Hautstelle an. „Ich weiß nicht."

Aber es klingt nicht falsch, nicht wie eine Lüge.

Eher wie ein Schuljunge, der die Antwort auf eine einfache Frage nicht weiß.

„Wann hatten Sie die Uhr zuletzt?", frage ich weiter.

Olaf Sternbach zuckt erneut mit den Schultern, legt die Finger aneinander. Kein Zittern. Nur Rückstände von Schweiß an der Stelle, wo seine Hände auf dem Tisch lagen.

Er holt Luft, öffnet den Mund.

Aber ehe er etwas sagen kann, fliegt die Tür auf und knallt gegen den Stopper am Boden.

„Was zur …“, flucht Weiland.

Mein Kopf ruckt herum.

Sternbach. Der andere Sternbach. Hinter ihm ein ernst dreinblickender Anzugträger mit einem schwarzen Lederkoffer und Lange, der gestikuliert, aber nichts sagt.

Sein Anwalt.

Das ist kein Wunder.

Was mich eher verwundert, ist die Tatsache, dass er nur einen Anwalt mitbringt. Bei einem vom Kaliber Sternbach hätte ich mit einer kleinen Armee von Rechtsverdrehern gerechnet.

„Was ist hier los?“, fragt Gerhard Sternbach leise und mustert jeden Anwesenden aus zusammengekniffenen Augen.

Vielleicht bilde ich es mir ein. Aber er scheint mich etwas länger anzusehen als die Männer.

Dann huscht sein Blick zurück zu seinem Bruder.

Gerhard Sternbach spricht leise. „Olaf? Steh auf.“

Olaf Sternbach wirkt verwirrt, sitzt nur da und glotzt.

„Los, Olaf, steh auf. Du bleibst nicht hier.“

„Wie kommt er hier herein?“, frage ich laut und erhalte keine Antwort.

Gerhard Sternbach tut zwei rasche Schritte in den Raum, stiert mich an. Er wirkt völlig ruhig, beherrscht. Nur ein leichtes Zucken seiner Nasenflügel verrät seine Erregung.

Sternbach beugt sich über den Tisch hinweg vor, starrt mir in die Augen.

Ich starre zurück, bis Sternbachs Körper reagiert.

Adern treten an seinem Hals hervor, pulsieren heftig. „Sie sollten wissen, dass mir hier alle Türen offenstehen. Ich muss nicht einmal anklopfen. Verstehen Sie das?“

„Sagen Sie jetzt bitte nichts, Herr Sternbach“, fordert der Anwalt im Hintergrund.

Gerhard Sternbach lächelt kalt. Seine Augenbrauen zucken. Er richtet seine Krawatte.

Ich starre zurück. Ich atme. Ich bin ruhig. Meine Finger umklammern die Tischplatte. „Nur zu gut. Aber das wird nicht von Dauer sein. Sie können sich nicht drücken, Herr Sternbach. Sie können sich nicht verstecken oder weglaufen.“

„Ich laufe nicht“, entgegnet er. „Ich gehe, und mein Bruder begleitet mich. Den Rest regelt mein Anwalt.“

Kapitel 38

Unfähig, mich zu rühren, bleibe ich auf meinem Stuhl im Besprechungsraum sitzen. Mein Rücken schmerzt, mein Nacken ist steif, und in meinem Magen ballt sich ein tonnenschweres Knäuel aus Wut, Verzweiflung und Versagen zusammen.

Fast kann ich den Schmutz der Sternbachs auf meiner Haut spüren und das dringende Bedürfnis, es alles herunterzukratzen.

Olaf Sternbach ist frei, Gerhard Sternbach auf dem Kriegspfad. Lange tobt. Aber das Schlimmste: Von Angelina fehlt nach wie vor jede Spur.

Meine Hand verkrampft sich zu einer Faust, die auf dem Tisch liegt. Zitternd.

Ich will schreien. Brüllen. Aber ich kann nicht, starre nur auf meine bleichen Knöchel.

„Sie sollten ins Hotel gehen", sagt Strasser.

Er steht im Türrahmen, mustert mich mit einem langen Blick. Der Mann sieht selbst müde aus, hat dunkle Ringe unter den Augen.

„Ich kann doch jetzt nicht schlafen", entgegne ich.

„Dann ruhen Sie wenigstens, Nessa. Ich kann Sie anrufen, wenn sich etwas ergibt. Das ist bereits die zweite Nacht in Folge. Sie sollten wirklich versuchen, ein wenig Ruhe zu bekommen."

Ich lächle verhalten. „Das sagt der Richtige."

„Ich weiß."

„Vermisst Ihre Frau Sie nicht, Strasser? Sprechen Sie wieder miteinander? Sie erzählen so gar nichts von ihr."

Er zuckt mit den Schultern. „Da gibt es auch nicht viel zu erzählen. Es läuft nach wie vor nicht besonders."

„Das tut mir leid."

„Muss es nicht", sagt er. „Ich wünschte, ich könnte etwas daran ändern."

„Das Gefühl kenne ich."

„Ja?"

Ich nicke müde. „Oh ja."

„Wir haben so früh geheiratet", sagt Strasser. „Nach der Schule. Das ist über zwanzig Jahre her und fühlt sich an, als wäre es ein ganzes Leben her. Na ja, eigentlich ist es das ja auch."

„Sie müssen nicht in einer unglücklichen Beziehung verharren. Das wissen Sie, oder?"

„Ja", sagt Strasser. „Ja und nein. Man ist nicht wirklich frei, Nessa. Mit all den Verpflichtungen, Kindern. Wenn ich könnte, wie ich wollte …" Er schweigt, lächelt verschmitzt. „Wenn ich nur könnte, aber ich kann einfach nicht."

„So geht es mir mit dem Schlaf", sage ich und übergehe seine Anspielung, weil mir nichts Besseres einfällt. Ich habe das Gefühl, Strasser schleicht um etwas herum, das besser ungesagt bleibt. Manchmal gibt es keinen Weg zurück, wenn

Dinge einmal ausgesprochen und in der Welt sind. Daran ändert auch der Mantel der Nacht nichts, auch wenn späte Stunden uns enthemmen, weil unsere Impulskontrolle nachlässt. Ich habe eine Idee, was Strasser will, und irgendwo bin ich froh, dass er den Mut nicht aufbringt.

Helfen kann ich ihm ohnehin nicht.

Kurz nachdem Strasser den Raum verlässt, bin ich versucht, den Kopf auf die Tischplatte zu legen. Nur das Eintreten Ritas und der Geruch des frischen Kaffees aus dem Becher in ihrer Hand verhindern das.

„Bleiben Sie sitzen, nehmen Sie sich einen Moment. Ein guter Kaffee ist wie ein kleines Stück Zuhause. Das ist mein eigener, nicht der Bürokaffee."

Ich starre sie wortlos an, dann den Becher. Etwas in mir verkrampft und löst sich dann. Ich bringe nichts heraus, nur weil jemand einfach einmal nicht auf mich einsticht.

Sie lächelt mir zu, stellt den Kaffeebecher vor mir ab, die Dampfschwaden steigen verheißungsvoll auf.

„Nicht gleich alles hinunterkippen", sagt Rita und grinst schräg. „Ist noch heiß."

„Danke, Rita", antworte ich. „Sie sind meine Rettung."

Sie winkt ab, legt zwei Pappordner, die sie unter den Arm geklemmt hat, vor mir auf den Tisch. „Das sind die Obduktionsberichte. Sie hatten doch noch einmal einen Blick darauf werfen wollen, oder?"

Ich reibe meine Stirn mit einem Daumen. „Ja, danke, Rita. Das hätte ich völlig vergessen."

„Keine Ursache", sagt die Schreibkraft, die so viel mehr ist als das. „Ich lasse Sie dann mal allein. Und vergessen Sie den Kaffee nicht."

Ich nehme den Becher in die Hand, proste Rita zu und erwidere das Lächeln der Frau. „Bestimmt nicht."

Ich schlage die Berichte auf und blättere durch die Seiten, hier und da fällt mir etwas auf. Details, die ich vorher nicht genug beachtet habe. Vielleicht weil ich unaufmerksam gewesen bin. Vielleicht weil ich unter einer anderen Annahme an den Fall gegangen bin.

Jetzt sehe ich es.

Meist liegt der Schlüssel in der Beziehung zwischen Täter und Opfer. Die Viktimologie kommt ins Spiel.

Gemeinsamkeiten, Unterschiede. Manchmal geht es um das Offensichtliche, wie das Geschlecht, ein auffälliges Merkmal oder eben die Haarfarbe. Und manchmal muss man etwas tiefer graben.

Die Viktimologie erscheint mit einem Mal so klar.

Der Opfertyp, das Haar. Die Beziehung zwischen Opfer und Täter, die ich vermute. Die Art, wie der Kontakt entsteht.

Alles weist zunächst auf einen Täter hin. Einen einzelnen. Einen ganz bestimmten Namen.

Dann die Abweichung.

Angelina. Der Kampf. Das Video.

Und die toten Körper der Mädchen.

Die Obduktionsberichte sprechen eine andere Sprache. Es gibt Abweichungen. Nicht viele, aber sie sind da. Zu viele, um ein Zufall zu sein.

Vielleicht ist genau das die Absicht. Verschleierung. Oder es handelt sich um einen Anfänger, der langsam seinen mörderischen Groove findet.

Ich tippe mit den Fingern auf der Mappe herum.

Die Luft im Raum ist stickig, schlecht. Ich bin müde, und mir ist schwindlig. Mein Daumen streift das Armband am anderen Handgelenk. Ich starre darauf.

Bin ich übermüdet? Kann ich mir selbst noch trauen?

Ist das alles Einbildung? Eine Fata Morgana, die trügerische Oase in der Wüste.

Kurzentschlossen greife ich mein Handy, wähle eine Nummer, und nach weniger als vier Herzschlägen höre ich seine Stimme am anderen Ende der Leitung.

„Charly?“

„Ja?“

„Bist du noch wach?“

Für einen Moment herrscht Schweigen in der Leitung, dann prustet Charly los. Ich warte kurz, bis er sich wieder beruhigt.

„Sorry“, sagt er.

Ich muss unwillkürlich grinsen. „Was ist los?“

„Diese Frage ...“ Er lacht leise. „Wie ein paar Teenager im Zeltlager.“

Ich lächle. „Allerdings, irgendwie.“

„Aber um die Frage zu beantworten: Ja, ich bin offensichtlich noch wach, Nessa. Was ist los?“

„Was soll los sein?“

„Du rufst an, es ist spät. Also ist irgendetwas im Busch.“

„Da hast du wohl recht.“

„Es tut mir übrigens leid, dass ich nicht mehr über diese Brüder und ihre Familiengeschichte herausfinden konnte, aber die schotten sich verdammt gut ab, sorry.“

„Schon gut, Charly. Mach dir darum keinen Kopf. Du hilfst mir schon mehr, als du sollst, musst und darfst.“

„Mhm, dennoch, Nessa, wenn ich etwas tun kann ...“

„Es ist dieser Fall“, antworte ich. „Ich bin verwirrt und frustriert.“

„Hmm“, macht Charly. „Brauchst du Sex?“

Ich lache kurz auf. „Was bitte?“

„Ob du …“

„Ich habe dich schon verstanden, du Depp. Nein, brauche ich nicht. Und wenn, nicht mit dir.“

„Puh“, sagt Charly. „Glück gehabt, was?“

„Allerdings.“ Wobei die Frage offenbleibt, wessen Glück in diesem Fall das größere ist.

Dann wird Charly wieder ernst. „Wo drückt also der Schuh, Nessa?“

„Etwas stimmt nicht mit diesen Taten, Charly. Wahrscheinlich sollte ich dir das gar nicht erzählen, aber irgendwem muss ich es mal sagen, und die Typen hier halten mich sowieso für verrückt.“

„Dann raus damit“, sagt Charly.

Ich erzähle ihm kurz und knapp, was ich in den Berichten über die Obduktionen gelesen habe. „Die Verletzungen bei der ersten Tat erscheinen viel zaghafter. Bei der zweiten Tat sieht das Ganze deutlich entschlossener aus. Der Täter wusste, was er wollte. Und er wusste, wie er es bekommt. Außerdem deuten die Spuren auf eine andere Art des Fesselns hin.“

„Er lernt dazu“, sagt Charly.

„Ja, der Gedanke liegt natürlich nahe.“

„Aber?“

„Es ist dieses Gefühl, Charly. Da steckt mehr dahinter.“

„Mehr was?“, fragt er.

Ich zögere kurz, dann forme ich die Worte in meinem Geist und spreche sie aus. „Mehr Täter.“

„Mehrere Täter?“

„Ja“, sage ich, jetzt im Brustton der Überzeugung. „Ich habe nicht genug Hinweise, kann es nicht belegen. Aber da ist dieses Gefühl, und ich kann es nicht außer Acht lassen.“

„Dann geh dem nach, Nessa.“

„Meinst du?“

„Natürlich. Das ist dein Bauchgefühl. Intuition. Das ist nicht irgendein Frauending oder so“, sagt er. „Vergiss diesen ganzen klischeebehafteten Mist, Nessa. Aber geh dem nach. Das ist dein Bauchgefühl, das durch deine Erfahrung genährt wird, oder nicht?“

Ich seufze leise. „Keine Ahnung, Charly. Ich bin übermüdet und durch den Wind. Und dann ist da dieses Mädchen.“

„Lexi?“

„Mhm.“

„Dazu kann ich dir nichts sagen“, entgegnet Charly. „Aber bisher bist du mit deinem Bauchgefühl oft gut gefahren, oder nicht?“

Da hat er recht. „Ja.“

„Eben.“

„Okay“, sage ich. „Danke, Charly.“

„Nicht dafür, meine Liebe“, antwortet er.

„Doch“, sage ich. „Dafür und für alles andere.“

Er lächelt. Ich kann es durch die Leitung spüren. „Gute Nacht, Nessa.“

„Gute Nacht.“ Ich lege auf, starre auf mein Telefon, dann auf die Berichte.

Vielleicht hat er recht. Vielleicht sollte ich auf mein Gefühl vertrauen.

Das Verhältnis der Brüder ist mir nicht klar. Ist der eine der Hüter des anderen? Und wenn ja, wer beschützt wen?

Oder auch: Wer kontrolliert wen?

Ich bin gespannt auf die Ergebnisse der Untersuchung von Olaf Sternbachs Urinprobe. Sein starkes Schwitzen, das fahrige Verhalten, Wortfindungsstörungen. Sicher, Olaf Sternbach ist generell ein wenig seltsam. Aber das war etwas anderes. Er erschien mir völlig durch den Wind.

Und ich vermisse immer noch die Drogen, die ich Harrer abgenommen habe.

Mein Bauchgefühl lässt mich nicht los. Die Müdigkeit aber auch nicht, und ich darf nichts davon vergessen.

Ich brauche Abstand. Zeitlich und räumlich. Nur einen Moment und den einen Schritt, den ich im Geist zurücktrete.

Das Ganze betrachten. Den Wald, nicht die Bäume.

Ich atme durch, massiere meine Schläfen mit Daumen und Zeigefingern. Meine Gedanken taumeln durcheinander, fallen über die eigenen Füße wie betrunkene Schlümpfe auf Koks.

Ich brauche einen Stift und einen Zettel, um mir ein paar Notizen machen zu können. Mein Hirn ist ein Sieb, und das Gefühl der Übernächtigung, der Schlafmangel und zu viel Koffein auf leeren Magen tragen nicht unbedingt zu einer Verbesserung des Zustandes bei.

Ich öffne eine der Schubladen. Blut schießt mir in den Kopf, mein Puls beschleunigt.

Das Schubfach ist leer. Die Tüte mit Lexis abgeschnittenen Haaren ist weg.

Kapitel 39

Angelinas Kehle ist ausgedörrt. Ihre Zunge klebt an ihrem Gaumen und an den Zähnen fest. Ihre verkrusteten Lippen schmecken nach Staub und Blut. Die Luft ist zu warm und zu verbraucht, kaum noch zu atmen. Der allgegenwärtige Geruch von Plastik und Urin hat sich in ihre Nase eingebrannt.

Das Holz drückt gegen ihren Rücken, engt die Schultern ein. Schmerzhaft. Es fühlt sich beinahe an, wie in einem Sarg zu liegen.

Über Angelina herrscht die Nacht.

Die Dunkelheit ist nicht vollkommen. Aber das ist nur ein schwacher Trost. Wenn es überhaupt einer ist.

Durch einen winzigen Riss in der verstärkten Plastikplane und einen schmalen Spalt zwischen den Brettern über ihr kann Angelina das Mondlicht und ein paar wenige Sterne sehen. Sie stellt sich vor, wie die Luft riecht.

Frei von dem Gestank von Plastik, Pisse und Angst und dem allmählichen Abstieg in den Wahnsinn.

Frei.

Fast scheint es, als könnte sie die Hand ausstrecken, mit den Fingerspitzen danach tasten und es beinahe berühren. Das, was dort draußen ist.

Das Leben. Die Freiheit. Glück. Träume.

Alles, was sie sich ausgemalt hat, was sie sich erhofft hat. Worauf sie hingearbeitet hat.

Aber auch alles, was sie als selbstverständlich hingenommen hat.

Hier drinnen ist nichts selbstverständlich. Nicht einmal so etwas Kleines und Einfaches wie das Bewegen einer Hand. Nur die Angst.

Ab und zu nickt Angelina ein, driftet weg, fällt in unruhigen Schlaf und flache Traumbilder, die ihr etwas vorgaukeln, was nicht existiert.

Das Leben. Freiheit. Glück. Ihre Träume.

Alles schwindet mit jedem Atemzug, jeder Sekunde, die sie hier in diesem Ding verbringt. Jeder Augenblick, der ein kleines Stück ihrer Hoffnung tötet.

Wie viel bleibt ihr davon noch? Wie viel Zeit hat sie noch?

Manchmal greift die Verzweiflung mit harten Klauen nach ihr, gräbt sich tief in ihr Fleisch und ihre Seele. Dann hofft Angelina nur noch, dass es bald endet.

Dass es einfach vorbei ist.

Sie fürchtet nicht den Tod, nicht das Ende. Zumindest redet sie sich das ein.

Was sie fürchtet, ist Schmerz.

Einen kleinen Vorgeschmack darauf hat sie schon erhalten.

Der Gedanke daran weckt das zweifelhafte Verlangen, danach zu tasten. Die Erinnerung ist bereits dabei, zu verblassen. Schock. Trauma.

Ganz genau weiß Angelina es nicht mehr. Sie hat ihr Studium zu früh geschmissen, um sich auf ASMR, die Videos, das Rennen nach dem Geld zu konzentrieren.

Aber irgendwann hat sie das einmal gelesen. Dass der Körper einfach abschaltet, wenn der Schmerz zu groß wird. Dass die Erinnerung irgendwo ganz tief vergraben wird, wenn der Verstand es nicht mehr aushält.

Angelina nimmt ihre Kraft zusammen, verrenkt ihre Arme, die eingeschnürt auf ihrer Brust liegen, streckt die Hände und biegt ihren Nacken ein wenig vor.

Es ist schmerzhaft. Der Gestank der Plane dringt tiefer in ihre Nase.

Aber sie muss es tun. Muss es spüren.

Ihre Finger betasten die verschorfte Wunde. Leichtes Brennen unter ihren Fingerspitzen, als sie die Schnitte befühlt.

In ihrem Magen ballt sich eine Faust aus Wut, Scham und Verzweiflung zusammen, wenn sie daran denkt, dass sie nie wieder in einen Spiegel blicken kann. Dass ihr Gesicht entstellt und sie nie wieder die sein wird, die sie gewesen ist.

Aber irgendwo, tief in ihrer Seele, ahnt sie, dass sie das Schlimmste noch nicht überstanden hat.

Kapitel 40

Die Stimmung im Besprechungsraum am frühen Morgen ist angespannt. Die Luft so dick, dass sie sich gefühlt als dichter Nebel zu manifestieren scheint.

Auf dem Weg zum Besprechungsraum hat mir Strasser eine Notiz zugesteckt. Das Ergebnis von Olaf Sternbachs Drogen-Screening. Offenbar war der Mann voll drauf und hatte eine Mischung aus Antidepressiva, Marihuana und wohl auch bewusstseinsverändernden Pilzen eingeworfen.

Erstaunlich, so hatte ich ihn gar nicht eingeschätzt. Außerdem erstaunlich, dass dies – bis auf das Medikament – genau die Dinge sind, die ich Harrer abgenommen hatte.

Aber ich komme nicht dazu, mir darauf einen Reim zu machen. Ich bin übernächtigt, und es fällt mir schwer, mich zu konzentrieren.

Ich blicke auf das Whiteboard, und das Mistding starrt zurück, verspottet mich. Schweigend und unvollständig. Ein ungelöstes Puzzle, von dem ich nicht einmal weiß, ob ich alle Teile in der Hand halte, um es zu lösen.

Ich denke an Angelina und alle anderen Angelinas, die folgen werden, wenn ich es nicht schaffe, die Teile in die richtige Position zu bringen. Und ich denke an die Helenas und Leas, für die das alles zu spät kommt. Viel zu spät.

Lange trommelt unaufhörlich mit den Fingerkuppen auf der Tischplatte. Nicht auf die Art, wie Lexi es zu tun pflegt. Es ist in keiner Weise entspannend oder beruhigend.

Und offen gesagt: Wir haben keinen Grund, uns zu entspannen. Keinen Anlass zur Ruhe.

Keine Entwarnung.

Das ist die Realität. Echt, schmerzhaft, unausweichlich.

Das weiß auch Lange.

Selbst wenn es ihm nicht um Angelina geht, wenn ihm nichts an ihr liegt, was wahrscheinlich ist, so ist ihm doch sein eigener Hals wichtig. Der aber steckt inzwischen genauso in der Schlinge, die sich langsam, aber sicher zuzieht.

Er verliert den Boden unter den Füßen, und der Wasserstand steigt. Und das sieht man ihm an.

Der Mann scheint über Nacht um zehn Jahre gealtert zu sein. Falten zeichnen sein Gesicht, wo gestern noch keine gewesen sind. Sein Hals ist dünn und rot, wie der eines gerupften Gockels. Das Auffälligste jedoch sind Haltung und Bewegung. Lange bewegt sich wie ein Greis, wenn er sich überhaupt rührt. Meist sitzt er über den Tisch gebeugt da.

Aber auch die anderen Kollegen haben offenbar nicht die beste aller Nächte hinter sich. Allen steckt der Misserfolg in den Knochen.

„Wie geht es weiter, Chef?“, fragt Ramona Ebel, was ihr einen Seitenblick Langes einbringt.

Strasser schweigt, blickt stumm in die Runde.

Weiland lehnt sich zurück, ein Knie zwischen Körper und Tischkante geklemmt und kaut an einem Bleistift. „An Sternbach kommen wir nicht heran. Dazu haben wir zu wenig in der Hand. Sein Anwalt zerfetzt uns in der Luft."

Lange starrt ihn an. „Glauben Sie, ich weiß das nicht?"

Weiland legt den Stift beiseite, hebt beschwichtigend die Hände. „Es war nicht meine Idee. Ich war nie von der ganzen Sternbach-Geschichte überzeugt."

Danke, Kollege.

Arschloch.

„Wir wissen ja, wem wir das zu verdanken haben", sagt Lange. Sein Blick ruht auf mir, scheint mich zu durchbohren. Auch die anderen sehen zu mir, außer Strasser, der die Tischplatte anglotzt. „Wo sind denn jetzt Ihre genialen Ansätze, Frau Wolf? Wie ziehen Sie denn nun die Karre aus dem Dreck?"

Ich lege den Kopf schief. „Ich? Wie jetzt? Ist das etwa kein Teamsport mehr? Ist das nun alles meine Schuld?"

„Das ist doch nicht konstruktiv", wirft Ebel ein.

„Da stimme ich zu. Also, wo stehen wir?"

Für einen Augenblick wird es völlig still im Raum, sodass nur das leise Knistern einer Leuchtstoffröhre zu hören ist.

Dann läuft Langes Fass über.

„Wo wir stehen? Wir haben nichts", brüllt er los. „Gar nichts."

Alle starren ihn an. Er starrt zurück.

Lange wedelt mit dem Zeigefinger in der Luft. „Sie haben alles nur schlimmer und schlimmer gemacht, Wolf. Hauen Sie ab, gehen Sie mir aus den Augen. Fahren Sie nach Hause zu Ihrem BKA, und kommen Sie nicht wieder zurück. Wir brauchen Sie nicht. Ich brauche Sie nicht."

Ich schlucke. Leer. Trocken. Ich suche nach Worten, finde aber keine, die nicht noch mehr zerstören würden, als ohnehin schon kaputt ist.

Hat er mich gerade aus dem Team geworfen?

Mein Herz pocht heftig, trommelt gegen meine Rippen.

Meine Sicht verengt sich. Ich fahre in einen Tunnel.

Doch am Ende ist kein Licht zu sehen.

Nur Dunkelheit. Eine Schwärze, die ich selbst gewebt habe. Aus dem Nichts und dem Leid anderer Menschen.

Ist dies das Gefühl, wenn man gefeuert wird? Wenn einem der Boden unter den Füßen wegbricht?

Warum fühlt es sich so an wie der Tag, an dem sie meine Mutter holten? Dieses Fallen ins Bodenlose. Der Drang, heftig aufzustampfen, nur um zu sehen, ob die Erde unter meinen Füßen noch da ist.

Ich weiß es nicht. Ich weiß nur eines.

Lange ist ein Arschloch – aber er hat einen Punkt erwischt. Einen wunden Punkt, den ich vergessen glaubte.

Ich ziehe an dem Armband an meinem Handgelenk, lasse es laut gegen meine Haut schnalzen.

Der Schnapplaut zerreißt die Stille, die mir jetzt erst bewusst wird.

Alle starren mich an. Lange starrt mich an.

Er atmet mit offenem Mund, steht einfach da. Seine Hände schließen sich zu Fäusten, dann öffnen sie sich wieder, und fast erwarte ich, dass er einen Herzinfarkt erleidet – oder erneut zu brüllen beginnt.

Aber es geschieht nicht.

Gar nichts.

Lange steht nur da, wankend. Er tippt mit den Fingerspitzen auf den Tischrand ein.

Schließlich lässt er sich auf den Stuhl fallen, sinkt in sich zusammen. Langes Hand zittert leicht, als seine Finger seine Stirn reiben. Seine Stimme klingt leer und kraftlos. „Wir müssen damit rechnen, dass das Mädchen tot ist. Wer weiß, vielleicht kommt jeden Augenblick die Nachricht, dass ihre Leiche gefunden wurde."

Ich bleibe einfach sitzen, hocke auf meinem Stuhl, weil ich nicht weiß, was ich sonst tun soll.

Aber ich bin ein Geist. Für Lange. Für die anderen. Sogar für mich selbst.

Der Fall zieht an mir vorbei. Ich starre auf die Tafel, die Bilder, aber ich sehe nichts. Ich erkenne nichts.

Die Worte der anderen Teammitglieder verschwimmen ineinander. Es ist ein Brei. Ich stakse durch den Nebel meiner Emotionen, in dem meine Gedanken langsam versinken.

Ist das noch ein Team?

Bin ich noch im Team?

Spielt das überhaupt noch eine Rolle? Manchmal wünsche ich mir, ich könnte mehr als nur den einen oder anderen Schritt vorausahnen.

Aber das würde auch bedeuten, zu wissen, wann ich scheitere – und irgendwann werde ich scheitern. Vielleicht jetzt, hier, in diesem Fall.

Irgendwann fällt jeder. Mit absoluter, tödlicher Gewissheit.

Die Besprechung endet. Die Kollegen verlassen den Raum. Lange rauscht an mir vorbei zur Tür hinaus.

Ich bin die Letzte, die nach Langes Ausbruch auf ihrem Stuhl im Besprechungsraum sitzen geblieben ist.

Ich atme langsam ein und aus. Allmählich lichtet sich der Nebel. Nur die Finger meiner rechten Hand umklammern nach wie vor mein linkes Handgelenk. Die Spuren an den Stellen, an denen sich meine Fingernägel in die Haut gegraben haben, sind deutlich zu erkennen.

Nach seinem cholerischen Anfall und meinem Rausschmiss ist der hochprofessionelle Ermittlungsleiter mit hochrotem Schädel aus dem Raum gestürmt. Was gewisse Politiker eben zu tun pflegen, wenn sie ihr Gesicht verloren glauben.

Ebel ist schweigend nach draußen gegangen, und Weiland hat einen äußerst praktischen Anruf seiner Heimatdienststelle erhalten, die ihn zurückbeordert an seine eigentliche Wirkungsstätte. Wichtiger Fall und so. Es tut ihm wirklich leid. Ja, ja. Alles Gute. Sie schaffen das schon.

Dieses Team ist kein Team mehr. Es ist ein verdammter Scherbenhaufen. Langes Destruktivität hat ihren Zweck erfüllt. Alle sind am Boden zerstört.

Was soll ich tun?

Eigentlich geht es mich nichts mehr an. Eigentlich könnte ich meine Sachen packen und dieses ganze Chaos hinter mir lassen. Einfach gehen.

Eigentlich muss ich das sogar tun.

Eigentlich.

Aber das bin nicht ich. Das will ich nicht sein.

Es bleibt nur eines: die Flucht nach vorn.

Scheiß auf Lange. Scheiß auf das Team.

Da draußen ist eine junge Frau, die irgendwo in der Dunkelheit sitzt. Zumindest hoffe ich, dass es noch so ist.

Einen Moment lang überlege ich, ob ich Helene um Erlaubnis bitte. Ein Gespräch mit Lange kommt ohnehin nicht in Frage. Schließlich entscheide ich mich dagegen.

Wahrscheinlich ist das ein Fehler.

Aber ich muss es riskieren, muss das sogenannte Team hinter mir lassen. Und mich um Angelina kümmern.

Das ist alles, was zählt.

Ich stehe auf, atme tief ein, dass meine Lunge meine Brust auszufüllen scheint. Der Raum dreht sich leicht. Für einen Augenblick glaube ich, dass ich ohnmächtig werde.

Aber es geschieht nicht.

Ich atme, und ich bin wach. Hellwach.

Ich mag aus dem Team sein, aber ich bin noch im Spiel und: Ich bin von der Leine.

Ich denke, ich habe einen Plan. Der könnte funktionieren. Oder glorreich mitsamt meiner Karriere in Flammen aufgehen.

Dieses Risiko muss ich tragen.

Kapitel 41

Das Internet weiß alles, und wenn man weiß, wo man suchen muss, findet man auch das eine oder andere.

In diesem Fall habe ich mir die Nummer von Sternbachs Büro besorgt, was zugegebenermaßen keine besondere Leistung ist.

Der Anruf ist überaus kurz. Ich erkenne die Stimme der Dame am anderen Ende. Es ist die Assistentin. Doris Klien. Erstaunlich, dass mir ihr Name nicht entfallen ist.

Sie hingegen erkennt meine Stimme nicht wieder, glaubt, mit einer Reporterin zu sprechen.

„Was ist denn an der Sache dran", frage ich, „dass Herr Sternbach letzte Nacht ausführlich von der Polizei vernommen wurde?"

„Nichts", antwortet Klien mit Bestimmung. „Das trifft alles überhaupt nicht zu. Herr Sternbach hat mit der ganzen Angelegenheit nicht das Geringste zu tun."

„Außer, dass er das tote Mädchen finanziell unterstützt hat, nicht wahr?"

Doris Klien schweigt einen Moment. Dann erringt sie die Fassung offenbar wieder. „Dazu kann ich Ihnen nichts sagen. Das ist eine Angelegenheit, die Herrn Sternbach betrifft."

„So, so", sage ich. „Wie sieht's denn aus, Frau Klien? Ist Herr Sternbach anwesend? Steht er vielleicht für ein Interview zur Verfügung?"

Sie räuspert sich leise. „Nein, tut mir leid, aber Herr Sternbach ist kurzfristig verreist."

„Danke", sage ich und lege rasch auf.

Der Vogel ist ausgeflogen. Heißt es jedenfalls.

Fraglich, ob er tatsächlich verreist ist.

Es wirft ein interessantes Licht auf den Mann. Sofern es stimmt.

Ich denke, es gibt einen einfachen Weg, das herauszufinden.

Eine halbe Stunde später stehe ich der Assistentin gegenüber.

„Frau Klien?", frage ich.

Sie nickt, zupft an ihrer Bluse. „Sie? Vom BKA, richtig?"

Ich nicke. „Wir haben vorhin telefoniert."

Die Frau kneift die Augen zusammen. „Haben wir nicht."

„Doch haben wir", entgegne ich und grinse.

Klien schnappt nach Luft. „Die Reporterin."

„Allerdings", sage ich. „Und? Stimmt es, dass Sternbach ausgeflogen ist, oder war das nur eine Lüge?"

„Es stimmt. Er ist nicht da."

„Ausgezeichnet", sage ich. „Zeit, dass wir uns unterhalten."

Kapitel 42

Auf dem Parkplatz vor dem Sternbach-Gebäude meldet sich mein Smartphone. Ich komme gar nicht dazu, über das, was die Assistentin gesagt hat, nachzugrübeln.

Das Display zeigt Lexis Nummer an. Ich spiele mit dem Gedanken, auf die Schaltfläche für Ablehnen zu drücken.

Ich zögere, zupfe an meiner Unterlippe und starre mein Telefon an. Innerlich zähle ich meine Herzschläge.

Vier.

Dann fluche ich leise und betätige doch den grünen Taster.

„Ich habe Angst." Das ist alles, was Lexi sagt, als ich den Anruf annehme.

Ich zögere einen Moment.

„Hörst du, Nessa?"

„Ja."

„Ich habe echt beschissene Angst."

„Was ist los?", frage ich. Dieses Gespräch nimmt eine seltsame Wendung, wie meine gesamte Verbindung zu Lexi eine seltsame Wendung zu nehmen scheint.

Irgendwo beschleicht mich das Gefühl, dass Lexi Ansprüche an mich stellt und meine Aufmerksamkeit fordert. Wie ein Welpe, der einem die Schnürsenkel abkaut, wenn man ihn dann nur beachtet. Das Problem mit diesen Welpen ist, irgendwann werden sie größer – und ihre Ansprüche steigen.

„Ich … Sternbach war hier“, sagt sie.

„Was? Welcher?“

„Gerhard.“

„Moment, Lexi, Gerhard Sternbach war bei dir? Bei dir zu Hause?“

„That's what she said“, antwortet Lexi. Ihre Stimme schlägt um, klingt für einen Moment fast vergnügt.

Ich runzle die Stirn.

„Er war hier, Nessa“, fährt Lexi fort. Jetzt schwingt wieder die Angst in ihrer Stimme mit.

„Was wollte er?“

„Keine Ahnung.“

„Keine Ahnung? Er muss doch irgendetwas gesagt haben.“

„Ja.“

„Und? Lexi, lass dir nicht alles aus der Nase ziehen. Bitte. Was ist los?“

„Er hat mir Angst eingejagt, wollte mir Druck machen.“

„Inwiefern?“

„Wegen dir?“

„Was hat das mit mir zu tun?“

„Er weiß, dass wir … Zeit miteinander verbringen.“

So wie sie es ausdrückt, klingt es bestenfalls unangemessen. Ich weiß nicht, was in ihrem Kopf vorgeht.

Alles, was ich weiß, ist, dass mir die Sache nicht gefällt.

Lexis Stimme kenne ich. Ihre Körpersprache auch. Aber am Telefon kann ich sie nicht sehen. Kann nicht wahrnehmen, ob sie die Wahrheit sagt.

„Lexi, das klingt ziemlich verdreht."

„Der Kerl ist ja auch verdreht! Creepy. Ich hab's dir gesagt."

„Ich war bei seiner Assistentin", sage ich.

„Der Klien?"

„Ja."

Lexis Tonfall verändert sich. Ihre Stimme schrillt in meinem Ohr, wenigstens eine Oktave höher als gewöhnlich. Sie klingt erschrocken, fast entsetzt. „Allein?"

„Ja", sage ich und lache leise. Es ist kein wirkliches Lachen, eher Ausdruck meiner Nervosität und eines überreizten Gemüts. „Was ist das Problem?"

„Nichts", entgegnet Lexi und wiederholt es noch einmal. „Nichts."

„Okay. Die Klien hat mir gesagt, dass Gerhard verreist sei. Das wäre dann ein seltsames Timing, wenn du mich fragst."

„Allerdings", antwortet Lexi. „Was hat sie noch gesagt?"

Lexis Neugier scheint ein eigenständiges, lebendiges Wesen zu sein, dessen Atem ich durch die Telefonleitung spüren kann.

„Tut mir leid, Lexi. Das kann ich dir nicht sagen."

„Was? The Fuck? Wieso nicht?"

„Das sind Ermittlungen, Lexi. Das geht dich nichts an."

„Aber der Wichser hat mich bedroht, Nessa, bitte."

Ich seufze leise. „Lexi, es geht nicht. Ich habe dich schon zu sehr in die Sache hineingezogen."

„What the Fuck? Nessa! Ich stecke mitten in der Scheißsache drin. Pretty please? Komm schon."

„Ich weiß."

„Aber?"

„Ich kann dafür gefeuert werden. Streng genommen bin ich das schon."

„Nessa, WTF? Er hat mich bedroht!“

„Ist ja gut. Das habe ich verstanden“, sage ich. „Wo bist du jetzt?“

„Das kann ich nicht sagen.“

„Lexi, hör mit der Scheiße auf. Geht’s dir gut? Bist du in Gefahr?“

Einen Moment lang höre ich ihr Atmen. Dann legt sie auf.

Ich starre das Display an, tippe auf Rückruf.

Es klingelt.

Nichts.

Mailbox.

Ich versuche es noch einmal. Das Ergebnis ist das gleiche.

Meine Hand umklammert das Smartphone. Meine Zähne knirschen.

„Lexi, verdammt“, sage ich leise zu mir selbst.

Vor diesem Moment habe ich mich gefürchtet. Ich habe es kommen sehen, aber es nicht wahrhaben wollen. Jetzt ist er da. Unausweichlich.

Kapitel 43

„Was denkst du, was ist schlimmer?“, fragt die maskierte Person. „Die Angst oder der Schmerz?“

Angelina muss nicht darüber nachdenken. Sie weiß es bereits.

Sie hat beides erfahren. Das eine und das andere. Beide sind grausame Herren.

So wie die Gestalt unter der Maske grausam ist.

Aber unter der Maskierung steckt nur ein Mensch. Ein Mensch, der ebenso schreit, leidet und stirbt.

Wenn Angelina nur das Messer hätte. Das Messer, das die Person in ihrer Hand hält und auf Angelina richtet.

Es ist nicht weit entfernt. Nur eine Armlänge. Vielleicht.

Doch das nützt Angelina nicht viel. Sie kann sich nicht rühren. Ihre Handgelenke sind gefesselt.

Sie hat es versucht. Mit dem einzigen Ergebnis, dass die Kabelbinder sich noch tiefer in ihr Fleisch gerissen haben.

„Rede“, fordert die maskierte Gestalt. „Beantworte meine fucking Frage.“

Angelinas Lippen brennen, als sie den Mund öffnet. Ihre Zunge fühlt sich unbeweglich an. Die Kehle ist rau, und die

Worte sind schmerzhaft, als sie sie hervorwürgt. „Angst. Die Angst ist schlimmer."

Angelina starrt das Messer an, dann die Maske. Die Augen sind darunter nur zu erahnen. Einen Mund kann Angelina nicht erkennen. Aber sie weiß es auch so: Die Gestalt unter der Verhüllung lächelt. Grinst. Macht sich über sie lustig.

Weil sie etwas weiß, was Angelina nicht weiß.

Weil sie besitzt, was Angelina verloren hat.

Was sie Angelina genommen hat.

Kontrolle.

„Bist du dir sicher?"

Angelina hält still.

Ändert es irgendetwas, wenn sie schweigt? Oder antwortet?

Spielt das alles eine Rolle?

Sie wirft einen kurzen Blick nach oben. Sterne. Mond. Der Spalt im Dach. Irgendwo dort ist die Welt.

Zum Greifen nah. Scheinbar. Tatsächlich ist die Entfernung so groß, dass Angelina den Glauben daran verloren hat, jemals aus diesem Loch zu entkommen.

Wieder versucht sie, zu sprechen, verzieht den Mund. Die verschorften Wundränder an ihrer Wange und an ihrem Kinn wollen sich lösen. Es brennt. Leise. Auf kleiner Flamme.

Das ist der Schmerz.

Die Angst hingegen lodert auf, droht ihre Seele zu verzehren.

„Antworte!"

Angelina hält die Luft an. Einen Moment, zwei. Ihr Herz schlägt weiter. Dann atmet sie. Stoßweise.

Sie nickt. „Ja."

Ein Laut des Erstaunens dringt unter der Maske hervor.

Sohlen schaben über Holz.

Angelina legt den Kopf in den Nacken. Nur für eine Sekunde, dann reißt sie sich los, erträgt den schimmernden Nachthimmel über sich nicht länger und stiert auf die Hand.

Auf das Messer.

Glänzendes Metall.

Angst, in eine Form gegossen. Das Versprechen des Schmerzes.

Die Hände, die ihren Kopf packen, sind kühl. Nicht eisig, aber kalt.

Angelina dreht sich weg, versucht es jedenfalls. Entzieht sich der Kälte und dem Griff.

Fleisch klatscht auf Fleisch.

Die Ohrfeige lässt die Wundränder aufklaffen.

Warm fließt Angelinas Blut ihre Wange hinab.

Sie rückt näher an die Wand, presst ihren Rücken gegen das Holz.

Aber es ist hoffnungslos.

Die Gestalt unter der Maske bekommt Angelinas Schädel zu fassen. Das Messer schwebt vor ihren Augen. Alles andere verschwimmt. Die Welt versinkt in einem Meer aus Tränen.

Dann kommt der Schmerz, und Angelina erkennt, dass sie sich geirrt hat.

Angst und Schmerz sind das vereinte Paar, die Herrscher ihrer Welt.

Sie schreit auf, als die Klinge ihre Haut verletzt. Das Metall dringt durch die Schichten. Unaufhaltsam. Gnadenlos.

Wie klebriger, zäher Schweiß rinnt Blut von ihrer Stirn, färbt ihre Sicht allmählich rot.

Schmerz erfüllt ihr Inneres, füllt sie gänzlich aus.

Angelinas Zähne mahlen aufeinander.

Dann hört sie sich schreien, als wäre sie nicht mehr sie selbst.

Und schließlich erstirbt das Schreien ganz, als ihre Seele sich von ihrem Körper zu lösen scheint und ihr Verstand in die Dunkelheit stürzt.

Kapitel 44

Es ist beängstigend still in der Dunkelheit, die mich umgibt. Der Mond zeigt sich beinahe voll, dazu ein paar wenige Sterne am Himmel. Knapp zwei Stunden weiter westlich erstickt man jetzt in Frankfurt unter einer Kuppel künstlichen Lichts. Selbst hier reicht die Lichtverschmutzung aus, dass man kaum noch den Sternenhimmel sehen kann.

Der Wind frischt auf, rauscht in den Blättern der jungen Bäume, die den Parkplatz säumen.

Die Luft, die in meine Lunge strömt, ist kalt.

Aber das Gefühl ist nicht unangenehm, denn es hält mich wach.

Mein Auto ist eines von dreien, die noch auf dem Gelände der Dienststelle geparkt sind. Wem die anderen gehören, weiß ich nicht.

Ich habe keine Ahnung, was das Team, die Kollegen, treiben, und es interessiert mich auch nicht.

Jetzt suche ich also zwei Mädchen. Zumindest ist es das, was ich den ganzen Tag getan habe. Erfolglos.

Zwei Mädchen sind zwei zu viel, und es zerreißt mich.

Aber während ich mich bei Angelina an den letzten Funken Hoffnung klammern muss, dass sie noch lebt, mache ich mir um Lexi zwar Gedanken, aber ich denke nicht, dass sie ernsthaft in Gefahr ist.

Sie sollte es nicht sein.

Sie passt nicht ins Profil. Erst recht nicht mit ihrem rasierten Kopf. Das alles ergibt kaum einen Sinn.

Diesen Gedanken wiederhole ich wie ein Mantra. So als würden die Worte selbst etwas verändern.

Aber wenn es stimmt, dass Sternbach bei ihr gewesen ist? Wie kann ich mir sicher sein?

Es war Sternbach, der mir bei der Vernehmung seines Bruders gesagt hat, dass ihm alle Türen offenstünden.

Und es war unmittelbar danach, dass die Tüte mit Lexis Haaren verschwunden ist. Wer weiß schon, was in diesen verqueren Köpfen vor sich geht.

Es passt einfach zu gut zusammen.

Die Sternbachs scheinen ebenfalls abgetaucht zu sein. Beide.

Mein Magen schmerzt. Ob das der Stress ist oder zu viel Kaffee, weiß ich nicht. Wahrscheinlich beides.

Dumpfes Pochen hinter meiner Stirn, meinen Augen und meinen Schläfen erinnert mich daran, dass ich zu wenig schlafe.

Aber ich erinnere mich auch, dass Angelina wahrscheinlich gar nicht schläft. Dass sie vielleicht genau in diesem Moment durch die Hölle geht. Und dass ich hoffen muss, dass sie es noch tut.

Das ist das Schlimme an diesem Gedanken mit der Hoffnung. Zu hoffen, dass sie noch lebt, heißt auch, zu hoffen, dass sie noch leidet.

Mein Smartphone vibriert, reißt mich aus meinem Gedankentunnel. „Hey, Charly."

„Hallo, Nessa, wie geht's?"

„Ich bin frustriert, müde und fast hoffnungslos. Und euch?"

„Autsch", antwortet Charly. „Uns geht's gut. Alles okay. Aber deswegen rufe ich nicht an."

„Wenigstens eine gute Nachricht", sage ich.

Irgendwo in einiger Entfernung heult ein Motor auf. Reifen quietschen. Es gibt wahrscheinlich keine Stadt, die von diesen Spinnern verschont bleibt, die nachts ihren inneren Vin Diesel raushängen lassen.

„Willst du darüber reden?", fragt Charly.

Ich öffne den Mund, sage aber nichts. Dann presse ich die Lippen aufeinander und schließe meine Augen. Ich spüre, dass die Tränen kommen. Es ist ein beschissener Reflex, der immer mal wieder hochkommt, wenn ich derart frustriert bin, dass ich fast nicht mehr funktioniere. Fast.

„Nessa?"

„Nein", sage ich. „Tut mir leid, Charly. Aber du solltest nicht noch tiefer in diesen Sumpf gezogen werden."

„Ist okay", antwortet Charly. „Du weißt, du hast meine Ohren."

Das Motorengeräusch wird lauter. Wahrscheinlich brettert der Idiot im nächsten Augenblick um die Kurve. Ich kann sie schon fast hören, die dröhnende Bassmusik im Viervierteltakt.

„Ich weiß, Charly. Es ist nur …"

Das Quietschen der Reifen schmerzt in den Ohren.

Tatsächlich rast ein Wagen um die Kurve. Es ist aber nicht der typische, aufgemotzte und tiefergelegte M3 oder GTI, der durch die Nacht rast, sondern ein Transporter.

Das Fahrlicht des Autos ist ausgeschaltet. Der Wagen schlingert hin und her.

Ich kneife die Augen zusammen, kann aber nicht genug erkennen.

„Alles okay, Nessa?"

„Warte mal, Charly", sage ich hektisch und halte nun unwillkürlich die Luft an.

Das Motorengeräusch verstummt, der Transporter bleibt in etwa hundert Metern Entfernung stehen.

Ich drücke das Handy an mein Ohr, die andere Hand legt sich wie von selbst auf meine Waffe.

Langsam gehe ich auf das Fahrzeug zu, sehe eine Gestalt, die aussteigt, die Seitentür aufreißt.

Sie zerrt etwas aus dem Wagen. Ein Bündel, menschengroß.

Mein Herz setzt einen Takt lang aus. Atemlos.

Charly sagt irgendetwas, aber ich höre ihn nicht.

Ich ziehe die Waffe.

Die Person hält für den Bruchteil einer Sekunde an, eilt dann weiter, verschwindet im Auto.

Ein dumpfer Schlag, als die Tür geschlossen wird. Der Motor jault wieder auf. Das Licht wird eingeschaltet. Fernlicht. Aufgeblendet. Gleißend hell.

Ich muss eine Hand vor meine Augen legen.

Die Reifen quietschen, als der Wagen mitten auf der Fahrbahn wendet. Der Geruch von verbranntem Gummi.

Inzwischen jogge ich.

Das Rücklicht des Transporters verschwindet in der Nacht, aber meine Aufmerksamkeit gilt dem Bündel auf dem Gehsteig.

Ich laufe, vergesse das Atmen. Meine Lunge brennt.

Meine Augen ebenfalls.

Ich halte die Waffe noch in der Hand.

„Ich rufe zurück“, schreie ich ins Telefon, beende die Verbindung und wähle den Notruf.

Das Bündel am Boden regt sich nicht.

Mein Magen krampft sich zusammen. Noch wenige Schritte.

Ich bekomme keine Luft.

Noch ein Meter zwischen mir und …

Ich strecke die Hand aus. Dreißig Zentimeter.

Die Ansage des Notrufs nehme ich kaum wahr, mechanisch rattere ich durch, wo ich bin und dass ich einen Krankenwagen brauche.

Dabei weiß ich gar nicht, ob der noch gebraucht wird, meint die zynische Nessa irgendwo in einer Falte meines Verstandes.

Ich knie auf dem Gehsteig. Die Kälte greift nach mir.

Ich fasse die Decke an, in die sie gehüllt ist, wage nicht, zu atmen.

Etwas Warmes, Feuchtes klebt an meinen Fingern.

Ich schlage die Decke zurück.

Taste nach dem Puls.

Überall ist Blut. Die Schädeldecke sichtbar. Ihr Haar fehlt. Die Kopfhaut auch. Die Augen sind geschlossen.

Aber dann fühle ich es unter meinen Fingerspitzen.

Ein schwacher Puls. Es ist kaum zu sehen, aber ihre Brust hebt sich leicht und in rascher Folge.

Sie lebt noch.

Noch.

Kapitel 45

Das Morgenlicht bricht durch die Wolkendecke und signalisiert das Ende dieser Nacht. Mein Körper müsste vor Müdigkeit fast zusammenbrechen, aber ich spüre ihn nicht. Nur Taubheit, schmerzende Muskeln und das nervöse Vibrieren meines Verstandes. Da ist die Hoffnung, diese eine Hoffnung, dass das Morgenlicht es besser macht. Aber Hoffnung ist eine hervorragende Lügnerin.

Dennoch: Diese Nacht ist überstanden.

Irgendwann gegen zwei Uhr morgens hätte ich beinahe den Verstand verloren, als ich anfing, die weißen Deckenplatten zu zählen, während die Maschinen unaufhörlich unter stetigem Piepen und Zischen weiterarbeiteten, Angelinas Körper am Leben zu erhalten.

Die Luft riecht nach Desinfektionsmittel und ein wenig nach Blut, Leid und Schmerz. Aber ich rieche auch mich selbst, denn ich habe diese Nacht sitzend neben dem Krankenbett verbracht.

Ich bin erschöpft. Mein Rücken schmerzt, und mein Nacken fühlt sich taub an. Abgesehen von gelegentlichen schmerzhaften Impulsen, die durch meine Wirbel zucken.

Bisher habe ich es nicht gewagt, wegzugehen und Angelina allein zu lassen. Meine Anwesenheit wäre nicht unbedingt nötig. Vor der Tür steht ein Uniformierter. Die Beamten wechseln sich ab.

Aber ich kann nicht weggehen. Nicht einfach so.

Angelina ist jetzt eine Überlebende, und das soll sie auch bleiben.

Das konstante Piepen der Monitore, die ihre Atmung und den Herzschlag überwachen, wirkt gleichermaßen beruhigend wie beängstigend.

Sie ist angeschlossen an Infusionen. Schläuche, die Flüssigkeit in ihren Körper leiten, und andere, die diskret andere Flüssigkeiten hinausführen.

Angelinas Brust hebt und senkt sich in einem gleichmäßigen Rhythmus. So gleichmäßig, dass es künstlich wirkt.

Sie erscheint fast wie eine Puppe, regt sich kaum.

Ihre Hände liegen die meiste Zeit ruhig auf der Decke, aber ab und zu zucken sie, greifen ins Leere und verkrampfen sich. Dann hört der Spuk auf, und alles scheint wie vorher.

Ich weiß nicht, was sie durchmacht. Was ihr Gehirn in diesen Momenten tut. Was in ihr vorgeht. Träumt sie?

Wir wissen so wenig über das, was in unseren Köpfen geschieht. Das Gehirn ist eine fast magische Maschine.

Angelina schläft, und das ist gut so, sagt die Ärztin, mit der ich irgendwann zwischen drei und vier Uhr morgens gesprochen habe. Aber es ist ein trügerischer Schlaf, durch Medikamente hervorgerufen.

Wäre sie wach, würde sie vielleicht schreien und schreien und nicht mehr aufhören können.

Ein geheimer Teil von mir wünscht sich, sie wäre wach und könnte etwas sagen. Dabei weiß ich, dass Angelina diese künstliche Ruhe jetzt braucht, um zu heilen.

Vernehmungsfähig ist Angelina ohnehin nicht. Es ist fraglich, ob sie das jemals sein wird.

Sie ist entstellt, und das wird sie wohl auch für den Rest ihres Lebens bleiben. Ich weiß nicht genau, was die plastische Chirurgie inzwischen kann, aber Angelina wird nie wieder aussehen wie vorher.

Ich weiß nicht, was das mit jemandem macht, der es gewohnt ist, in den Spiegel zu blicken und zu mögen, was er sieht.

Ob ihr fragiles Ego das übersteht.

Aber im Augenblick ist das nicht wichtig. Denn sie muss erst mal überleben.

Mit jeder Sekunde, die vergeht, jedem Atemzug, den sie tut, wächst die Hoffnung langsam in mir an. Wie eine zarte Pflanze, die man hegt und pflegt und einfach nur aufblühen sehen will.

Aber Hoffnung ist auch grausam, weil sie dir vor Augen führt, was vielleicht sein könnte, doch niemals sein wird.

Ich habe die ganze Nacht hier gesessen, gegrübelt und in meiner Erinnerung gekramt. Der Versuch, mir alles ins Gedächtnis zu rufen, was ich gesehen habe. Der Transporter, die Gestalt.

Aber ich konnte nichts erkennen. Kein Hinweis. Nichts, das irgendwie hilfreich wäre.

Könnte Angelina reden, was würde sie erzählen? Was könnte sie aussagen? Hat sie den Täter gesehen? Erkannt?

Körper und Geist, schiere Willenskraft können einen weit tragen. Auch über die Grenzen des Vorstellbaren hinweg. Trotzdem gibt es einen Punkt, an dem ausnahmslos jeder zerbricht.

Niemand ist eine Maschine.

Der Verstand schaltet einfach ab. Der Körper funktioniert. Das Gehirn fällt in einen Schutzmechanismus, und die Erinnerung an das Unerträgliche geht zunächst verloren. Sie wird begraben, aber der Körper erinnert sich. Irgendwann taucht manches wieder auf.

Nur: Für irgendwann fehlt uns die Zeit.

In der Nacht habe ich ab und an Angelinas Hand berührt. Auch wenn sie eine Fremde für mich ist, fühle ich mit ihr.

Ich habe ihre Haut unter meinen Fingern gespürt. Warm, weich. Lebendig. Dennoch ist sie augenscheinlich weiter vom Leben entfernt als vom Tod.

Sie ist noch nicht über den Berg. Der Zustand kritisch.

Aber zumindest ist sie hier. Außer Gefahr.

Die Frage, die sich stellt, ist einmal mehr: warum?

Ich habe gesehen, was der Täter angerichtet hat.

Und ich weiß, dass zumindest eine meiner Theorien zutrifft.

Es gibt mehr als einen Täter, ob sie voneinander unabhängig agieren oder nicht. Das lässt sich noch nicht sagen. Vielleicht konkurrieren sie miteinander.

Das hier ist etwas anderes als alles, was Helena oder Lea widerfahren ist. Ihnen wollte der Täter etwas nehmen, etwas, das er besitzen wollte. Er nahm es hin, dass er sie dafür töten musste. Aber es ging nicht darum, sie leiden zu lassen. Sie waren tot, als er an ihnen herumschnitt.

Das hier hingegen ist Kontrollverlust. Zügellose Wut. Zerstörung. Kein perverses Verlangen. Kein Begehren, wie fehlgeleitet es auch sein mag. Einfach nur mörderischer, ungestillter Zorn, der lange Zeit unterdrückt wurde und nun ans Tageslicht gebrochen ist. Hässlich, brutal, blutig – und möglicherweise tödlich.

Angelina sollte zerstört werden oder zumindest das, was sie ausmacht. Ihr Gesicht, ihr Haar. Ihre Schönheit.

Das Leid des Opfers ist nicht nur ein notwendiges Übel. Es ist Teil des Ganzen.

„Frau Wolf?"

Ich schrecke aus meinen Gedanken hoch, mein Kopf ruckt herum.

Der Pfleger mustert mich. Ich habe nicht bemerkt, dass er den Raum betreten hat.

Er lächelt. Kühl, nicht unfreundlich. Professionell. „Frau Wolf?"

Ich nicke.

„Telefon für Sie. Draußen auf dem Flur."

„Danke."

Beim Aufstehen merke ich, wie verkrampft ich dagesessen habe. Mein linkes Bein will unter mir wegsacken. Die Glieder sind eingeschlafen, wie taub. Ich muss den Fuß nachziehen.

Dann wird es besser und zur gleichen Zeit schlimmer, als das Blut in meine Gliedmaße strömt und das Kribbeln beinahe unerträglich wird.

Aber wenn das meine einzige Sorge ist, habe ich kein Problem.

Ich blicke zurück über die Schulter.

Angelina. Die Wunden. Der Verband um ihren Kopf, der aussieht wie ein Turban.

Das ist tatsächlich unerträglich.

Draußen weist man mir den Weg zum Telefonapparat.

Am anderen Ende der Leitung ist Lange. Ich hatte mein Handy während der Nacht im Krankenzimmer abgeschaltet, aber offenbar hat der Mann einen Weg gefunden, mich zu erreichen.

Seine Stimme klingt müde. „Wie geht es ihr?"

„Den Umständen entsprechend."

„Kommt sie durch?"

„Sie hat die Nacht überstanden", antworte ich. „Das ist erst mal gut. Aber ihr Zustand bleibt kritisch. Stabil, aber nach wie vor kritisch."

„Gut", sagt Lange. „Die Fahndung läuft, aber na ja, Lieferwagen dieser Art gibt es viele."

„Ich weiß", sage ich. „Was ist mit Sicherheitskameras?"

„Es wäre ein ziemlicher Zufall, wenn wir da wieder Glück hätten."

„Wieder?", frage ich.

„Wieder."

„Okay", sage ich.

„Die Suchmaßnahmen wurden abgebrochen", sagt Lange. „Die junge Frau ist ja wieder da."

„Und was ist mit Lexi?"

„Was soll mit ihr sein?"

„Wird nach ihr gesucht?"

„Nein", antwortet Lange. „Sie wird ja nicht vermisst."

„Was ist mit den Sternbach-Autos? Oder den Sternbachs selbst? Wissen wir, wo die sich aufhalten?"

Das Schweigen, das die nächsten Herzschläge ausfüllt, ist von erschreckender Klarheit.

Ich ahne, was Lange sagen wird.

Ich weiß, wo es hinführt.

„Wo Gerhard Sternbach ist, weiß ich nicht. Olaf Sternbach ist auf seinem Anwesen. Wir konzentrieren uns auf die Fahndung nach dem Lieferwagen."

„Was ist mit dem Transporter von Sternbach?", frage ich.

Lange holt Luft. „Frau Wolf, dieses Thema hatten wir bereits."

„Und?"

„Müssen Sie jedes Mal Streit vom Zaun brechen?"

„Wenn es hilft, den Fall zu lösen."

„Tut es das?", fragt Lange. „Ist es hilfreich?"

„Keine Ahnung. Sagen Sie's mir."

„Wir konzentrieren uns auf die Fahndung …"

„Ja, ja", sage ich und falle Lange ins Wort. „Der Transporter. Aber ist das einer von Sternbach? Sie könnten wenigstens die Spurensicherung sein Fahrzeug untersuchen lassen."

„Sie sind völlig fixiert auf diese Familie", sagt Lange. „Sie sehen weder nach rechts noch nach links. Sternbach hat keine Priorität. Hören Sie auf damit."

„Sonst?"

„Hören Sie einfach auf. Ich habe die Nase voll von dem Unfug."

Dann legt er auf. Einige Atemzüge lang lausche ich dem Rauschen und der Stille, dann knalle ich den Hörer in die Basisstation.

Der Pfleger und eine Schwester stehen in einigen Metern Entfernung. Er tippt auf einem Tablet herum. Sie schießt mir einen flüchtigen Blick zu. „Alles okay?"

Ich nicke. „Kennen Sie das Gefühl, wenn alles an Ihnen hängenbleibt? Wenn Sie wissen, Sie müssen alles selbst erledigen, damit es getan wird?"

Sie zieht eine Augenbraue hoch, wechselt einen Blick mit dem Pfleger. „Ständig. Ich arbeite in einem Krankenhaus, gute Frau."

Ich stütze mich auf die Theke, weil ich befürchte, dass meine Beine mich nicht tragen.

Es ist ein flüchtiger Moment. Ein kurzer Augenblick der Schwäche, der vorübergehen wird. Das tut er immer.

Ich gehe in Gedanken durch, was Lange mir gesagt hat.

An Sternbach verschwendet er keine Gedanken mehr, weder an den einen Bruder noch an den anderen.

Angelina ist wieder da. Lea ist tot. Helena ebenfalls, aber die fällt nicht in sein Revier.

Irgendwie scheint für ihn der Fall erledigt.

Wahrscheinlich schmiedet er in seinem Kopf bereits die Presseerklärung.

Aber es ist nicht vorbei. Es ist nicht in Ordnung.

Die Suchmannschaften wurden abgezogen. Die Maßnahmen eingestellt.

Angelina ist wieder da.

Aber von Lexi fehlt weiterhin jede Spur. Niemand sucht nach ihr.

Niemand, außer mir.

Kapitel 46

„Ich mache es kurz“, sage ich, als ich Doris Klien gegenüberstehe. „Ich habe nicht geschlafen und schlechte Laune. Verdammt miese Laune sogar. Für Spielchen bin ich nicht aufgelegt. Denn die letzte Nacht habe ich im Krankenhaus verbracht. Ich habe die Hand einer jungen Frau gehalten, die für den Rest ihres Lebens entstellt ist, und es ist äußerst fraglich, wie lang dieser Rest andauern wird.“

Doris Klien schluckt, starrt mich an, schweigt.

„Haben wir uns verstanden?“

Doris Klien räuspert sich. „Wie geht es ihr? Angelina, meine ich.“

„Warum?“, frage ich. „Weshalb interessiert Sie das?“

„Ich weiß nicht“, antwortet sie. „Ich dachte einfach, ich ...“

Ich hebe die Hand, zeige mit dem Finger nach oben. „Keine Spielchen, okay? Sagen Sie mir, was Sie wissen.“

„Was soll ich schon wissen?“, fragt sie.

„Fangen wir damit an: Wo ist Sternbach?“

„Ich weiß es nicht. Ich weiß es tatsächlich nicht.“

„Was ist mit Lexi?“

„Was?“, fragt Doris Klien. „Wer ...“

Ich falle ihr ins Wort. „Keine Scheißspielchen. Ich weiß, dass Lexi hier gejobbt hat, aber das erklärt nicht, wie ihre Verbindung zu Sternbach ist, und es erklärt, verdammt nochmal, nicht, wieso sie verschwunden ist."

Doris Klien verschränkt die Hände, ihre Haut ist weiß, die Knöchel scheinen durch. „Ich habe keine Ahnung. Ich kann doch nicht jeden kennen, der hier mal für ein paar Wochen oder Monate ausgeholfen hat. Ich weiß nicht, wo Lexi ist. Oder Sternbach."

„Gut", antworte ich. „Für den Moment will ich Ihnen glauben, Frau Klien. Andere Frage: Haben Sie eine Ahnung, ob er in irgendeiner Verbindung mit Lexi stehen könnte? Das ist eine Bekannte von Angelina, wenn man es so nennen will. Lexi hat mir gesagt, Sternbach hätte sie unter Druck gesetzt. Und dann sind beide verschwunden. Und, scheiße, Frau Klien, ich habe keine Zeit für dieses Hin und Her."

Doris Klien fasst sich an die Stirn. „Gott … ich kann das alles nicht mehr."

„Was?", frage ich.

Sie sieht mich an. „Gehen Sie zu Lexis Mutter. Reden Sie mit ihr. Aber sagen Sie ihr nicht, dass ich Sie zu ihr geschickt habe."

Doris Klien hat mir die Nummer von Lexis Mutter gegeben. Es braucht zwei Versuche, bis sie meinen Anruf annimmt.

Zuerst klingt sie abweisend. Erst als ich ihr sage, wer ich bin und dass ich nach ihrer Tochter suche, ändert sich etwas daran. Sie erinnert sich an mich, und begeistert ist sie nicht, schon wieder von mir zu hören. Aber offenbar ist die Angst, dass ihrer Tochter etwas zugestoßen sein könnte, größer als jeglicher Zweifel.

„Treffen Sie mich an Lexis Wohnung“, sagt die Mutter. „In zwanzig Minuten. Ich habe einen Schlüssel.“

Achtzehn Minuten später stehe ich vor dem Mietshaus, in dem Lexi wohnt.

Lexis Mutter erwartet mich bereits vor der Haustür.

Es verblüfft mich jedes Mal, wenn ich sie ansehe.

Lexi ist ihr wirklich wie aus dem Gesicht geschnitten.

Ihr Haar ist zu einem Pferdeschwanz gebunden.

Sie ist lediglich in Jeans und eine einfache Bluse gekleidet und ungeschminkt. Ihre natürliche Ausstrahlung ist die gleiche wie bei ihrer Tochter. Eine attraktive Frau, ohne Frage.

„Sie erinnern sich an mich?“ Ich zeige ihr meinen Ausweis. „Wolf vom BKA. Wir haben telefoniert.“

Lexis Mutter nickt. „Nennen Sie mich Sophia. Kommen Sie, Frau Wolf. Lexi würde es nicht gefallen, wenn ich Sie hineinlasse, aber es klang am Telefon nach einem Notfall, oder nicht?“

„So sieht's aus“, antworte ich.

Lexis Wohnung ist anders als die der anderen Mädchen.

Die Vorhänge sind zugezogen. Abgesehen von der Ecke, in der sie offenbar ihre Videos dreht, herrscht ein heilloses Durcheinander. Die Wände sind teilweise mit schwarzem Filzstift bemalt, und in der Küchenzeile stapelt sich schmutziges Geschirr. Nur der Abfalleimer wurde kürzlich geleert. Auf einem kleinen Tisch liegt ein Brief. Die freundliche, distanziert-professionelle Absage einer Agentur. Der Name auf dem Papier kommt mir bekannt vor.

„Sie haben nichts dagegen, dass ich mich umsehe, oder?“

„Sie sind doch schon dabei“, antwortet Lexis Mutter.

„Danke“, antworte ich.

„BKA", sagt Lexis Mutter leise. „Das ist eine ziemlich hohe Stelle, um nach meiner Tochter zu suchen."

„Finden Sie?", frage ich.

„Ja, schon", antwortet sie. „Ich wusste nicht, dass sich das BKA mit solchen … Vermisstenfällen befasst."

„Vielleicht war ich nicht deutlich genug", entgegne ich. „Ihre Tochter gilt nicht als vermisst. Nicht offiziell jedenfalls. Es ist nur … Ich suche nach Ihrer Tochter."

Lexis Mutter schaltet schnell. Ihre Stirn legt sich in Falten. Angst schleicht sich in ihren Ausdruck.

„Dann glauben Sie, Lexi hat etwas mit den …" Sie fasst sich an den Hals. „Oh, Gott, das darf nicht …"

„Ich weiß es nicht", sage ich. „Aber ich glaube, sie hat etwas mit Angelinas Verschwinden zu tun. Zumindest weiß sie etwas."

„Aber diese Angelina ist doch wieder da."

„Ja", sage ich. „Und niemand weiß, ob sie überlebt. Selbst wenn. Sie wird mit starken Einschränkungen zu leben haben."

Lexis Mutter schüttelt den Kopf. „Nein. Nein, das kann nicht sein."

„Sophia", sage ich. „Ich habe kurze Einblicke in Lexis dunkle Seite erhaschen können."

„Ich weiß nicht, was Sie meinen."

„Doch", entgegne ich ruhig. „Ich denke schon. Ihre Tochter hat eine sehr dunkle Seite, die sie geschickt verbirgt."

„Lexi ist kein böser Mensch."

„Nein, das ist sie nicht. Aber sie kann sehr plötzlich sehr wütend werden. Sie glaubt, wenn andere etwas erringen, nehmen sie ihr etwas weg."

Lexis Mutter fixiert mich.

„Ich habe recht, oder?", frage ich. „Sie kennen das. Ihren Jähzorn. Ihre Ansprüche. Ihre kalte Wut."

„Ich liebe meine Tochter."

„Und das ist okay", sage ich. Ich hole Luft, bereite mich vor, etwas auszusprechen, was mir seit einiger Zeit durch den Verstand spukt. Es schmerzt, es ist hart, und es ist wahr. Davon bin ich überzeugt. „Lexi ist krank, glaube ich. Sie hat eine Persönlichkeitsstörung. Sie ist nicht einfach nur neidisch oder missgünstig. Lexi ist eine Narzisstin."

„Sie irren sich", erwidert Sophia.

„Mag sein oder nicht", sage ich. „Aber ich muss wissen, wo sie ist. Was mit ihr ist."

„Sie denken, sie ist in Gefahr?"

„Keine Ahnung", antworte ich. „Aber jemand ist in Gefahr. Es sind gerade ein paar zu viele Menschen nicht erreichbar oder auffindbar für meinen Geschmack."

„Wer noch?", fragt Lexis Mutter.

Ich zögere. „Ich sollte Ihnen das nicht sagen, aber schließen wir einen Deal. Quid pro quo. Ich sage Ihnen etwas, Sie sagen mir etwas."

Sie zuckt mit den Schultern.

„Sternbach", sage ich.

Lexis Mutter öffnet den Mund. „Gerhard? Oder der andere?"

„Eigentlich beide", antworte ich. „Aber im Augenblick mache ich mir mehr Gedanken um Gerhard Sternbach."

„Das sollten Sie auch", sagt Lexis Mutter. Sie atmet aus, berührt ihre Stirn und lehnt sich rücklings gegen eine Wand.

„Wie meinen Sie das?"

Sie fasst sich an den Mund, legt einen Finger an ihre Lippen. „Es ist … Das ist mir nur herausgerutscht."

„Ich glaube nicht", sage ich. „Kennt Lexi Gerhard Sternbach persönlich?"

„Das weiß ich nicht", antwortet die Mutter.

Ich gehe darüber hinweg. Sophia ist ihre Mutter. Sie will nichts verraten, will sich nicht gegen die Tochter stellen. Was verständlich ist.

Aber sie weiß etwas. Und sie verrät etwas.

Selbst wenn sie glaubt, dass sie es nicht tut.

„Ist Lexi denn wirklich in Gefahr?", fragt ihre Mutter.

„Wie gesagt: Ich weiß es nicht", sage ich, und das ist wahr. „Möglich, dass sie sich in etwas hineinmanövriert hat, das ihr über den Kopf gewachsen ist."

„Mhm", macht Lexis Mutter und wendet sich von mir ab und dem Fenster zu. Sie legt eine Hand an ihr Kinn, tippt mit dem Zeigefinger unaufhörlich dagegen.

Ich habe dieses Gefühl, dieses Kribbeln in der Magengegend, dass ich genau der Person gegenüberstehe, die das letzte Puzzlestück zu meinem Rätsel in ihrer Tasche trägt und es vielleicht nicht einmal weiß.

„In welcher Beziehung könnte Lexi zu Sternbach stehen?"

Lexis Mutter verschränkt ihre Finger, weicht meinem Blick aus. Ihre Stimme ist nur ein halb ersticktes Flüstern, als sie nach langem Zögern spricht. „Er ist ihr Vater."

Ich starre die Frau an. „Er ist …"

„Ja", sagt Lexis Mutter. „Gerhard Sternbach ist Lexis Vater."

„Aber … waren Sie mit ihm zusammen?"

Sie schüttelt den Kopf. „Es geschah auf einer Weihnachtsfeier. Ich war neu im Unternehmen. Er war der Sohn des

Chefs. Der Erbe. Ich fühlte mich geschmeichelt." Tränen verschleiern ihren Blick, rinnen ihre Wangen hinab. „Ich war so jung und dumm."

„Es geschah nicht freiwillig", sage ich. Es ist keine Frage, nur eine Feststellung.

Lexis Mutter räuspert sich, richtet ihren Blick auf mich. „Ich dachte, es wäre richtig so. Er war der Sohn vom Chef. Ich brauchte diese Arbeit."

„Er hat sich genommen, was er wollte."

Sie nickt.

„Haben Sie je mit wem darüber gesprochen? Oder daran gedacht, ihn anzuzeigen?"

„Nein", antwortet sie.

„Und Sie arbeiten noch für ihn?"

„Ich liebe meine Tochter", sagt Lexis Mutter. „Mit all ihren Fehlern, all ihrem … Allem, was sie von ihrem Vater hat. Aber sie ist meine Tochter. Gerhard hat immer gut für uns gesorgt. Finanziell, meine ich. Es ist nicht leicht, wenn man jung und allein ist."

Ich nicke langsam. „Sie müssen sich nicht rechtfertigen. Sie haben nichts falsch gemacht, aber er … Weiß jemand davon?"

Lexis Mutter zögert. Etwas arbeitet in ihr. Ihre Kiefermuskeln zucken.

„Bitte", sage ich. „Weiß jemand von der ganzen Sache?"

„Meine Freundin", antwortet sie. „Sie hat uns erwischt. Ihn erwischt. Aber mir hat sie es übelgenommen. Wir haben jahrelang nicht miteinander gesprochen. Das hat mehr geschmerzt als die ganze Sache an sich. Sie war eine gute Freundin. Dachte ich zumindest. Wir haben etwa zur gleichen Zeit in der Firma angefangen. Sie war mit Gerhard

Sternbach liiert. Sie hat wohl gehofft, er würde sie heiraten. Also hat sie geschwiegen."

„Das hat er aber nicht", sage ich. „Er hat sie nicht geheiratet."

„Nein. Aber er hat ihr eine Stelle gegeben. Eine wichtige Stelle. Gut bezahlt. Sie hatte nie einen Grund, darüber zu sprechen. Ich schätze, sie hat ihm verziehen. Keine Ahnung. Und mit ihrem Job konnte sie ihm nah sein. Ich glaube, mehr wollte sie nicht, als ihr klar wurde, dass sie ihn nicht würde halten können."

„Jesus ...", sage ich. „Was hat dieser Mann an sich, dass alle auf ihn hereinfallen?"

„Ich weiß es nicht", antwortet Lexis Mutter. „Es ist ... kompliziert."

„Kennt Lexi Ihre Freundin?"

„Ja, allerdings. Sie hat ihr ab und zu Jobs besorgt. Weil Lexi mit den Videos nicht genug verdient. Kleine Arbeiten, um sich ein bisschen dazuzuverdienen. Ich weiß nicht wieso. Vielleicht hatte sie einen weichen Punkt für Lexi."

„Oder ein schlechtes Gewissen", sage ich.

„Mag sein. Aber sie hat auch immer versucht, Lexi von Gerhard fernzuhalten."

Und hat genau das Gegenteil erreicht. Wahrscheinlich hat Lexi die Gelegenheitsjobs genutzt, um sich umzusehen, sich ein Bild zu machen.

„Wer ist es?", frage ich. „Wie heißt Ihre Freundin?"

Die Frau sieht mich an, ihre Gesichtsmuskeln zucken.

„Bitte", sage ich.

„Doris", antwortet Lexis Mutter. „Doris Klien."

„Sternbachs Assistentin?"

Lexis Mutter nickt zaghaft. „Ja."

Gedanken rasen durch meinen Kopf, überschlagen sich fast. Ich sehe mich um, betrachte alles noch einmal.

„Sie weiß es“, sage ich halblaut. „Sie hat es irgendwie herausgefunden.“

„Sie denken, dass …“

„Lexi weiß, wer ihr Vater ist.“

„Und Sie glauben, dass …“

„Ich weiß es nicht“, sage ich. Es ist eine Lüge und gleichzeitig doch nicht. „Ich weiß nur, dass wir sie finden müssen.“

Ich setze mich auf den Stuhl vor dem Schreibtisch, versuche tief ein- und auszuatmen, meine Gedanken zu beruhigen.

Ich betrachte die Gegenstände auf dem Tisch. Es ist ein heilloses Durcheinander aus Stiften, USB-Kabeln, Handyladegerät und Radiergummis. Ein Bulletjournal, fast neu und ohne jeden Eintrag.

Nichts, das irgendwie hilfreich wäre.

Ich schiebe das Journal zur Seite.

Aus all dem Chaos sticht ein Gegenstand hervor.

Ein Foto, auf dem eine Art Ferienhaus, das in idyllischer Lage an einem Seeufer erbaut wurde, abgebildet ist.

Ich nehme das Bild, halte es hoch. „Wissen Sie, wo das ist?“

„Ich bin mir nicht sicher“, sagt Lexis Mutter. „Aber es könnte das alte Bootshaus am See sein. Es gehört …“

„Lassen Sie mich raten“, sage ich. „Gerhard Sternbach.“

Kapitel 47

Helenes Stimme am Telefon klingt ernst. „Nessa, was ist los bei dir?"

Ich spiele die Ahnungslose, stelle mich dumm, wie eine Fünfjährige, die beim Kekseklauen erwischt wurde. „Ich weiß nicht, was du meinst, Helene."

„Lange hat angerufen."

Ich seufze. „Schon wieder."

„Allerdings. Aber dieses Mal hat er einfach nur losgebrüllt und aufgelegt. Kann er machen, wenn ihm danach ist, ich halte das aus. Aber, Nessa, bitte. Was hast du mit dem Kerl gemacht? Es hört sich an, als wollte er dich rauswerfen."

„Ich habe gar nichts gemacht. Oder sagen wir es so: Er hat gar nichts gemacht. Außer mich vor die Tür zu setzen."

„Und was bedeutet das?"

„Für ihn scheint der Fall erledigt. Das Mädchen ist da, liegt auf der Intensivstation. Ich meine, die ermitteln noch, nehme ich an, aber sehen keine akute Gefahr."

„Aber du schon?"

„Ja. Lexi ist verschwunden."

„Diese junge Frau?“

„Ja, genau.“

„Und du denkst, sie ist in Gefahr?“

„Ich bin mir nicht sicher.“

Helene schweigt einige Herzschläge lang. „Dann finde es heraus“, sagt sie schließlich. Sie klingt gereizt. Aber ich halte es ihr nicht vor. Ich weiß, wie sie es meint.

Freie Hand. Für mich.

Zumindest so lange, bis etwas ernsthaft zu Bruch geht.

Was dann vermutlich meine angeschlagene Karriere ist.

„Brauchst du Hilfe, Nessa?“

„Hilfe?“

„Soll ich dir jemanden schicken? Einen anderen Analysten, mit dem du den Fall durchgehen kannst beispielsweise. Denn, soweit ich es verstehe, stehst du wieder mal allein da.“

„Ja, ich war sehr erfolgreich darin, alle zu vergraulen. Wieder mal.“

Helene klingt gekränkt. „So habe ich es nicht gemeint. Das weißt du auch.“

„Ja …“, antworte ich. „Tut mir leid.“

„Also brauchst du Hilfe? Es wäre mir sehr recht.“

„Ich weiß nicht, ob es mir recht ist.“

„Das habe ich mir gedacht.“

„Wer ist denn verfügbar?“, frage ich.

Helene seufzt. „Eigentlich niemand. Nur ein gewisser Freiberufler, den ich kontaktieren könnte.“

„Freiberufler?“ Ich lache leise und freudlos auf. „Aber nicht Dorn, oder?“

Wieder herrscht sekundenlang Schweigen.

Jesus, sie meint tatsächlich Dorn.

„Nein“, sage ich schließlich. „Ich brauche keine Hilfe. Vor allem nicht diese. Ich nehme mir jetzt ein Wochenendgrundstück der Sternbachs an diesem See hier vor. Lexis Mutter hat mich in ihre Wohnung gelassen, und die Adresse habe ich von Sternbachs Assistentin. Sie war nicht begeistert, hat aber nachgegeben.“

„Gehst du allein dorthin?“

„Was denkst du, Helene?“

„Dass ich es besser nicht wissen sollte. Aber, Nessa, tu mir einen Gefallen. Geh nicht allein.“

„Ich weiß“, sage ich und lege auf.

Eigentlich hatte ich nicht vor, jemanden um Hilfe zu bitten. Aber das Telefonat mit Helene hat mich ins Grübeln gebracht. Tatsächlich wäre es besser, etwas Rückendeckung zu haben. Ich bin nicht Rambo. Das ist die eine Seite, und die andere ist die rechtliche.

Also springe ich über meinen Schatten, wähle Strassers Nummer. Es dauert nicht lange, und er nimmt ab.

Der Kollege klingt überrascht. „Nessa? Was gibt's?“

„Ich wollte fragen, ob es etwas Neues gibt.“

„Nein, nicht wirklich“, antwortet Strasser. „Ich bin eben vom Dienst heimgekehrt und warte auf mein Essen.“

„Interessant“, sage ich. „Sucht denn niemand nach Lexi?“

Strassers Schweigen ist Antwort genug. Aber er belässt es nicht dabei. „Niemand nimmt an, dass sie verschwunden ist.“

„Aber das ist sie“, entgegne ich. „Lexi ist nicht auffindbar.“

„Sie gilt nicht als vermisst. Das kommt vor, dass …“

„Das kommt vor? Wollen Sie mich verarschen, Strasser?“

Strassers Tonfall ändert sich. Er schlägt um, aber er klingt eher traurig als beleidigt. „Nessa … Sie klingen gestresst.“

„Weil ich, verdammt nochmal, gestresst bin. Da verschwinden Mädchen, nachdem zwei andere ermordet wurden, ein drittes auf der Intensivstation im künstlichen Koma liegt, und alle drehen Däumchen?“

„Ganz so ist es nicht“, erwidert Strasser, und ich kann hören, dass er sich bemüht, sachlich zu klingen.

„Wie ist es dann?“

Strasser räuspert sich. „Zunächst einmal ist das erste Tötungsdelikt in einer anderen Stadt geschehen und …“

„Das ist eine nette Art und Weise, die Sache zu sehen, Strasser“, sage ich. „Ich kann praktisch Lange reden hören, wenn ich Ihnen zuhöre. Was ist mit Ihnen passiert, Strasser? Hat man Ihnen das Rückgrat herausgeschnitten, oder hatten Sie nie eins?“

Stille. Schweigen. Nur ein leises Rauschen, das verrät, dass Strasser noch nicht aufgelegt hat.

Ich versuche, mich zu einer Entschuldigung durchzuringen. Mag sein, dass ich ein wenig hart in meiner Wortwahl war und in die falsche Kiste gegriffen habe.

Aber ich bringe es nicht über mich, beiße mir auf die Lippe.

„Ich weiß, was Sie von mir halten“, sagt Strasser schließlich, nachdem er fast eine halbe Minute geschwiegen hat. „Sie denken, ich bin blöd oder feige. Mag sein, dass ich das bin, aber ich habe auch Familie, Nessa. Sie mögen sich Extratouren leisten können, weil Ihnen niemand auf die Finger klopft. Aber für alle anderen geht es einfach nur weiter.“

Autsch.

Er mag vielleicht nicht unrecht haben, aber das ändert nichts an der Sache. Lexi ist verschwunden. Und es scheint niemanden zu geben, den das kümmert.

„Sie mögen denken", fährt Strasser fort, „dass niemand mehr an dem Fall interessiert ist. Aber das stimmt nicht. Weiland ist zwar fort, aber wir anderen arbeiten noch daran. Es ist nur so, dass Angelina wieder da ist. Es ist eine übliche Mordermittlung ohne akute Gefahr. Wir haben alle noch ein Leben, Nessa."

Tja.

„Was ist mit Lexi?", frage ich.

„Ich habe mich erkundigt", antwortet Strasser. „Und ich habe mit ihrer Mutter gesprochen. Die hat gesagt, dass es schon einmal vorkommt, dass Lexi ein paar Tage lang abtaucht."

„Aha. Und damit ist die Sache für Sie erledigt?"

„Was erwarten Sie denn von mir?"

„Keine Ahnung", antworte ich. „Wirklich nicht. Keine Ahnung."

Es vergehen drei, vier Herzschläge. „Was haben Sie jetzt vor?", fragt Strasser dann.

„Weiß ich noch nicht", sage ich und lege auf.

Nach der Ernüchterung durch das Telefonat mit Strasser rufe ich Charly an. Ich weiß nicht einmal genau wieso. Vermutlich, weil ich mich nach etwas Aufmunterung und Zuspruch sehne und mir niemand einfällt außer dem Hüter meiner Katzen.

Aber auch Charly ist nicht begeistert.

„Weißt du, was du da tust?", fragt er, als ich ihm von meinem Gespräch mit Strasser erzähle.

„Ich ruiniere meine Karriere?"

Charly seufzt. „Das und … verdammt, Nessa, das ist gefährlich."

„Ich weiß“, sage ich. „Und?“

„Und? Spinnst du? Willst du nicht jemandem sagen, wo du hingehst?“

„Nicht wirklich, Charly. Was ich tue, ist nicht unbedingt gedeckt. Ich werde einmal mehr den ‚Gefahr-im-Verzug‘-Joker ziehen und hinterher ein lautes ‚Sorry!‘ rufen. Aber das funktioniert eben nur hinterher.“

„Wenn es ein Hinterher gibt.“

„Charly, verdammt“, sage ich.

„Was ist?“

„Ich habe dich angerufen, weil ich deinen Optimismus liebe.“

„Nessa, ich habe Angst um dich.“

„Das ehrt dich, Charly“, sage ich. „Wirklich. Aber es ist nicht nötig. Du kannst meinetwegen Angst um Lexi haben oder um Angelina. Nicht um mich.“

„Ach ja?“

Ich schweige. In gewisser Weise hat er recht. Aber ich sitze in der Klemme. Aber vor allem muss ich Lexi suchen.

Ich muss sie finden, bevor wieder ein Mädchen skalpiert auf einem Obduktionstisch landet.

Das darf nicht passieren. Nicht nachdem Angelina überlebt hat. Niemand darf mehr sterben.

„Ein Vorschlag, Nessa“, sagt Charly. „Du schickst mir den Ort und die Koordinaten.“

„Und dann? Kommst du vorbei und rettest mich, wenn die Scheiße in den Ventilator fliegt?“

„So ungefähr.“

Kapitel 48

Auf dem Foto in Lexis Wohnung sah dieses Häuschen beschaulicher, kleiner und irgendwie netter aus. Die Lage ist zwar tatsächlich ansprechend – das Bootshaus der Sternbachs schmiegt sich an den See –, aber man sieht der hölzernen Fassade an, dass der Zahn der Zeit an ihr nagt.

Dafür ist das Gebäude mehr als nur ein Bootshaus. Es ist ein vollwertiges Ferienhaus mit zwei Etagen und Zugang zum Wasser. Ein fast schlauchartiger Bau, der ein wenig altmodisch wirkt, mit Gardinen, die bestenfalls aus den Achtzigern stammen können.

Das und die Tatsache, dass es inzwischen Abend geworden ist und die Dunkelheit aufgezogen, verleihen dem Haus etwas Unheimliches, fast Albtraumhaftes.

Ich weiß nicht, ob das Haus wirkt, als ob lange niemand mehr hier gewesen ist, weil es so ist, oder ob es nur den Anschein erwecken soll.

Das Zwielicht aus wolkenverhangenem Mond am Himmel, spärlicher Beleuchtung entlang der Wege und das Schimmern der Oberfläche des Sees sorgen für Ameisenwimmeln in der Magengrube, und das lässt meine Kehle eng werden.

Ich schlucke, straffe die Schultern, kann nicht verhindern, dass sich eine Hand auf den Griff meiner Waffe legt.

Langsam schreite ich den schmalen Kiesweg zur Tür hinunter, darauf bedacht, das leise Knirschen unter den Sohlen so gut es geht zu verhindern. Was mir nur leidlich gelingt.

Ich bin nicht Rambo.

Vielleicht hätte mir das vorher in den Sinn kommen sollen.

Jetzt ist es zu spät. Es gibt keinen Ausweg mehr. Kein Ausweichen.

Nur vorwärts.

An der Tür spähe ich durch ein schmales Fenster, aber ich erkenne nichts, nur einen kleinen dunklen Raum, der dahinterliegt.

Es gibt keine Klingel, und selbst wenn, hätte ich nicht vor, sie zu benutzen. Meine Hände tasten den Türholm ab. Ich sehe auch unter die Fußmatte.

Nichts. Kein Schlüssel.

Natürlich ist das ein Klischee, den Schlüssel so zu verstecken, aber die meisten Klischees werden nur deshalb eines, weil sie wahr sind und so oft wiederholt werden.

Es ist lächerlich, aber Menschen tun diese Dinge. Lächerliche Dinge. Da kann ich mich selbst nicht ausnehmen.

„Hashtag isso“, wie Angelina sagen würde, wenn sie …

Scheiße.

Ich schüttle den Kopf, muss den Gedanken loswerden, mich auf das Wesentliche konzentrieren.

Auf das, was vor mir liegt.

Dann fällt mir die einfachste Lösung ein: Ich betätige die Klinke, drücke sie herunter. Die Tür knarrt leise und schwingt nach innen.

Die einfachste Möglichkeit – und sie riecht nach Falle.

Ich weiß das. Sternbach kann ich inzwischen gut genug einschätzen, dass er dieses Haus nicht unabgeschlossen zurücklassen würde. Egal, um welchen der Brüder es sich handelt. Aber ich habe keine Wahl.

Ich betrete den Flur, lehne die Tür hinter mir an.

Einige Male muss ich blinzeln, um meine Augen an das Zwielicht im Inneren zu gewöhnen, bis ich irgendetwas erkennen kann.

Es riecht nach Holz. Der Eingangsbereich wirkt beengt, fast klaustrophobisch. Mit holzverkleideten Wänden und einem verwaisten Kleiderständer in der Ecke gibt er mir das Gefühl, mich nicht einmal um mich selbst drehen zu können.

Ich lasse Luft aus meiner Lunge entweichen, als ich bemerke, dass ich den Atem anhalte.

Vor mir erkenne ich einen Gang und Türen, je eine an jeder Seite, während sich der Flur weiter hinten in der Dunkelheit verliert, obgleich ich fahles Licht sehe. Wahrscheinlich der Mond, der durch ein Fenster scheint.

Es ist völlig still, so still, dass es in den Ohren drückt.

Stille und Dunkelheit wirken betäubend. Ich fühle mich wie ein blindes Kätzchen. Irgendwie verloren.

Die linke Tür im Flur ist angelehnt. Vorsichtig drücke ich dagegen. Sie schwingt nach innen auf.

Dahinter liegt ein Kraftraum, klein zwar, dafür jedoch beachtlich eingerichtet mit Hantelbank und Hometrainer.

Die andere Tür ist verschlossen.

Ich halte den Atem an, bringe mein Ohr und meine Wange an das Türblatt, presse sie dagegen.

Nichts. Lautlosigkeit.

Ich hole Luft. Vorsichtig. Denn selbst mein eigenes Atmen klingt überlaut in meinen Ohren in dieser bedrückenden Stille.

Meine Hand legt sich auf die Klinke. Neugier ist ein starker Antrieb. Der Jagdinstinkt, der wie ein Feuer in mir lodert, ein noch stärkerer.

So sanft wie möglich drücke ich die Klinke.

Die Tür springt knackend auf. Unwillkürlich beiße ich mir auf die Lippe.

Scheiße. Ein lautloser Fluch.

In der Dunkelheit hinter der Tür riecht es nach Reinigungsmitteln. Limette. Chemischer Frühling.

Langsam strecke ich die Hand aus, taste mit den Fingern und spüre eine hölzerne Wand unter den Fingerspitzen.

Eine bessere Besenkammer. Nichts weiter.

Ich zwinge mich, zu atmen, trete zurück in den Flur.

Das Spiel aus Zwielicht und Dunkelheit zerrt an meinen Sinnen. Dazu die Stille. Es ist fast, wie in einen Zerrspiegel zu starren. Nichts ist wahr. Alles ist wahr.

Man kann seinem eigenen Hirn genauso wenig trauen wie den Sinnen.

Blinzeln.

Ich presse die Zähne aufeinander, gehe vorwärts. Eine Hand immer noch auf die Schusswaffe in ihrem Holster gelegt.

Am Ende des Flurs erwartet mich eine Theke, die auch einer kleinen Bar gut zu Gesicht stünde, dahinter findet sich eine Kochnische mit Mikrowelle, zwei Kochplatten und einem Waschbecken.

Eine hölzerne Treppe führt nach oben in einen offenen Bereich über der Küche.

Wieder ist alles still und unberührt. Die Theke wurde wahrscheinlich kürzlich abgewischt, denn es findet sich kein Staubkorn darauf. Alles erscheint penibel sauber. Fast zwanghaft. Gut möglich, dass Sternbach eine Reinigungskraft unterhält, die regelmäßig das Bootshaus säubert.

Leise beschleichen mich Zweifel, flüstern in meinen Verstand ein. Vielleicht habe ich mich geirrt, mich im Labyrinth meiner Analysen, Interpretationen und Spekulationen verloren.

Bin ich dem Tunnelblick aufgesessen? Habe ich gesehen, was ich sehen wollte?

Das alles ist möglich. Es passiert.

Vielleicht ist es alles ganz einfach, und Lexi ist tatsächlich schlicht nur für ein paar Tage abgetaucht.

Sie tut das häufig, sagen andere. Andere, die Lexi länger kennen als ich. Wer bin ich, das anzuzweifeln?

Ich bin nur ein Mensch und nicht unfehlbar. Irrtum ist Teil meines Jobs.

Vielleicht spielen die Stille und die Lichtverhältnisse mir einen Streich. Die Luft ist dünn und abgestanden.

Ich spüre ein Gefühl des Schwindels. Nicht so, dass mir die Knie wegzuknicken drohen, aber dennoch bin ich nicht ganz auf der Höhe.

Ich atme ein und aus, betrachte die Fotografien an den Wänden, schließe kurz die Augen.

Als ich sie wieder öffne, entdecke ich etwas – und weiß schlagartig, dass ich mich nicht geirrt habe. Ich bin am richtigen Ort.

Kapitel 49

Jemand hat offenbar etwas übersehen. Ein kleiner Rest einer dunklen, getrockneten Flüssigkeit klebt am Rand der Arbeitsfläche neben dem Spülbecken.

Die Lichtverhältnisse geben Genaueres nicht her, mit der Handylampe zu leuchten, wage ich nicht.

Aber müsste ich wetten, würde ich darauf setzen, dass es sich um Blut handelt.

Ich beuge mich über das Becken und finde an dessen Boden etwas, das ich nur zu gut kenne.

Ein Gegenstand, den ich zuletzt in einem Video gesehen habe. Jenem Video, das Angelinas Entführung zeigt.

Es ist die Uhr, von der ich glaube, dass sie Sternbach gehört. Olaf Sternbach.

Ich strecke die Hand aus, zucke aber zurück, als hinter mir ein Geräusch ertönt.

Ein dumpfer Laut.

Eine Tür.

Schritte. Sohlen, die über den Fußbodenbelag schaben. Leise. Immer nur der eine Schuh. Fast so, als würde jemand hinken.

Für eine Sekunde überlege ich, mich zu ducken.

Fraglich, wie erfolgreich das wäre. Wahrscheinlich ähnlich sinnvoll wie in einem zweitklassigen Horrorfilm.

Meine Finger legen sich um den Pistolengriff.

Aber ich bin wirklich nicht Rambo. Weder der aus dem ersten noch der aus dem fünften Teil.

Die Schritte kommen näher. Der Kegel einer Taschenlampe huscht durch die Dunkelheit.

Ich mache einen Schritt zur Seite.

Ich weiß, weshalb ich hier bin. Weshalb der andere hier ist, weiß ich nicht.

Jemand, der rechtmäßig im Haus ist, würde wahrscheinlich das Licht einschalten.

Eine Taschenlampe zu benutzen heißt, dass die Person hier weniger verloren hat als ich.

Das Licht zuckt durch die Dunkelheit.

Ich ducke mich darunter weg.

Jetzt erscheint die andere Person im Türrahmen, schemenhaft erkennbar im Abglanz der Lampe.

Das Erste, was ich bemerke, ist ihr hektisches Atmen, dann erkenne ich ihren fast kahlen Schädel, der im schwachen Zwielicht bleich schimmert. Ihre Augen wirken größer, als ich es je für möglich gehalten hätte. Ihr Gesicht ist weiß wie Papier. Sie atmet mit offenem Mund. Schnell und flach.

Meine Stimme klingt heiser und rau, als ich ihren Namen sage. Er ist nur ein Flüstern in der Dunkelheit. „Lexi.“

Kapitel 50

„Ich muss dir etwas zeigen." Das ist alles, was sie sagt. Ihre Stimme klingt gehetzt. Ihre Augäpfel zucken hastig in den Augenhöhlen hin und her.

Es gibt keine Erklärung, weshalb sie hier ist.

Keine Frage, warum ich hier bin.

Nichts.

Nur dieser eine Satz und Lexi, die in der nur schwach vom Schein der Taschenlampe durchbrochenen Finsternis wirkt wie ein Geist.

Creepy, verdammt creepy, um es mit ihren Worten zu sagen.

Der Mandelkern in meinem Hirn glüht.

Ich höre das Klappern einer Tür, Schritte auf Holz, dann wieder eine Tür.

Lexi bewegt sich schnell. Zu schnell. Sie kennt sich hier aus.

Alles in mir mahnt zur Vorsicht. Dennoch folge ich Lexi durch die Tür.

Hinter der Tür erwartet mich Kühle. Frische Luft dringt durch das offene Tor der Bootsgarage ins Innere.

Der Bootliegeplatz, Stege zu beiden Seiten. Schmal, unmittelbar an den hölzernen Wänden. Über mir eine Art Galerie, ähnlich dem Bereich über der Kochnische. Wahrscheinlich sind sie irgendwie verbunden.

Der See glitzert im Halblicht.

Lexi scheint verschwunden zu sein.

Meine Schritte klingen hohl auf dem Holzsteg über dem Wasser, das so nah ist, dass ich mir einbilde, seine Kühle auf der Haut zu spüren.

Ein Boot hängt an einer Seilwinde, schwebt über der Wasseroberfläche.

Ich blinzle, erkenne mehrere Kanus, die an der Wand aufgestapelt sind, und auf der anderen Seite einen Kahn, der, zum größten Teil unter einer Plane aus Plastik versteckt, meine Aufmerksamkeit auf sich zieht.

Das Boot steht am Rand, ist auf einem Bootsständer befestigt und kaum mehr als ein Ruderboot, in dem vielleicht zwei Personen sitzend Platz haben.

Es ist mit einer Plane abgedeckt.

Ich mache einen Schritt darauf zu. In meinem Magen braut sich etwas zusammen, das an ein Gewitter erinnert.

Mein Puls hämmert. Das Blut rast durch meine Adern.

Unwillkürlich höre ich auf zu atmen, strecke meinen Arm aus. Meine Finger berühren das dicke Plastik der Abdeckung.

Ich zögere, halte inne.

Besser, ich bringe es hinter mich. Rasch.

Ich reiße die Plane zurück.

Angstweite Augen starren mich an. Eine schweißbedeckte Stirn darüber. Die Nase rotzverklebt darunter.

Klebeband bedeckt den Mund. Die Hände sind mit Kabelbindern gefesselt.

Vielleicht sollte ich überrascht sein, bin es aber nicht.

Trotzdem bemerke ich zu spät, dass Lexi unmittelbar hinter mir steht. Ihr warmer Atem, der meinen Nacken trifft. Zu nah.

Zuckendes Licht.

Zu spät.

Dem Schlag mit der Taschenlampe kann ich nicht ausweichen.

Kapitel 51

Irgendwie bleibe ich gerade so bei Bewusstsein, taumle nach hinten und stoße rücklings gegen das Boot.

Der Aufprall klingt hölzern, hohl und presst mir die Luft aus den Lungen. Kleine Lichter tanzen vor meinen Augen.

Ein Feuerwerk aus Schmerz explodiert unmittelbar hinter meiner Stirn.

Ich schüttle mich wie ein nasser Hund, gewinne allmählich das Gleichgewicht zurück.

Meine Knie, gerade noch Gummi, werden wieder zu Knochen, Sehnen und Fleisch. Meine Sinne und mein Gehirn scheinen wieder verbunden.

Ich fasse nach meiner Pistole, aber meine Hand greift ins Leere.

„Scheiße."

„Das kannst du laut sagen", erwidert Lexi.

„Was soll das, Lexi?"

Lexi fuchtelt mit der Waffe herum. Mit meiner Waffe.

Ich muss sie verloren haben, als sie mich mit der Taschenlampe geschlagen hat. Es waren nur Bruchteile von Sekunden.

Ein blitzartiger Moment der Überraschung – und Lexi hat ihn genutzt.

Ich habe es geahnt, aber nicht wahrhaben wollen.

Schon früher konnte ich einen kurzen Blick hinter ihre Masken erhaschen.

Jetzt legt sie bereitwillig die letzte Maske ab und zeigt ihr wahres Gesicht.

Lexi, die Narzisstin. Die gestörte, kranke Person.

Lexi, die bereit ist, zu töten.

„Willst du mich umbringen?“, frage ich. Meine Stimme klingt gehetzt, gestresst. Mehr, als mir lieb ist.

Mein Körper reagiert einfach, schießt Adrenalin aus allen Rohren in meine Blutbahn.

Flucht oder Kampf. Mein Hirn scheint wie ausgeschaltet, läuft nur noch mit den Basisfunktionen der Steinzeit-Nessa.

Ich muss den Resetknopf finden.

Denken, Handeln. Die Kontrolle gewinnen. Über mich. Lexi. Meine Waffe.

„Ich will nicht“, entgegnet Lexi. „Aber ich muss. Fuck, ich gehe doch nicht einfach in den Knast.“

„Du kannst das nicht“, presse ich atemlos und unter Keuchen hervor. Ich starre in den Lauf der Pistole. Meiner Pistole. In den Händen dieses Mädchens. „Das hast du nicht in dir. Deshalb hast du Angelina laufen lassen. Du kannst nicht töten, Lexi.“

Lexi neigt den Kopf. „Okay, nice. Und würdest du darauf wetten?“

Ich atme mit offenem Mund, starre auf Lexis Finger am Abzug. Ich habe keine Ahnung, ob sie schießen kann. So, wie sie die Waffe hält, sicher nicht. Ob sie überhaupt in der Lage ist, etwas oder mich zu treffen, kann ich nicht sagen.

Aber sie steht nicht weit entfernt. Gerade so weit, dass sie außerhalb meiner Reichweite ist.

Das Mädchen ist nicht dumm. Sie ist gerissen.

Mein Hals ist rau. Meine Lippen sind trocken. Ich befeuchte sie mit meiner Zunge.

Alles läuft gleichzeitig quälend langsam und viel zu schnell ab. Meine Gedanken überschlagen sich, taumeln durcheinander wie betrunkene Schüler auf einer Abiparty.

Die Wahrscheinlichkeit, dass Lexi mich erwischt, wenn sie einen Schuss abgibt, ist viel höher, als dass sie nicht trifft.

Ich öffne den Mund.

„Fallen lassen."

Es ist nicht meine Stimme, und es sind nicht meine Worte.

Lexis Kopf ruckt herum, starrt in die Richtung, aus der die Worte kommen.

Ich lasse Lexi nicht aus den Augen.

Strasser.

Ich weiß nicht, wo er herkommt. Oder weshalb.

Vielleicht ein schlechtes Gewissen. Pflichtbewusstsein.

Was auch immer.

Er ist da, und ich bin ihm dankbar.

Irgendwie muss er durch den hinteren Eingang in das Bootshaus eingedrungen sein, hat sich angeschlichen und Lexi überrascht.

Er richtet die Waffe auf sie. „Lassen Sie die Waffe fallen, Lexi."

Aber Lexi denkt gar nicht daran. Völlig ungerührt hält sie an der Pistole fest.

Zum ersten Mal beschleichen mich tatsächlich Zweifel.

Vielleicht hat sie es doch in sich. Vielleicht kann sie es.

Ich erkenne keine Regung an ihr. Kein Zeichen von Nervosität.

Vorhin erschien sie wie ein Wrack. Nervlich am Ende.

Eine weitere Maske.

Lexi ist eiskalt.

Es gefällt mir nicht, ist nur ein Gedankensplitter, aber vielleicht muss ich mir eingestehen, dass ich Lexi unterschätzt haben könnte.

Vielleicht ist es nur das Adrenalin in mir oder eine Sinnestäuschung, aber Lexis Augen funkeln, als sie mir einen Seitenblick zuwirft. Ein Grinsen huscht über ihr Gesicht.

Dann drückt sie ab.

Kapitel 52

Ein fürchterliches Klingeln in den Ohren erinnert mich daran, dass ich noch lebe. Es ist auch das Einzige, was ich höre. Alles andere klingt, als wäre meine Welt unter Wasser getaucht.

Lexi starrt in die Richtung, in die sie geschossen hat.

Es wirkt fast, als könne sie nicht glauben, dass sie abgedrückt hat. Dass sie es getan hat.

Und ich kann es auch nicht.

Instinktiv bin ich auf die Knie gefallen, um mich zu ducken. Ich schüttle meinen Kopf, um das schmerzhafte Klingeln loszuwerden.

Ich öffne meinen Mund, bewege die Kiefer hin und her.

Lexi wendet sich ab. Sie hält die Waffe seitlich nach unten. Gelöst. Locker. Fast entspannt.

Strasser kann ich nicht sehen. Ich kann nichts erkennen.

Und ich höre ihn nicht.

Kein Wort. Kein Laut. Nicht einmal ein Stöhnen oder Ächzen.

Nichts.

Nur Stille.

Alles betäubende, verzehrende Stille.

Lexi macht einen Schritt nach vorn. Einen Schritt von mir weg.

Langsam klingt das Geräusch in meinen Ohren ab.

Lexi bückt sich, greift nach etwas, hebt es auf.

Ich erkenne, was es ist, und wenn ich nicht auf dem Boden knien würde, zöge es mir nun die Beine weg.

Strassers Pistole. Er hat sie verloren. Fallen gelassen.

Von ihm ist nichts zu sehen. Weiterhin kein Laut.

Nichts.

Ich kann ihm nicht helfen.

Nicht, wenn ich am Boden kauere und warte.

Warte. Warte, worauf?

Lexi wendet mir den Rücken zu, wenige Meter entfernt von mir. In jeder Hand hält sie eine Waffe.

Aber nach allem, was ich weiß, ist sie nicht geübt im Schießen. Wenngleich sie gerade eben …

Ich schlucke trocken und schmerzhaft. Schwitze. Mein Schweiß rinnt mir in die Augen, dass ich blinzeln muss.

Mein Rücken ist feucht und eiskalt.

Ich schüttle den Kopf. Heftig. Die Gedanken müssen raus aus meinem Schädel. Ich muss sie verbannen.

Ich muss etwas tun. Handeln.

Ich habe nur die eine Gelegenheit. Nur eine Karte – und die muss ich spielen. Jetzt.

Ich ziehe mich an dem Boot nach oben auf die Füße. Für einen kurzen Moment schwankt das Bootshaus um mich herum, die Wände kommen näher, pulsieren. Es erinnert mich an einen schlechten Trip, und ich bin nicht stolz darauf.

Mein Verstand droht in einen schwarzen Tunnel zu rauschen.

Ich blinzle. Zweimal, dreimal.

Immer noch ist Lexi abgelenkt, macht einen weiteren Schritt von mir weg.

Mein Mund ist trocken, meine Zunge klebt am Gaumen fest.

Ich gebe keinen Laut von mir.

Irgendwo höre ich leises Plätschern.

Dann nehme ich mein Herz in beide Hände, gebe mir einen Ruck und drücke mich von dem Boot ab.

Mit der Schulter voran pralle ich gegen Lexis Rücken.

Sie schreit auf, stürzt nach vorn, dreht sich im Fallen.

Wieder kracht ein Schuss. Nah an meinem Ohr.

Das Klingeln ist zurück. Schwindel.

Ich versuche verzweifelt, meinen eigenen Sturz abzufangen. Kralle mich an irgendetwas fest.

Ich spüre keinen Schmerz.

Vielleicht ein gutes Zeichen.

Stoff zerreißt.

Aus den Augenwinkeln sehe ich eine der Pistolen, die über den Holzsteg rutscht und außerhalb meiner Reichweite liegen bleibt.

Ich knalle auf den Rücken. Schmerz explodiert in meiner Wirbelsäule. Für den Bruchteil einer Sekunde sehe ich nur schwarz und wenige bunte Sterne.

Ich weiß nicht, ob ich es bin, die schreit.

Hektisch betaste ich meinen Oberkörper. Kein Blut. Nichts.

Ich hole Luft und rappele mich auf. Es schmerzt in der Brust. Ich drehe mich herum.

Dann trifft mich ein Schlag. Ich rutsche aus, stürze erneut.

Meine Lunge giert nach Luft. Meine Hände greifen ins Leere.

Lexis Gesicht taucht scheinbar aus dem Nichts auf.

Sie ist über mir, verpasst mir einen Schlag. Mein Hinterkopf prallt gegen den hölzernen Steg.

Ich sinke erneut zu Boden wie ein Boxer in der zehnten Runde nach dem dritten Niederschlag.

Etwas blitzt in Lexis Hand.

Kein Schuss.

Nur Stille.

Und kalt.

Das Messer erkenne ich erst, als die Klinge in meinen Körper fährt.

Lexi starrt mich ungläubig an, ich stiere zurück. Schließlich blicke ich auf das Messer.

Ich spüre keinen Schmerz mehr.

Mein Körper schaltet ab. Ganz langsam.

Ich klammere mich an einen Gedanken. Eine Lüge.

Irgendetwas.

„Das SEK ist auf dem Weg“, presse ich hervor. „Du hast keine Chance.“

„Bullshit. Du swattest mich doch nicht“, entgegnet Lexi. „Wenn die etwas wüssten, hätten die dich nicht allein hierhergelassen. Oder deinen Teddybären da.“

Ich schüttle den Kopf, grinse.

Wahrscheinlich verliere ich den Verstand und vielleicht auch die Besinnung.

„Wie spät ist es?“, frage ich.

Lexi runzelt die Stirn, zuckt zurück. „Was?“

„Das heißt ‚bitte‘“, antworte ich. „Ich habe gefragt, wie spät es ist.“

„Was spielt das für eine Rolle?“

„Keine Ahnung. Ach, deine Uhr liegt ja in der Küche, oder? Das ist doch deine, nicht? Hast du sie Olaf geklaut? Was ist mit Harrers Drogen? Warst du das auch? Oder die Nummer mit deinen Haaren? Du hast sie dir zurückgeholt, nicht wahr?"

Lexi lächelt, und es wirkt ein wenig irre. „Du spielst auf Zeit, Nessa. Aber darauf lasse ich mich nicht ein."

„Warum hast du sie nicht umgebracht, Lexi? Konntest du es nicht?"

„Du hast doch keine Ahnung, Nessa. Wirklich überhaupt keine. Ich habe sie nicht umgebracht, weil sie länger leidet, wenn sie lebt, okay?"

Lexi zieht das Messer zurück.

Es ist ein abrupter Schmerzimpuls, der mich durchzuckt.

Ich spucke aus und packe reflexartig Lexis Handgelenk.

Sie reißt die Augen auf, ihre Hand ruckt zurück.

Die Messerspitze zeigt auf mich.

Meine Muskeln brennen, aber irgendwie gelingt es mir, Lexi von mir fernzuhalten.

Dann verpasse ich ihr einen Stoß.

Sie taumelt nach hinten.

Mein eigener Schwung reißt mich mit.

Aber ich bin schneller wieder bei mir, mache einen Schritt nach vorn und schnappe die nächstbeste Waffe, die greifbar auf dem Steg liegt.

Lexi schreit auf, stürzt sich auf mich.

Wir zerren beide an der Pistole.

Lexi starrt mir in die Augen, beißt die Zähne aufeinander. „Lass los."

„Nein, verdammt."

Sie verpasst mir einen Schlag, krallt ihre Finger in mein Haar und reißt daran, während ihre andere Hand die Schusswaffe umklammert.

Ich keuche auf, lasse aber die Pistole nicht los.

Irgendwie gelingt es mir, meine Finger in Lexis Gesicht zu drücken. Ich fühle etwas unter meinen Fingerspitzen. Kalt, metallisch, klein.

Lexis Nasenring.

Ich packe zu, reiße daran.

Lexi schreit auf, kreischt wie ein verwundetes Tier.

Warm läuft Blut über meine Hand.

Lexi lässt von meinen Haaren ab, gerät ins Taumeln, hält aber immer noch die Waffe fest.

Ich schlage mit der Faust zu, weiß nicht, wo ich die Kraft hernehme. Spüre keinen Schmerz.

Ich verpasse ihr einen Ellbogenschlag.

Lexi brüllt. Ihre Augenbraue platzt auf.

Dann trete ich ihr auf den Fuß. Zweimal, dreimal stampfe ich auf ihre Füße ein.

Lexis Blut rinnt von der Braue in ihre Augen. „Schlampe!"

Ich verpasse ihr noch einen Schlag, genau auf die blutüberströmte Nase.

Jetzt verliert sie das Gleichgewicht.

Ich reiße ruckartig an der Pistole. Lexi stößt einen schrillen Schrei aus, taumelt nach hinten.

Ihr Griff löst sich, und ich habe die Waffe.

Mühsam richte ich sie auf Lexi. Meine Hand zittert. Meine Lungen verlangen nach Sauerstoff.

Die Wunde an meiner Seite blutet. Warm und feucht rinnt das Blut unter meinem T-Shirt über meine Haut.

Nicht besonders stark. Offenbar hat Lexi nichts wirklich Lebenswichtiges erwischt.

Aber es reicht, dass mir schwindlig wird.

Das Bootshaus dreht sich. Dunkles Wasser, das mich lockt.

Meine Hand zittert.

Lexi macht einen Schritt vorwärts.

Wieder kracht ein Schuss. Irgendwo oben, unter dem Dach.

Lexi bricht vor meinen Augen in die Knie, sackt zu Boden. In ihrem Blick zeigt sich Erstaunen. Überraschung.

Ich fange sie auf, lasse sie auf den Steg gleiten.

Sie öffnet den Mund.

„Ist gut", sage ich. „Halt die Klappe."

Sie starrt mich nur an.

Ich werfe einen raschen Blick nach oben.

Sternbach.

Olaf tippt wie zum Gruß gegen die Narbe an seiner Stirn. In seiner Hand hält er ein Jagdgewehr.

Kalte Schauer schleichen mein Rückgrat entlang.

„Sie wird wieder", sagt Olaf Sternbach. „Gut, dass Sie sie weggeschoben haben. Hätte Sie sonst vielleicht auch erwischt."

Ich nicke, halte Lexi fest. „Ihr Bruder", rufe ich Olaf Sternbach zu. „Er ist in dem Boot."

Kapitel 53

Die Wunde, die Lexi mir mit ihrem Messer verpasst hat, schmerzt. Sie ist gut versorgt, versteckt unter einem Verband. Von außen sieht man nichts. Sie wird sich nicht entzünden, denke ich, und verheilt gut. Ibuprofen erledigt den Rest.

Aber es gibt eine andere Art von Schmerz, die ich ebenfalls spüre. Eine Form, die nicht recht greifbar ist.

Die Erfahrung verwundbar zu sein. Verwundbarer, als es mir bewusst gewesen ist.

Der körperliche Schmerz wird heilen, der andere vielleicht auch, aber es wird seine Zeit dauern.

Strasser wurde von den Kollegen vom SEK gefunden. Kreidebleich, leicht verletzt, aber lebendig.

Lexis Schuss hat ihn nur an der Schulter getroffen. Ein paar Tage ist er krankgeschrieben, aber das Krankenhaus hat er bereits wieder verlassen.

Seine Einladung zum Abendessen habe ich höflich abgelehnt, aber wir haben zusammen Kaffee getrunken.

Auf dem Flur der Dienststelle.

Insgeheim hoffe ich, dass es sein Gewissen war, als Polizist, was ihn dazu gebracht hat, mir zu folgen, und nicht irgendwelche romantischen Verwirrungen.

Der Mann hat Kinder, eine Frau, und ich hoffe, er erinnert sich daran, warum sie einmal geheiratet haben.

Olaf Sternbach wird sich für den Schuss auf Lexi verantworten müssen, aber nicht mit einer Strafe rechnen. Er ist selbst ein Opfer, auf seine eigene Art. Das erste Opfer seines Bruders.

Gerhard Sternbach ist nicht der Saubermann, der er nach außen hin zu sein schien, hat er doch mittels psychischer und physischer Gewalt und mit Hilfe von Medikamenten seinen Bruder jahrelang kontrolliert und für seine geheimen Zwecke missbraucht.

Außerdem hat er die von ihm geförderten ASMR-Künstlerinnen gelegentlich zu Abendessen eingeladen – und dabei zum Sex genötigt. Eines dieser Treffen lief aus dem Ruder, und so kam es zum ersten Mord an Helena. Das hat er inzwischen gestanden.

Der Anblick der jungen, wehrlosen Frau hat etwas Dunkleres geweckt.

Das Bedürfnis zu töten.

Wer einmal anfängt, diesem finsteren Flüstern nachzugeben, hört so schnell nicht auf.

Sternbach hat weitergemacht.

Er ist ein Vergewaltiger und Mörder. Jemand, der Leben auf dem Gewissen hat. Leben, die er zerstört hat. Auf die eine oder andere Art.

Er war schon immer so, nach allem, was ich weiß. Nach dem, was Lexis Mutter berichtet hat. Die Zeugung ihrer einzigen Tochter war eine Vergewaltigung, und das Wissen darum hat Lexi zerbrochen. Sie ist daran kaputtgegangen und wollte den Jäger zum Gejagten machen.

Sie hat ihn erwischt, ihn zu Fall gebracht und gewissermaßen mit seinen eigenen Waffen geschlagen.

Aber sie hat einen Preis bezahlt. Einen Preis, der sich weder in Worten beschreiben noch in Wert bemessen lässt.

Gerhard Sternbach sitzt mir gegenüber. Ich habe darauf bestanden, ihn selbst zu vernehmen. Lange und Helene waren nicht begeistert. In dem Punkt stimmten sie sogar überein.

Aber das ist mir egal. Für mich spielt nur eines eine Rolle. Die Jagd. Die Suche.

Sternbachs Hände liegen auf dem Tisch, die Schultern sind gestrafft. Das helle Licht der Lampe an der Decke lässt seine Haut fahl erscheinen, die Falten in seinem Gesicht tiefer und seine Strähnen grauer.

Der Mann wirkt über Nacht um Jahre gealtert. Er ist davongekommen, was sein physisches Leben betrifft, hat den Angriff seiner eigenen Tochter überlebt.

Aber er ist nicht mehr der gleiche Mann, hat nichts mehr zu verbergen.

Gerhard Sternbachs Spiel ist aus, wenngleich das Verlangen in ihm steckt. Das ist das Letzte, was Typen wie ihn verlässt. Die Gier.

Ich schätze, das ist der Grund, weshalb er sich bereitwillig mit mir unterhält. In der Erinnerung erlebt er sein Tun erneut.

Aber auch in mir brennt ein Verlangen. Eine Frage.

Die Frage nach dem Warum.

„Es hat sich nicht richtig angefühlt“, sagt Gerhard. „Aber ich habe mich richtig angefühlt. Ich habe mich auf eine Weise lebendig gefühlt, die mir nicht bewusst gewesen ist. Ich konnte nicht anders. Ich musste sie besitzen. Etwas von ihr. Ich kann es nicht erklären.“

„Deshalb haben Sie sie skalpiert?“

Sein Blick fixiert mich. „Diese Vorstellung hat mich schon als Junge fasziniert. Ich konnte das nie wirklich tun, hatte es auch eigentlich vergessen. Dachte ich zumindest. Aber dann blitzte die Erinnerung wieder auf. Durchdringend und grell. Wie ein Stroboskop. Die Frau. Völlige Kontrolle. Ihr wunderschönes Haar. Jetzt konnte ich es tun. Also habe ich es getan.“

„Nicht nur einmal, nicht wahr?“ Ich spüre, wie sich die Wölfin in mir regt. „Helena, Lea … das waren junge Frauen, die ihr Leben noch vor sich hatten. Spüren Sie keine Reue?“

„Helena, Lea … Ich weiß es nicht“, flüstert er. Seine Gesichtsmuskeln zucken. „Dieses Gefühl war wie ein Rausch. Es war einfach zu gut. Ich musste das wieder erleben. Ich hatte doch den perfekten Schlüssel, konnte mir ihr Vertrauen erkaufen. Und dann konnte ich sie besitzen. Zumindest etwas von ihnen.“

„Dafür haben Sie alles aufs Spiel gesetzt. Und war es das wert?“, frage ich ihn und kann sehen, wie es in seinem Schädel arbeitet. Sein Verstand scheint zu vibrieren im Widerstreit mit seinem tiefgehenden Bedürfnis, das an jenem Abend geweckt wurde, wie ein hungriger Lindwurm, der aus tiefem Schlaf erwacht.

„Ich weiß es einfach nicht“, antwortet er und weicht meinem Blick aus.

„Was ist mit Ihrer Firma? Dem Erbe Ihrer Familie? Ihrem Bruder?“, frage ich.

Gerhard Sternbach starrt an mir vorbei ins Leere. Ein kaum wahrnehmbares Zucken huscht über sein Gesicht.

Dann blickt er mir in die Augen. „Wissen Sie, Nessa, wenn Sie immer nur gewinnen und gewinnen … Irgendwann glauben Sie einfach nicht länger, dass Sie auch verlieren können. Irgendwann kommen Sie an den Punkt, dass Sie kein Nein mehr akzeptieren können."

Ich nicke, schweige – und verstehe ihn besser, als mir lieb ist.

Kapitel 54

Es ist ein sonniger Tag, der wärmste des bisherigen Jahres. Eine leichte Brise kitzelt die Härchen in meinem Nacken. Noch ist Frühling. Die Luft riecht frisch, nach Blüten und Leben. Man kann den Sommer schon erahnen.

Ungeachtet der grauen Mauern ringsum ist dieser Park ein hübscher Ort, der genauso gut der Schlosspark der Kurstadt sein könnte. Gepflegt. Bunte Beete voller Blumen, umschwärmt von Bienen und Hummeln. Vögel singen leise in einiger Entfernung.

Lexi sitzt auf einer Bank. Sie trägt keine Fesseln, aber in der Nähe steht ein bewaffneter Wachmann.

Sie lächelt, als sie mich sieht.

Es ist ein offenes Lächeln. Freundlich. Ich frage mich, ob es echt ist oder ob sie eine ihrer Masken trägt.

Oder ob es schlicht die Medikamente sind, die sie ausgeglichen erscheinen lassen.

Ich bin nicht nachtragend, hasse sie nicht. Ich bin nicht einmal wütend und wenn, dann auf mich selbst.

Irgendwo kann ich Lexi verstehen, oder zumindest versuche ich es.

Es ist eine schmerzvolle Erkenntnis, zu erfahren, wie sie entstanden ist. Dennoch ist es weder Erklärung noch Entschuldigung.

Lexi hatte es nicht leicht. Aber sie hatte alle Chancen. Genug jedenfalls. Mehr als die meisten.

Sie sieht mich an, von unten nach oben, setzt einen Blick auf, als hätte sie meine Lieblingstasse zerbrochen. „Bist du mir böse?"

Ich schließe meine Augen. Nur für einen Moment.

Mein Herz pumpt Blut durch meine Venen. Ich spüre es gegen den Rippenbogen pochen. Es erinnert mich. Daran, dass ich lebe – und wie zerbrechlich dieses Leben sein kann.

Manchmal, wenn auch seltener inzwischen, blitzt das Bild auf. Sie und ich. Das Bootshaus. Die Klinge.

Eine so simple Frage. Wie antworte ich nach allem, was geschehen ist?

Ich setze mich neben Lexi. Wind zerzaust mein Haar, ein Knoten legt sich um meinen Hals. Ich schüttle den Kopf. „Nein."

„Hast du etwas von Marlene gehört?", fragt sie.

„Leas Mutter? Nein, wieso?"

Lexis zuckt mit den Schultern. „Nur so. Irgendwie fand ich cool, was sie getan hat. Sie hätte ihren Mann auch umbringen können."

Eine meiner Augenbrauen zuckt nach oben. „Das findest du cool, ja?"

„Wusstest du, dass sie früher Anwältin gewesen ist? Das hat Lea mir erzählt."

„Wusste ich nicht", antworte ich. „Aber ich bin nicht hier, um ein bisschen zu plaudern, Lexi."

„Du bist hier, weil du nur eine Frage hast, am I right?"

Ich nicke. „Möglich."

Sie zieht eine Grimasse, imitiert meine Stimme. „Warum, Lexi?"

„Okay", sage ich. „Also, warum, Lexi?"

„Keine Ahnung." Sie schüttelt den Kopf, streicht über die Stoppeln auf ihrer Kopfhaut. „Darauf gibt es keine Antwort. Also, nicht die eine Antwort."

„Versuch's, Lexi."

Einen Moment lang herrscht Schweigen. Nur ein paar erstaunlich laute Hummeln in der Nähe, das Rauschen des Windes und Lexis Atmen sind zu hören.

Schließlich seufzt sie, spricht leise. „Weißt du, wie das ist, wenn du immer nur gegen Wände rennst? Wenn jede Tür verschlossen bleibt? Wenn du rennst und rennst und nichts bewegt sich?"

„Ich denke schon", sage ich und beiße mir auf die Lippe. Ich verstehe Lexi, habe sie vielleicht schon immer verstanden, und das wurmt mich. „Es ist ein Albtraum."

„Nein", entgegnet Lexi. „Es ist der Albtraum. Und ich habe diesen Albtraum gelebt. Mein ganzes verficktes Leben lang. Ich hatte die Schnauze voll. Enough said. Ich wollte gewinnen. Endlich einmal. Wenn auch nur dieses eine Mal."

„Und?"

„Was und?", fragt Lexi und sieht mich an, als wäre ich begriffsstutzig. „Ich habe es erfahren. Ich habe alles erfahren. Wer mein Vater ist. Wie das alles passiert ist. Was passiert ist. Ich konnte das nicht, Nessa. Ich konnte nicht damit umgehen. Und dann all diese Schlampen, die kommen und gehen und nehmen, was mir gehört? Nein."

„Und dafür bist du bereit, so weit zu gehen? Bereit zu töten? Was hast du jetzt gewonnen?“

Sie schüttelt den Kopf, vollführt eine Geste, die den ganzen Park und vielleicht mehr als das einschließt. „Das alles hier spielt keine Rolle. Das ist irgendwann vorbei. Und dann habe ich gewonnen.“

„Und was, Lexi? Was hast du gewonnen?“

„Du wirst schon sehen.“

„Mag sein“, sage ich. „Aber war es das wert?“

Sie beugt sich vor, stützt ihre Ellbogen auf ihre Knie. „Auf jeden Fall. Sie haben es verdient. Jeder. Diese Schlampen und mein Erzeuger, sie haben bekommen, was sie verdient haben.“

„Was deinen Vater angeht“, antworte ich, „hast du vielleicht sogar recht. Aber Helena und Lea? Oder Angelina?“

„Auf jeden Fall. Diese Schlampen zu töten war das einzig Brauchbare, was der Alte jemals geschafft hat. Ich feiere das. Aber ich hasse ihn, genau wie ich diese Schlampen hasse. Na und?“

„Du hast Angelina nicht umgebracht. Wolltest du sie wirklich leiden lassen? Oder konntest du es einfach nur nicht? Hast du es nicht fertiggebracht, sie umzubringen?“

Lexi zieht ihre Kapuze über den Kopf. „Ihn hätte ich umgebracht, okay? Aber sie sollte leiden, und wenn sie lebt, leidet sie länger.“

„Verdammt“, sage ich. „Es ist so schade. Du hast eine Gabe.“

„Ach ja?“

Ich nicke. „Du hast ein Gespür für Menschen. Du hättest sie nutzen können, aber nun hast du sie weggeworfen.“

„Nutzen? Wie denn? So wie du?“

Ich stehe auf, hebe die Hände und lasse sie sinken. Meine Fingernägel graben sich in den groben Stoff meiner Jeans, als ich den Atem anhalte und die Zähne aufeinanderbeiße. Nur diesen einen Herzschlag lang. „Zum Beispiel. Das ist nur ein Weg. Einer von vielen. Aber du hast eine echt beschissene Wahl getroffen, wenn du mich fragst."

„Nein, danke", sagt Lexi. „Ich verzichte."

„Offensichtlich", sage ich. „Vielleicht siehst du irgendwann ein, dass Internet, Viewerzahlen, Klicks und Likes und dieser ganze Mist nicht alles sind. Dass das nicht von Dauer ist."

„Das ist das hier auch nicht."

„Ach, nein?", frage ich. „Was ist mit Schuld?"

Lexi starrt an mir vorbei. Vielleicht in die Leere, vielleicht in eine ungewisse Zukunft, die nur sie zu sehen vermag. „Vielleicht siehst du irgendwann ein, Nessa, dass ich richtigliege."

Ich trete einen Schritt zurück, presse die Lippen zusammen. „Das ist unwahrscheinlich."

Wolken schieben sich vor die Sonne. Es wird schlagartig kühler. Der Wind frischt auf, bläht Lexis Kapuze auf. Sie hält sie fest. „Ich habe auch eine Frage, Nessa."

„Und die wäre?"

„Seit wann wusstest du es?"

Ich blicke über Lexis Kopf in die Ferne, über die Tannenwipfel des angrenzenden Waldes hinweg. So ein ruhiger Ort, so nah bei Frankfurt. So nah am Wahnsinn.

Der Moment hüpft in meiner Erinnerung auf und ab, wie kleine Steine auf der silbrigen Oberfläche eines stillen Gewässers. „Erinnerst du dich an den Morgen an deinem geheimen Platz?"

„Am See?“

Ich nicke. „Spätestens dort war ich sicher, dass du eine Rolle spielst. Ich wusste nur nicht, wie tief du in der Scheiße sitzt. Ich musste mich vergewissern. Nah an dir dranbleiben, während die Kollegen sich um Sternbach kümmerten.“

„Was war mein Fehler? Was habe ich falsch gemacht?“

„Du hast mich gefragt, ob ich nicht nach Angelina suchen müsse.“

„Und?“

„Jeder andere hätte gefragt, ob wir sie gefunden haben. Du nicht.“

„Das war alles?“

„Außerdem war überall Glitter“, antworte ich. „In der Wohnung, selbst an Angelinas Körper.“

Lexis Stirn legt sich in Falten, so als müsse sie über die Information nachdenken. Als weigerte sich ihr Verstand.

Irgendwo stimmt das auch.

Ihr Narzissmus erlaubt ihr nicht, einen anderen Standpunkt als ihren eigenen einzunehmen.

Für wenige Herzschläge verfinstert sich ihr Blick.

Lexi ist ihr eigenes Opfer.

Sicher, sie ist krank. Aber das alleine ist es nicht. Viele Menschen sind krank, leiden unter Zwängen oder Störungen. Aber die meisten schaffen es, ihren Alltag zu meistern. Es gelingt ihnen, ihre Leben zu leben – und andere leben zu lassen.

Irgendwo ist Lexi falsch abgebogen, hat eine falsche Entscheidung gefällt. Aber es war ihre Entscheidung. Sie hatte die Wahl und hat sie getroffen.

Sie hat sich für ihren Weg entschieden und ihren Pfad mit Blut getränkt – und jetzt bezahlt sie den Preis dafür.

Sie sitzt da, grübelt. Ich kann erkennen, dass etwas hinter ihrer Stirn vor sich geht. Es ist die Art, wie ihre sonst glatte Haut Falten wirft. Ich weiß nicht, was es ist, und ein Teil von mir will es nicht wissen. Die Nessa mit der Bauchwunde. Die will es nicht wissen, nicht erfahren. Die würde am liebsten die Hände vor ihr Gesicht halten und in einer Ecke an der Wand entlang zu Boden sinken.

Der andere Teil ist meine berufliche Neugier. Ungestillt. Hungrig. Die Wölfin. Die Kehrseite der Medaille.

Ich will es wissen, will die Gründe erfahren.

Die Jagd nach dem Warum.

Aber die andere Seite weiß, dass Lexi mir nicht helfen kann. Sie kennt nur eine Art der Wahrheit, nur ein Warum: ihre eigene Version. Das, was ihr wahr erscheint.

Manchmal gibt es keine Antwort, keine Wahrheit, kein Warum. Manchmal ist alles wahr. Oder nichts.

Ich erinnere mich an eine Zeit, als ich beim BKA anfing. Jung, naiv und voller Optimismus. Ich weiß nicht mehr, wer es zu mir gesagt hat. Es muss einer der Ausbilder gewesen sein oder vielleicht Helene: Finde dich damit ab, Nessa. Manchmal ist nur das Undenkbare denkbar. Manchmal sind die schlimmsten Dinge wahr.

Ich habe daran gezweifelt. Gehofft. Versucht, es zu widerlegen.

Es gab Tage, da habe ich geglaubt, dass nichts wahr ist. Oder alles wahr ist.

Aber mit jedem Jahr in diesem Beruf, mit jeder Leiche, die ich sehe, weiß ich, dass es stimmt.

Manchmal sind es eben nur die schlimmsten Dinge, die wahr sind.

Lexi ist für einen Augenblick in ihrer eigenen Finsternis gefangen. Sie hat so viel Kraft aufgewendet, über die Jahre hinweg, ihre Maske aufrechtzuerhalten, dass sie es nicht länger tun muss. Sie achtet nicht länger darauf, zu verbergen, was sie ist.

Eine ertappte Narzisstin, deren Lüge aufgeflogen ist. Sie, die Unfehlbare, hat einen Fehler gemacht.

Hier ist sie nur sie selbst.

Jedenfalls für den Moment.

Schließlich lächelt Lexi. „Bedauerlich", sagt sie dann.

„In der Tat. Leb wohl, Lexi."

„Nessa?"

„Ja?"

„Ich hätte dich fast erwischt, oder?"

Ein schmerzhafter Impuls zuckt durch meine Wunde unter dem Verband. Der erste Impuls. Menschlich.

Ja, verdammt, Lexi, das hast du. Es war knapp. Zu knapp.

Aber eben auch nur das.

Ich sehe Lexi an. Vielleicht zum ersten, vielleicht zum letzten Mal. Aufrichtig, ehrlich.

Vielleicht war ich zu lange blind für Lexis dunkle Seiten, weil sie mir so nahe kam. Ich weiß es nicht, spüre nur das Ziehen in der Wunde, die sie mir verpasst hat.

Jetzt sehe ich hin.

Wir sind uns ähnlich, mag sein. Aber wir sind nicht gleich. Ich fühle Schuld, wie ich den Stich in der Seite fühle, Lexi nicht.

Es sind der Glanz in ihren Augen, der leicht erhöhte Tonfall, die auf ein wenig mehr Erregung hinweisen. Die erste vage Andeutung des Wahnsinns. Kaum wahrzunehmen, nur subtil, aber da. Dahinter versteckt sich die Version der Wahrheit, die sie nicht sehen kann. Ihre Taten. Die Gründe dafür.

Ich nicke und lächle mild. „Fast.“

Kapitel 55

Sonnenlicht fällt durch das Fenster in das Krankenzimmer und verleiht dem sterilen Weiß eine angenehme Wärme.

Angelina ist immer noch an Schläuche und Infusionen angeschlossen. Aufstehen darf sie nicht, aber sie atmet selbstständig und sitzt beinahe aufrecht in ihrem Krankenbett.

„Hey, Angelina."

Sie lächelt, als sie mich erkennt. „Hey."

„Wie geht's dir?"

Ich erwarte nicht wirklich eine Antwort. Was soll Angelina sagen?

Erst recht in dieser Situation.

Aber irgendwie verbietet es sich auch, die Frage nicht zu stellen.

„Es geht schon", sagt sie, und ihre Stimme klingt, als wäre das die Wahrheit.

Und das ist es auch. Es ist einfach wahr.

„Brauchst du etwas?"

Sie zupft vorsichtig an dem turbanartigen Verband. „Zumindest kein Shampoo."

Ich erwidere ihr Lächeln, frage mich, wo die Stärke dieser jungen Frau herkommt.

Als ich Angelina in ihrer Wohnung kennengelernt habe, war sie hochnäsig, arrogant, eingebildet.

Aber irgendwo unter dieser Schale aus Arroganz und YouTube-Ruhm steckte dieses andere Wesen, diese andere Angelina.

Die, die nun vor mir sitzt.

Man kann darüber streiten, ob es die Erfahrung großen Leids braucht, um Menschen zu besseren Menschen zu machen. Manche schaffen es auch so. Andere schaffen es nie.

Einige überleben das Leid nicht.

In Angelinas Fall ist es müßig, zu spekulieren. Es ist, wie es ist. Angelina ist, wer sie ist.

„Schätze, den Werbevertrag für ‚Nightshine' kann ich mir abschminken, hm?"

„Ja", sage ich. „Aber nicht deinetwegen."

„Hab schon gehört", antwortet sie. „Sternbach geht in den Knast."

Ich nicke stumm.

„Er hat es verdient", sagt sie. „Er ist ein mieses Schwein. Wenn ich nur daran denke …"

Ich lächle, fasse ihre Hand und drücke sie kurz. „Es ist vorbei."

Ich sage es, und im gleichen Augenblick bereue ich es.

Ist es vorbei?

Für mich vielleicht. Für Sternbach. Fürs Erste.

Was ist mit Angelina?

„Nein", sagt sie.

„Tut mir leid. Ich …" Ich stehe da wie ein Depp, mit offenem Mund und suche nach Worten, die es nicht gibt.

Die es gar nicht geben kann.

„Nee, nein. Das meine ich nicht. Es ist okay."
„Was meinst du dann?"
„YouTube", sagt sie. „Ich habe darüber nachgedacht."
Ich rutsche auf dem Stuhl nach vorn. „Und?"
„Ich mache weiter. Jetzt erst recht." Sie streckt ihren rechten Zeigefinger in die Luft. „Aber ich will weg von dieser ganzen oberflächlichen Beauty-Shice."
„Scheiß?"
Sie winkt ab. „Egal. Ich will es anders machen. Echtes ASMR. Echtes Leben. Ohne Glitter, ohne Greenscreen. Ohne all den Mist. True eben."
„True eben." Ich nicke langsam, wiederhole Angelinas Worte und verstehe nur Bahnhof.
„Ich mache nicht einfach nur weiter. Ich mache so weiter." Angelina zeigt auf den Verband, senkt ihre Stimme, dann starrt sie auf ihre Hände. „Ich weiß, wie ich aussehe. Ich weiß, dass es nicht besser wird. Dass es nicht mehr wie früher wird. Das alte Ich ist weg. Es ist nicht mehr normal, aber was ist das schon? Es wird nicht, wie es vorher war. Aber es kann ein neues Normal geben. Ein neues Ich. Eine neue Angelina."
Ich schlucke leer und hart, fasse mir an meine Nase. Dieses Kribbeln, wie kurz vor dem Niesen. Aber das ist es nicht. „Das klingt nach einem echten Plan, Angelina."
„Es geht nicht nur um mich", sagt sie. „Es geht um ... ich weiß auch nicht. Die anderen? Jene, die etwas überlebt haben vielleicht. Ich weiß nicht. Ich will ihnen einfach sagen, dass es weitergeht. Denn das tut es. Es geht weiter. Es geht immer weiter. Der Dunkelheit zum Trotz."
Ich nicke langsam, während ich versuche, den Kloß im Hals hinunterzuzwingen.

„Ich muss mich nur neu erfinden", sagt Angelina. „Und wenn nur eine einzige Person das versteht, ist es schon ein Erfolg."

Das ist etwas, das ich verstehe. Zumindest ein wenig.

Ich greife nach ihrer Hand. „Das klingt gut, Angelina."

„Ja, oder? Scheiß drauf. Ich zeige mich so. Na ja, nicht genau so, weil es schon ein bisschen horrormäßig ist, aber wozu gibt es Scheißperücken, oder?"

Ich lache leise. „Wozu gibt es Scheißperücken?"

„Ich mache weiter. Ich bin nicht tot. Ich lebe, und ich liebe es, Videos zu machen. Scheiß auf die Werbeverträge und alles. Ich will, dass die Leute das sehen. Ich will meine Geschichte erzählen. Hashtag Body Positivity und so."

Ich sehe Angelina an, lächle still in mich hinein.

Der Glanz in ihren Augen ist ansteckend. Wenn ich ehrlich bin, hätte ich es ihr nicht zugetraut, sich mit ihrer neuen Realität anzufreunden. Erst recht nicht derart schnell.

Ich hoffe, dass sie sich dieses Gefühl bewahren kann.

Zwar wird sie sicherlich irgendwann schwache Momente haben und sich an dunklen Orten wiederfinden.

Aber mal ehrlich: So geht's uns allen.

Jeder hat seine Narben. Manche sieht man, andere nicht. Einige reichen tiefer. Aber, hey, wenn es jemanden gibt, der ein leichtes Leben lebt, will ich wissen, wie das geht.

„Ich habe überlebt. Zu irgendetwas muss diese ganze Sache doch gut sein", sagt Angelina dann.

„Ja", antworte ich. „Du hast recht."

Und das hat sie tatsächlich.

Niemand ist sicher. Niemals. Nirgendwo.

Aber das heißt nicht, dem nicht zu trotzen. Manchmal bedeutet Leben zu überleben.

Angelina ist eine Überlebende. Sie wurde missbraucht, misshandelt, gefoltert, gequält, verletzt, aber sie hat überlebt. Sie ist hier, und sie ist ganz da. Ganz bei sich.

Sie wirkt wie ein schüchternes Mädchen, aber sie ist härter, als sie aussieht. Sie hat überlebt. Sie wird leben. Sie wird das Beste daraus machen. Was immer das für sie ist.

Kapitel 56

Auf dem Weg nach Hause wird mir einmal mehr klar, dass Lexi und ich uns nicht so unähnlich sind, wie ich es gern hätte.

Wir beide entstammen seltsamen Verbindungen, Gewalt und sind in gewisser Weise wurzellos.

Wir sind wie zwei Seiten der gleichen Medaille.

Aber vielleicht spielt es weniger eine Rolle, woher man kommt, als, wo man steht und - vor allem - wohin man geht.

Ich jedenfalls gehe nach Hause. Zu meinen Katzen, Charly, etwas Ruhe, Spaghetti und einem Glas Wein.

An der Wohnungstür atme ich durch, straffe die Schultern, ehe ich den Schlüssel ins Schloss schiebe.

Es ist ein kleines Ritual, das dazu dient, den Schmerz, das Blut, die Gewalt und die ganze Scheiße, die mich in meiner Arbeit umkreist, nicht mit nach Hause zu nehmen.

Das alles spätestens vor der Tür abzuschütteln, ehe ich mein kleines Reich betrete, in dem Charly und die Stubentiger auf mich warten.

Ich öffne die Tür, der Geruch von frischer Pizza steigt mir in die Nase, und das Wasser läuft mir unwillkürlich im

Mund zusammen. Mein Magen knurrt wie ein ganzes Wolfsrudel.

Charly begrüßt mich im Flur, reicht mir einen Becher Kaffee und lächelt mich an.

Es ist mein eigener Becher in meinen eigenen vier Wänden, und ich kann das Vanillearoma schon riechen, als Charly noch mehr als eine Armlänge entfernt ist.

Die Katzen streifen um meine Beine, reiben sich an meiner Jeans. Die Zeiten, als ich mich über Haare auf den Klamotten geärgert habe, sind lange vorbei. Das Schnurren ist beinahe so laut wie ein Schiffsmotor.

„Willkommen daheim", sagt Charly.

Ich nehme die Tasse entgegen. „Danke, Charly."

Er winkt ab. „Nicht dafür."

Ich nippe am Kaffee. „Verdammt, der ist gut."

„Ich weiß", sagt Charly und lacht. „Warte, bis du die Pizza probierst."

„Ich riech's schon", sage ich. „Hast du die selbst gemacht?"

Er spielt den Beleidigten, hält es aber nur eine Sekunde durch. „Natürlich. Was denkst du? Dass ich einfach das Telefon in die Hand nehme und Pizza bestelle? Ein Mann muss tun, was ein Mann tun muss, und wenn das heißt, Pizza zu backen, ist das eben so."

„Du bist ein Schatz."

„Ich weiß", antwortet er. „Und du ziemlich erfolgreich, wie man hört."

Ich halte Daumen und Zeigefinger hoch, um ihm zu zeigen, wie knapp es gewesen ist. „Wenn das mal nicht nur Glück gewesen ist."

„Ah, ich glaube nicht“, entgegnet Charly. „Übrigens geht der Account dieser Lexi Stardust gerade durch die Decke. Sie hat nun über fünfzigtausend Follower, und es werden laufend mehr.“

Ich verziehe das Gesicht. „Echt jetzt?“

„Echt jetzt.“

„Tja, da hat sie nun wohl erst mal nichts davon, nicht?“

„Mag sein“, erwidert Charly. „Aber übel ist es schon.“

„Da sagst du was.“

„Apropos übel“, sagt Charly. „Ich habe leider auch eine schlechte Nachricht. Eine echt schlechte Nachricht. Man hat versucht, dich zu erreichen, aber du warst unterwegs und dein Handy wohl aus.“

„Och, nee“, antworte ich und greife mir unwillkürlich ans Handgelenk. „Der Akku war leer. Und worum ging es? Muss ich schon wieder fort? Sag nicht, es ist der nächste Fall.“

Mein Herz setzt einen Schlag aus. Es darf nicht der nächste Fall sein. Nicht jetzt. Nicht schon wieder.

Charly schüttelt den Kopf. „Es gab einen Anruf aus der JVA. Es geht um deine Mutter. Ihre Anwältin hat auch schon angerufen.“

„Fuck“, sage ich. Mein Atem stockt. Es ist wie ein Schlag in den Bauch. Ich spüre das Trommeln meines Herzens in meinem Brustkorb. Ich hasse diese Frau allein schon dafür, dass sie selbst nach all der Zeit noch solche Reaktionen in mir hervorruft und ich nichts dagegen tun kann. „Worum geht’s denn?“

„Das wird dir nicht gefallen. Sie will dich sprechen.“

Charlys Worte ziehen mir fast den Boden unter den Füßen weg. Ich lasse den Kaffeebecher fallen.

Widmung

Eindruck wird nicht in Zeit gemessen; auch nicht in Raum und Distanz.

Michelle war ein unglaublicher Mensch mit einem unglaublichen Leben, unglaublichen Talenten und Fehlern.

Was uns zusammenführte, war ASMR, aber das war nicht alles, was uns verband. Dennoch ist es ein wichtiger Teil des Ganzen, und deshalb ist dieses Buch für mich vielleicht ein wenig spezieller als andere, die ich geschrieben habe.

Michelle hat dieses Buch geliebt. Sie konnte es nicht mehr lesen, aber sie kannte es, die Figuren, die Stimmen und die Stimmung.

Dieses Buch zu beenden war schwierig. Weil Schreiben schwierig ist und Loslassen noch mehr.

Ich habe dieses Buch im Ausnahmezustand beendet, aber das war wichtig.

Ich widme ihr dieses Buch und lasse es los. In der Hoffnung, dass manche von euch es nur einen Bruchteil so lieben wie sie.

Christian Boochs